河出文庫

アメリカ怪談集

荒俣宏 編

河出書房新社

目次

アメリカ怪談集

牧師の黒いヴェール

ナサニエル・ホーソーン

ホーソーン　Hawthorne, Nathaniel 1804-64

マサチューセッツ州セーラム生まれの小説家。同地区のピューリタン系名家の出身で、交替船の船長をしていた父が早く死んだのち、母親の手で育てられた。同地はかつて魔女狩りの嵐が吹きまくった土地でもあり、禁欲と重い家系の絆を引くホーソーン文学を生みだした。

名作『緋文字』（一八五〇）、『七破風の家』（一八五一）はホーソーン文学の軸をなすが、そのほかにも寓意じみた怪異談や宗教説話ふうな幻想物語が多数ある。

本書に収めた一編は、かれの傑作短編集『トワイス・トールド・テールズ』（一八三七）に収められた寓意幻想譚の見本である。黒いベールをかむった牧師とは、すなわち、社会と隔絶した人物を意味する。ピューリタンによる建国というアメリカ合衆国独立当時からの精神史が、このセーラムに奇怪な歪みを生んだことを暗示させる、重い物語である。

ミルフォード礼拝堂の玄関に、今鐘の綱を強く引っぱっている一人の寺男が立っていた。村の老人達は腰を曲げて道路に沿ってやって来るし、子供達は晴れ晴れした顔をして楽しそうに両親のそばで跳躍《こおどり》したり、自分の晴衣《はれぎ》の立派さを意識して真面目な足どりをまねたりした。粋な独身者は、しぶ皮のむけた少女達を流し目に見て、安息日の日光はいつもの日より少女達を美しくしていると思っていた。こうした群衆が、大体、礼拝堂の玄関に流れこんだ時、寺男はフーパー先生の戸口を見つめながら、鐘を鳴らし始めた。この牧師が見え出したということは、やがて鐘を鳴らすのをやめる合図であったのである。

「しかしフーパー先生は顔をどうしたのかしら」と、寺男はおどろいて叫んだ。

この言葉が聞える所にいた堂内のすべての人たちはすぐふりかえって、礼拝堂に向って深く沈思しながら、徐《しず》かにやってくるフーパー氏のような人の姿を見た。人々は、見も知らぬ牧師がフーパー氏の聖壇の椅子蒲団の塵を払おうとして来たかのよう、それよりも、もっと大きい驚きを表白しながら、一斉に立ち上った。

「あなた、あれは我々の牧師さんに違いないかね」と、グレーさんが寺男に問うた。

「たしかにフーパーさんです」と、寺男が答えた。「実は、フーパーさんは今日ウェストベリの牧師、シュウト先生と説教の交換をなさるわけなんですが、シュウト先生に別に葬式説教がおありなさるので御免蒙りたいって、昨日お断りになったのです」

人々がこんなにびっくりした原因はほんのちょっとした事のように思われる。フーパー氏は、三十歳ぐらいの上品な人物で、まだ独身ではあったが、丁度注意深い奥さんが、頸飾には糊をつけてくれるし、晴衣《はれぎ》からは一週間ごとの塵を払ってくれるかのように、牧師らしいさっぱりした服装をしていた。ところがこの日彼の様子にはただならぬ事が一つあった。それというのは、フーパー氏が、黒いヴェールを額にすっかり縛りつけ、それが自分の呼吸に震えるほど低く顔を蔽《おお》って下がっていたのである。近寄って見ると、それは二畳の縮緬《ちりめん》地でできているもののようで、口と頤以外は、すっかり顔を隠してはいたが、有生無生のあらゆるものを見ると、ただ黒く見えるというだけで、それ以上彼の視覚を遮《さえぎ》っているようではなかった。この陰気なヴェールを前につけて、フーパー氏は、放心している人にありがちなように、やや前かがみになって、地上を眺めながら、しかし礼拝堂の階段に立って自分を待っている信者達の誰彼に懇ろに会釈しながら、ゆっくりしたしずかな足取りで、歩いてきた。だが、人々はひどく驚いたので誰もその会釈に答礼するものはなかった。

「フーパーさんの顔が縮緬《ちりめん》の布片《きれ》のかげにあろうとは実際思われない」と、寺男が言った。

「まあ、いやなこと」ある年寄った女が、礼拝堂に足を引きずるようにしてはいりながら呟いた。

「牧師さんは顔をかくしたばかりで、何か恐ろしいものにお変りになった」

「私たちの牧師さんは気狂いになってしまったのだ！」と、グレーさんは閾《しきい》をまたいで牧師の後について行きながら叫んだ。

フーパー氏がはいる前に、何かえたいのしれないことが起ったという噂が礼拝堂にはいっていたので、それが会衆全体をさわがせた。戸口の方に首を曲げないでいられた人がほとんど誰もなかった。多くの人々は起ち上ってまっすぐに振り返って見たが、数人の子供達は椅子に攀《よ》じのぼり、恐ろしい喧噪《さわぎ》をしながらまた下りた。きっと牧師がはいってくる時に必ず起らねばならない静粛とは全く反対に、大騒ぎが、――女の衣ずれや、男の足摺《あしずり》などが起った。だが、フーパー氏は人々のこの騒ぎに気がついているとは思えなかった。彼はほとんど音がしない足取りでなかにはいって、両側の座席の人々に向って丁寧に頭を下げ、それから通路の中央にある安楽椅子に坐っている白髪の老人、即ち一番年寄った教区民の前を通った時会釈をした。おそまきながら牧師の様子が変だということに気がついたこの老人の様子を見るのは奇妙であった。彼は、フーパー氏が階段を登って、聖壇に現われ、その黒いヴェールを隔てて会衆に向った時まで、この一大怪事を充分知らなかったように見えたのである。さて、この不思議なしるしは決して一度も取り去られなかった。牧師が讃美歌を読み上げた時、ヴェールは彼の整った呼吸のために震えた。聖書を読んだ時、それは彼と聖書との間に、暗《やみ》を投げた。そして祈りを捧げているあいだ、ヴェールは上を向いた彼の顔に重たげに横たわっていたのである。祈りを捧げていた神に対して、彼は自分の顔を隠そうとしたのか。

たった一片のこの縮緬《ちりめん》の布片《きれ》が振るった威力はこんなふうであった。それで神経の弱い多くの女達は、礼拝堂を出てしまわないではいられなかった。だが、黒いヴェールが会衆に恐ろしく見えたと同じように、色を失った会衆の顔は、牧師にも恐ろしかったであろう。

フーパー氏はよい説教者という名声をもっていたが、力強い説教者という名声はなかった。彼はやさしくわけを説いて人を天国の方へ引き入れようと努《つと》める方で、神の言葉のはげしい勢いを借りて無理に天国へ追いこむような人ではなかった。この時彼がした説教も、例の連続説教の雄弁と全く同じ特色を持った話しぶりであったが、説教そのものの感情のうちか、それとも聴衆の想像のうちか、いずれともわからなかったが、何かいつもとはちがったものがあったので、それがためにこの説教は、聴衆が今までこの牧師の唇から聞いたうちで一番有力な立派な演説となった。またこの説教はフーパー氏の気質のおだやかな陰気さでいつもより一層陰気に染められていた。演題は、秘密の罪悪や、我々の近親の者にも、最愛の者にも隠して、全智の神が見ぬきたまうことを忘れ、自分の心にさえ隠そうとする世にも悲しいいろんな秘密に関してであった。一種微妙な力が彼の言葉に吹き入れられていた。最も無邪気な娘や、頑《かたく》なな心の男など、そういう会衆は一人一人牧師が恐ろしいヴェールをかぶって、こっそり彼らに迫って来て、自分達の行為や思いの積罪を摘発するような感じがした。多くの人達は握った手を胸に当てた。フーパー氏の説教には、何も恐ろしいことはなかった。少くとも、狂暴というようなところはなかったのだが、聴衆は、彼の陰気な震え声のひとふるえごとに、ぶるぶる震えたのだ。求めもしない哀切な感情が、恐怖とともに起ったのだ。それで聴衆は、牧師のうちなるただならぬ性質を感知したので、一吹きの風が吹いてきてヴェールを吹き払ってくれればいいと思ったのである。その姿、その身振り、その声は、間違いもなくフーパー氏のそれではあったが、きっと見知らぬ人の顔がヴェールの下からあらわれるだろうとほとんど信じて。

　礼拝が終ったので、人々は口に出せないでいた驚きをしきりに打ち明けようと思って、また黒いヴェールが見えなくなるやいなや急に気が軽くなったように思って、ゴタゴタと大急ぎで、礼拝堂を出た。ある者は集ってごっちゃになって小さい円を作り、そのまん中でみんなの口が囁き合っていた。ある者は黙想に耽りながら、独りで家路に向った。ある者は声高に語って、きこえよがしの高笑いをして安息日を瀆《けが》した。少数の人々は、秘密を見ぬいたといった様子をして賢げに首をふった。また一二の人々は、フーパー氏の眼が夜中の燈火のために弱っていたので、日光《ひよ》遮《け》を掛けただけのことで、それ以外には何の不思議もないのだと断言した。間もなくフーパー氏も会衆のしんがりになって出て来た。彼はヴェールをつけた顔をこの群からあの群へ向けながら、白髪頭の老人には、それにふさわしい敬意を示し、中年の人々には、友人として精神上の指導者として懇《ねんご》ろないかめしさで挨拶し、青年には権威と愛がまざった態度をもって会釈し、幼い子供達の頭には、手をあてて祝福してやった。これは安息日にフーパー氏がおきまりにやることだった。だがこの日彼がこういうふうにしておきまりの礼儀をしたのに対して、人々はただけげんな思い惑った顔つきをして答礼しているばかりで、これまでのように牧師のそばに並んで歩く光栄を願うものは一人もいなかった。長老のサンダース氏は偶然度忘れしたにちがいないが、フーパー氏を食事に招くことを忘れた。彼はこの地に来ておちついてからずっと、ほとんど毎日曜日に招かれて、サンダース氏の食事を祝するのがおきまりだったのである。だが、この日だけサンダース氏は招待を忘れたので、フーパー氏は、すぐ牧師館に帰った。そして戸を閉めていた時、彼は彼を見詰めている群衆を振り返って見たことがわかった。淋しい微笑が黒いヴェールの下から、かすかに閃めいて、彼の口のあたりにちらついた、彼が見えなくなった時ほのかにひかって。

「女が帽子につけるようなたった一枚のヴェールが、フーパーさんのお顔に掛かったら、あんなに恐ろしくなったのよ、何て不思議でしょう」と、一人の婦人が言った。

「こりゃ確かにフーパーさんの脳髄に何か障害があるに相違ない」と、村医者であるその婦人の夫が言った。「だが、最も不思議に堪えんのは、私のような真面目な人間にさえこの気まぐれが引き起した結果だ。あの黒いヴェールは牧師さんの顔だけを包んでいるのだが、それが牧師さんの全身に力を振るって、頭から足まで、まるで牧師さんを幽霊のようにしている。おまえはそう思わないか」

「本当に私もそう思います」夫人が答えた。「そして私はどうしたって、あの方とたった二人きりでなんかいられやしません。私はあの方がおひとりでいらっしゃるのも恐ろしくはないかと思います！」

「男はそういうこともあるのだ」と、夫が言った。

午後の礼拝も同じような事情が伴っていた。礼拝が終った時、若い婦人の葬式のために鐘が鳴った。親戚や友だちだけは堂内に集り、縁つづきでない知人たちは戸口の辺に立って、みな死んだ人のよい性質のことなどを話し合っていたが、その時やっぱり黒いヴェールをつけていたフーパー氏が出て来たので話が遮《さえぎ》られた。だが、それはその場に似つかわしい表章《しるし》であった。牧師は遺骸《なきがら》の置かれてある室にはいって、死んだ人に最後の別れを告げるために身をかがめた。身をかがめた時、ヴェールが彼の額から垂直《まっす》ぐに垂れ下がったので、もし死んだ少女の瞼が永久に閉ざされてなかったら、彼女は牧師の顔を見たかも知れないのだ。フーパー氏が大急ぎで黒いヴェールを取り直したところを見ると、彼は少女の眼を恐れたのであろうか？　この死んだ人と生きている人の会見を見たある人は、牧師の顔が暴露された刹那、その死骸は、容貌こそ死の平静を失ってはいなかったが、経帷子《きょうかたびら》とモスリンの帽子をさらさらと音をさせながらかすかに身震いしたと、躊躇せずに断言した。この怪事を目撃した人は一人の迷信家の老婦人で、その他に誰もそんなことを見たものはなかったのだ。フーパー氏は棺前を去って、会葬者の部屋に行き、そこから葬式の祈禱をするために階段の上まで進んだ。それは、情のこもった心も融けるほどの祈禱で、悲しみにみちてはいたが、天につける希望に染まっていたので、死んだ人の指で掻き鳴らされる天の小琴の妙楽《みょうがく》が、牧師の最も悲しい調子の中に、かすかに聞えるのかと思われるほどであった。牧師が「ここにいる人々も、私自身も、すべての人類も、顔からヴェールをもぎとる恐ろしい臨終の時の用意をこの少女のようにしているように」と祈った時、牧師の言葉がはっきりわからなかったけれど、会葬者達は、皆ふるえた。担ぎ人夫は重たそうに出て行った。そして会葬者たちは、死んだ人を前に、黒いヴェールをつけているフーパー氏をうしろにして、街道をすっかり悲しみの色で染めながら、ついて行った。

「どうしておまえはふりかえるのか」と、行列に加わっていた一人が自分の妻に言った。

「わたくしは、牧師さんと、このお嬢さんの霊魂《たましい》が手をとりあって歩いていらっしゃるような気がしました」と、妻が答えた。

「そう言われると、私も、丁度今そんな気がしたよ」と、夫が言った。

ミルフォード村でも第一の美男と美女がその夜結婚式を行うはずであった。フーパー氏は元来陰気な人と思われていたが、婚礼などの場合には、穏やかな快活なところがあったので、あんまり高笑いなんかはしなかったけれども、いつも人が喜べば自分も喜んで、しばしば微笑したのであった。こういう気質ほど彼を愛すべきものにしたものはなかった。さて婚礼に列席していた人々は、今日一日フーパー氏の身に集った不思議な恐怖も今は消え去るだろうと思って、彼の来るのを待ちかねていた。だが、結果は案外だった。フーパー氏がはいって来た時、最初に人々の眼についたものは、先の葬式に深い陰気さを加え、この婚礼には禍いのほか何物をも予表しなかったところの、あの恐ろしい黒いヴェールであった。たちまちその結果はお客さんたちの上に現われて、丁度一団の雲が黒くヴェールの下から湧き起って蠟燭の光を暗くしたように思われた。花婿と花嫁は牧師の前に立っていたが、花嫁の冷たい指が花婿の震える手の中でぶるぶる震えた。そして花嫁の死のような蒼白さは、数時間前葬られた少女が、結婚するために墓から出て来たのだという耳語《ききやき》を起した。もしこんな陰気な結婚が他にあったならば、それは、結婚の時に葬式の鐘を鳴らしたあの有名な結婚であった。さて儀式がすんだ後、フーパー氏は杯を唇にあげて、新夫婦の幸福を祝った。炉辺から発する気持のよい光のように、お客さんたちの顔に活気を与えたはずである温和な喜びの調子で。その瞬間、黒いヴェールは鏡に映った自分の姿を一瞥して、他のすべての人々を恐れさせた恐れの中に自分の精神をも押し包んでしまった。彼の身体は震え、唇は白くなり、まだ味わわない酒を絨毯の上にこぼして、突然暗《やみ》の中に突進した。というのは地も、黒いヴェールを着けたから。

翌日ミルフォード村全体の人々はフーパー牧師の黒いヴェールの話で持ち切りだった。ヴェールと、ヴェールのかげに隠れている秘密が、街で行き会う知人たちの間に、あるいは窓を明け放して無駄口をきいている女達の間に、議論の題目を提供した。旅館の主人が客に語る珍談の最初の話題がこれであった。子供達は学校へ行く途中でこの事をしゃべり立てた。人まねの好きな一人の腕白小僧は、古い黒いハンケチで、自分の顔を隠して、遊び仲間をこわがらせたが、それがあんまりひどかったので、自分も恐ろしくなり、自分の道化のために自分でほとんど正気を失うほどであった。

注意すべきことは、教区内に住んでいるおせっかいな人々や差し出がましい人々のうちで、誰一人フーパー氏に向って、なぜ彼がこんなことをしたのか、率直にたずねようとするものがなかったことである。これまではそうした干渉をちょっとでも必要とした場合には、いつもきっと彼に忠告するものがあったし、また忠告をした人の判断に従うことをいやがるふうも彼にはなかったのだ。もしフーパー氏に何か間違いがあったとすれば、それは彼に甚しく自信が乏しかったことで、ちょっとでも人から非難を受けたりすると、つまらない動作でも、罪悪のように考えたのであった。だが、教区内の人々は、フーパー氏のこうした可愛い弱点を知ってはいたが、誰一人として、黒いヴェールのことについて、好意を以て諫《いさ》めようとするものはなかった。この時めいめいの胸のうちには、あからさまに白状しないが、さればとて注意深く隠しもしないある一種の恐怖の感情があって、それがために、めいめい責任を他に移していたのだが、とうとう人々は、それが大きくなって世の物笑いとならぬうちに、その秘密についてフーパー氏と交渉するため、教会の委員を遣わすことが便利だろうということになった。だが、この委員達ほどひどい失敗をしたものはなかった。牧師はまず懇《ねんご》ろに委員達を迎えたが、人々が椅子につくと、黙ってしまって、大事な用事をきり出す全責任をお客にまかせてしまったのだ。想像せらるるとおり、彼らが何の問題を携えて来たかは、充分明白だったのである。黒いヴェールはフーパー氏の額のぐるりに縛りつけられて、彼の穏やかな口から上の目鼻をすっかり蔽《おお》い包み、委員達は、折り折り牧師の口のあたりに陰気な微笑がきらめくのを見た。だが、この縮緬《ちりめん》の布片《きれ》は、委員達が想像したところによると、フーパー氏と彼らとの間の一つの恐るべき秘密の象徴として、彼の心臓の前に垂れ下がっていたように思われた。このヴェールさえ取り去られたら、委員達はそれについて自由に話すことができたかも知れないが、それが取り去られるまでは話ができなかったのである。こうして彼らは、随分長いあいだ言葉もなく、どぎまぎしてフーパー氏の眼を不安そうに避けながら坐っていた。フーパー氏の眼が、彼らには見えない瞥見をなげて、彼らを見つめているような感じがして。とうとう委員達は、これは余りにも重大な事件なので、宗教大会を要しないとしても、教会会議を開かなければ、どうすることもできないことだと言って、赤面して、彼らを選んだ人々の方へ引き返した。

ところが、誰でもこわがったその黒いヴェールを何とも思わなかった女が一人村にいた。委員達が一つの質問もせず、一つの説明をも求めようとしないで帰って来た時、この婦人は冷静な強い性格から、牧師の身のまわりに、刻々に暗闇《くらやみ》の度を増して粘着しかかっているように思われる怪しい雲を払い除けようと決心した。もともとこの婦人はフーパー氏の許嫁《いいなずけ》だったので、黒いヴェールが隠している秘密を知ることは当然彼女の権利だったのである。だから、この女は、フーパー氏の最初の訪問をうけた時、牧師のためにも、自分のためにも、事がすらすらいくような率直な態度で早速この問題を持ち出した。フーパー氏が坐ってから、女はじっとヴェールを見つめていたが、人々を、ひどく恐れさせた恐ろしい陰気な影をどうしても見つける事ができなかった。それは、ただ、彼の額から口のところまでぶら下がっている二畳の縮緬《ちりめん》であって、それが呼吸をするたびに、動いているに過ぎなかった。

「おや、この縮緬《ちりめん》の布片《きれ》には何もこわいものはありゃしない。わたしが始終見ていたいと思うお顔を隠しているばかりだわ」彼女は声高にほほえみながら言った。「さあ、あなた、雲の蔭からお日様を照らして下さい。まずそのヴェールをのけて下さい。それから、なぜ、あなたが、そんな物を掛けていらっしゃるか話して下さい」

フーパー氏の微笑はかすかにきらめいた。

「いや、いずれ、私達がみんな自分達のヴェールをとってしまわなければならない時がきっと来ますよ。私がその時まで、この縮緬《ちりめん》の布片《きれ》を掛けていたからって、どうかしてると思われては困りますね。あなた」と、彼は言った。

「あなたのお言葉までが何だか不思議ですわ」と、その若い婦人が答えた。「せめて、お言葉からヴェールを取り除けて下さい」

「エリザベスさん、私の誓いの許し得る限りで、そうしましょう」と彼は言った。「それで、このヴェールは一つの型であり、しるしであるということを知って下さい。そして私は明るい所でも、暗い所でも、一人でいても、人々の眼の前でも、親しい友達といる時でも、知らない人たちといる時でも、同じように、いつもこれを掛けていなければならないのです。どんな人間の眼もこれが取り除けられるのを見ないでしょう。この恐ろしい日光遮《ひよけ》がいつも、世の中から私を引き離していなければなりません。エリザベスさん、あなただって、このヴェールのかげに来ることは決してできません！」

「あなたが、そんなふうに、永久に、お眼をおかくしになっていらっしゃるところを見ると、一体どんな悲しい不幸があなたに起ったのですか」と、彼女は熱心に問うた。

「もしこのヴェールが喪章なら、私も世の中の大多数の人々と同じように、充分黒いヴェールであらわされる暗い沢山な悲しみを持ってるのでしょう」と、フーパー氏は答えた。

「けれど、それが罪のない悲しみのしるしだということを世間の人たちが信じなかったらどうなさいます？」と、エリザベスが迫った。「あなたは、どんなに、人々から愛され尊敬されていらっしゃっても、何か秘密な罪のために気が咎めて顔を隠していらっしゃるのだという噂が立たないとも限りません。どうかあなたの聖《きよ》いお実務《つとめ》のために、この醜聞をやめて下さい」

こう言って、彼女はずっと村中に広がっている噂の本体を諷刺した時、彼女の頰に紅の色がのぼった。だが、フーパー氏の穏やかさは彼を見放さなかった。彼は微笑さえもした。――ヴェールの下のやみから発してくる、かすかな光の閃めきのようにいつも見える例の悲しい微笑を。

「私が悲しみのために顔を隠しましても、充分な理由があるのです」と彼は答えただけであった。

「そしてもし私が秘密な罪のために顔をかくしているんだとしても、隠さずにいられる人は果して誰でしょう？」

　そうして彼は穏やかではあるが、どうすることもできない強情さで、彼女の一切の懇求《ねがい》に抵抗した。とうとうエリザベスは坐って黙ってしまった。こうして数秒間、彼女は全く思案に暮れているように見えた。おおかた、どんな新しい方法をやってみたら、この恋人を、こんなひどい陰気な空想から、引きのけられようかと考えていたのであろう（その空想は他の意味がなかったら、おおかた精神病の徴候であった）。もともとエリザベスは、フーパー氏よりもずっとしっかりした性格の女だったけれど、とめどもなく涙が頬を流れた。だが、たちまち、言わば、何か新しい感情が悲しみの代りになったかのよう、彼女の眼が知らず識らずじっと黒いヴェールを見つめた。その時空中に忽然とひらめく薄明のように、彼女のぐるりにヴェールの恐ろしさが落ちてきた。彼女は立ち上って、彼の前に震えながら立った。

「それでとうとうあなたもそんな感じがなさいますか？」と、彼は悲しげに言った。

　彼女は答えもせず、手で眼を蔽《おお》い、向き直って室を去ろうとした。彼は急に突き進んできて彼女の腕を捉えた。

「エリザベスさん私をこらえて下さい！」と、彼ははげしく叫んだ。「たとえこのヴェールがこの世で、私たちを隔てていなければならないとしても、私を見棄てないで下さい。私の妻になって下さい。そしたら未来には私の顔に何の覆いもなくなり、私達の魂と魂の間には、何の暗《やみ》もなくなるようにしましょう！　これはこの世限りのヴェールに過ぎません――永久のものではありません！　おお！　この黒いヴェールのかげに私一人でいることが、どんなに淋しいか、どんなに恐ろしいか、あなたは知らないのです！　永久にこんなあわれな暗《やみ》の中に私をおきっぱなしにしないで下さい」と、彼女は言った。

「たった一度だけヴェールをあげて、私の顔を見て下さい！」

「いや、それはどうしてもできません！」と、フーパー氏が答えた。

「それじゃ、(しかたがありませんわ。) さようなら！」と、エリザベスは言った。

彼女は牧師の手から自分の腕を引き離して、ゆっくりと退いたが、戸口に足をとどめて、黒いヴェールの秘密をほとんど見貫いたかと思われる、身震いするほどの長い凝視をした。だが、この黒いヴェールが予表した恐ろしさが最も情深い恋人たちの間をもくらく塗りつぶさねばならなかったとはいえ、自分を幸福から引き離してしまったものは、有形な一つのしるしの仕業に過ぎないと思って、フーパー氏は悲しみのうちにもほほえんだ。

その時から、誰も、フーパー氏の黒いヴェールを取りのけようと企てたり、直接フーパー氏に話して、それが隠していると想像される秘密をあばこうと試みるものもなかった。普通人がもっている偏見にとらわれないと思っている人々は、フーパー氏が、黒いヴェールを掛けているのは、単に一種の狂想に過ぎないと考えた。その狂想というのは、その他の点においては合理的な人々の真面目な行動としばしば混合して、それの気狂いらしさでそういう行動を色づけるようなものだ。だが、多くの人々に対して、フーパー氏はとりかえしがつかないような怪物となった。温和《おとな》しい臆病者は牧師を避けるために外道《わきみち》を歩き、その他の者は、彼の往き来《き》の道に身をあらわすことを勇敢な行為と考えたということを知ったので、牧師は安心して道を歩くことができなかった。

ことに後者に属する人々の無礼のために、彼が日暮ごとに、いつも習慣としていた墓所への散歩をもやめなければならないようになった。というのは、彼が愁わしげに、墓の門にもたれていると、いつも、多くの人々の顔が、彼のヴェールを覗きながら、墓石の背後に現われたから。その後フーパー氏の姿は墓場から見えなくなったが、それは、死人の凝視が彼をそこから追いやったのだという噂が広がった。かつまた、子供達は、フーパー氏が近づくのを見ると、陰気な姿がまだ遠く隔っているにもかかわらず、一番楽しい遊戯をさえやめて、飛ぶように逃げてしまうのを見ると、情深い彼は、胸がいたむほどの悲しみを感じた。子供達が本能的に、黒いヴェールを恐れるということが、黒いヴェールの糸に何か超自然的な恐ろしさが織り込まれているということを何よりもつよくフーパー氏に感ぜしめた。実際彼自身それを非常にいやがったということもあきらかな事実で、彼は決して鏡の前を通ろうとしたこともなく、また静かによどんでいる泉の平和な水面に映る自分の影に驚くことを恐れて、身をかがめて水を飲もうとしたこともなかったのだ。そしてこの一事は、フーパー氏の良心が、全く隠しきるには余りに恐ろしい、または非常にわかりにくく暗示でもするよりほかにはどうしても隠し切れないほど恐ろしいある大罪のために、自分を責めているのだという人々の私語をまことらしいものにしてしまった。こういうふうにして、黒いヴェールの下から、罪だか悲しみだか曖昧なもの、即ち一団の雲が、日あたりに流れこんで、このかわいそうな牧師を包んでしまったので、愛も同情も彼に達することができなかったのだ。幽霊と悪魔が、ヴェールのうしろで彼と交わっているという噂が立った。こうして彼は自分の戦慄と他人の恐怖を身にもって、あるいは自分自身の魂の中を暗中摸索し、あるいは世界中を陰気にしたヴェールから凝視しつつ、絶えずヴェールの蔭に蔽《おお》われて歩いていた。横着な風でさえ、彼の恐ろしい秘密を憚って、ヴェールを吹き払わないんだと人々は信じた。だが、フーパー氏は、依然として、人々の群の側を通り過ぎるたびに、人々の蒼白な顔を見て悲しげに微笑した。

黒いヴェールは、あらゆる悪の力をもっていたが、ヴェールをつけている人を非常に功徳のある牧師にした好ましい一つの力があった。フーパー氏はこの神秘なしるしの助けをかりて――他にはっきりした原因が何もなかったから、――罪に悩んでいる人々に対して、恐ろしい権力をもつ人となった。彼のために悔い改めた人たちは、比喩的に言うのであるが、牧師が自分達を天国の光明に導いてくれた前には、自分達も矢張り牧師と一緒《いっしょ》に黒いヴェールをかけていたのだと断言して、彼ら特有の恐怖心をもっていつも牧師を見ていたのである。実際、黒いヴェールの暗黒は、フーパー氏にあらゆる陰気な感情と同感することをえしめた。臨終の罪人はきっとフーパー氏を呼んで引導を受けたいと言い、彼が見えないうちは、息を引き取らなかった。フーパー氏が慰めの言葉をささやこうと思って身をかがめると、自分の顔の近くに顔をよせる覆面の顔を見ていつも彼らは戦慄したが。死神が顔をむき出しにした時でさえ、黒いヴェールの恐ろしさは変らなかったのである！　かつまた、知らぬ人たちは、フーパー氏の顔を見ることを禁じられていたために、せめて彼の姿だけでも見ようというつまらぬ目的を抱いて、彼の会堂で行われる礼拝に出席しようとはるばるやって来た。だが、多くの人々は、家を出る前に戦慄を感じさせられた！　彼は一度、ベルチア知事の統治時代に、フーパー氏は選挙説教をする任命をうけた。この時も、彼は例の黒いヴェールを顔にかけて、知事や、参事や、議員たちの前に立って非常に深い感動を与えたので、この年のいろんな立法案が昔の祖先時代のあらゆる陰気さと敬虔さを帯びるようにされたのであった。

こういうふうにして、フーパー氏は、外部の行為には何一つ非難すべきこともなかったが、いつも気味の悪い疑問に包まれ、人からは愛せられずに、ぼんやりと恐れられていたが、人には親切で、愛情深く、人々から離れている人で、健康な時や、楽しい時には、忌避されたが、臨終の苦悶になやむ時には、いつも助けを呼び求められて、長生きの生涯を送った。積る年の白雪が黒いヴェールの上にかかり、多くの年月が過ぎ去るにつれて、彼は新英州の教会の中で有名になり、フーパー教父と呼ばれるようになった。彼が赴任した頃、血気盛りであったほとんどすべての教区民は、多くの葬式によって運び去られてしまった。彼は会堂の中に一団の会衆をもっていたが、墓場の中にはもっと多数の一団の会衆をもっていた。そしてこんな晩年まで働いた上に、これほどよく仕事を仕遂げたのだから、今は安心して休むのがフーパー教父の番であった。

老教師の臨終の室には、数人の人々が、被いのついた蠟燭の光に照らされているのが見えた。牧師には血縁の者は一人もなかった。だが、この救助の見込のない病人の最後の苦痛を和《やわ》らげようとする目的しかない、平気ではあるが、静粛な医師がいた。教会の執事たちやすぐれて敬虔な他の信徒達もいた。また臨終の牧師の床のそばで祈禱をするために急いで馬に騎《の》ってきた年の若い熱心な牧師、ウェストベリのクラーク先生もいた。それからまた看護婦もいた。それは臨終のために傭い入れた侍女ではなくって、こんなに長い間、ひそかに、ひとりで、老年の冷たさの中に堪え忍び、臨終の時になっても滅びないしずかな愛情をもっている人であった。これはエリザベスをほかにして誰であったろう！　そうしてフーパー教父の白髪頭《しらがあたま》は臨終の枕に横たわっていた。相変らず黒いヴェールが額に縛りつけられ顔の上に吊り下がっていたので、彼のかすかな呼吸がますます困難になって喘《あえ》ぐごとにそれが動いた。生涯のあいだあの縮緬《ちりめん》の布片《きれ》が彼と世間の間に掛かっていた。それは楽しい友愛と婦人の愛から彼を引き離し、またすべての牢獄のうちで一番悲しい牢獄（彼自身の胸という牢獄）の中に彼を押し込めた。そして今なお、そのヴェールは、丁度彼の暗い室の陰気さを一層深くし、永遠の日光から彼を遮《さえぎ》ろうとするかのように、彼の顔の上に横たわっていた。

　これより少し前、彼の心はあやしく乱れて、過去と現在の間に覚束なげによろめき、言わば、折り折り、来世の渾沌の中にさまよいこんだように思われた。彼は激しい神経の衝撃のために、輾転反側して、今までもっていたわずかばかりの力をもすっかりすり減らしてしまった。だが、一番ひどい痙攣のあがきの時も、また他の思想が力を失ってしまった時、脳髄の一番ひどい狂乱の時も、彼は依然として、黒いヴェールが滑り去ることを、ひどく心配しているようであった。彼の乱れた魂は忘れたとしても、彼の枕辺にはあの忠実な婦人がいたので、眼をそらして、盛りの年の立派な様子の時見たきりのその老顔を隠してくれたのであろう。こうしてとうとうこの死にかかっている老人は、心も身も全く疲れ切ってしまって、現心《うつつごころ》もなく静かに横たわり、脈搏はあるか無きかのようにかすかになり、呼吸はだんだん弱っていった。ただ長い、深い、不規則な吸う息が、彼の魂の飛び去る序楽のように見える時のほかは。

ウェストベリの牧師は床の側に進み寄った。

「敬愛するフーパー教父さん。あなたの解放の瞬間《とき》が近づいています。未来を寄せつけないように、現在を押しこめているヴェールをあげる用意ができていますか」と、彼は言った。

フーパー教父は初めこれを聞いてもか弱く頭を振って答えとするだけであった。それから、意味がはっきりしないだろうと思って何か言おうとした。

「いや、私の魂は、このヴェールをあげてもらうまで、待ちくたびれていますよ」と、彼はかすかな調子で言った。

「して、人間の判断力が公言しうる範囲で、行為思想ともに清浄な、何一つ点のうちどころのない、祈禱に熱中して、人の手本とも言うべき方が、また教会の教父とも仰がれる方が、こんなに純潔な生活をまっ暗くするように思われる陰を、思い出に遺されるのは適当なことでございましょうか？　敬愛する兄弟、お願いですから、そんなことをしないでいただきたいのです！　今あなたが未来の報いを受けにお出かけになる時、いかにも勝ちほこった様子をみせて、私たちを喜ばせて下さい。永遠のヴェールが上げられるまえに、あなたの顔からこのヴェールを取りのけさせて下さい！」と、クラーク先生がつづけて言った。

こう言いながら、クラーク先生は、多年の秘密を暴露しようと前方に身をかがめた。だが、フーパー教父は、見ているすべての人々を呆然たらしめた不意の元気を振るって、やにわに両手を寝衣《ねまき》の下から引ったくるように突き出し、両手を黒いヴェールの上にひしと押し当てた。ウェストベリの牧師が死にかかっている自分と争おうとするならば飽くまでも争おうと決心して。

「いけません！　いけません。この世では！」と、覆面の牧師が叫んだ。

「これはどうも解らない老人だ！　あなたはどんな恐ろしい罪をもって、今、神の審判を受けに行かれるのですか」と、驚いたクラーク先生が叫んだ。

　フーパー教父の呼吸がはずんで咽喉の中でゴロゴロした。だが、彼は大努力をして両手で摑み上って、生命をつかまえ、彼が話をするまでその生命を引き戻した。彼は床の中に身を起しさえもした。そして黒いヴェールは、この最後の刹那に一生涯の恐怖を集めて、恐ろしく垂れ下がり、彼は死の腕につかまれて震えながら、そこに坐っていた。だが、例のかすかな悲しい微笑はその時ヴェールの暗《やみ》の中から閃めいてきて、フーパー教父の唇の上にさまようているように見えた。

「なぜ、あなた方は、私だけを見て戦慄なさるのですか」環を為している蒼白い見物人のあたりに、彼は自分の覆面した顔を、向けながら叫んだ。「あなた方もお互いに戦慄し合うがよかろう！　今日まで男が私を避け、女が憐みをかけず、子供が叫んで逃げ隠れたのは、私の黒いヴェールのせいだけであったのか？　このヴェールが、ぼんやり表示した秘密以外に、何が、そんなにこの縮緬《ちりめん》の布片《きれ》を恐ろしいものとしたか。友が友に向って、一番ふかい心の奥を吐き出す時。また恋人が、最愛の者に向って、一番ふかい心の奥を吐き出す時。また人が自分の罪の秘密をいやいや蔵しながら、造物主の眼をいたずらに恐れない時。その時こそ、生涯私の顔の前に掛けて今そのままで死ぬこのヴェールのために、私を怪物と考えてもよろしい。あたりを見わたして見ると、ああ御覧なさい！　めいめいの顔に皆黒いヴェールが掛かっているじゃないか」

　きいている人たちがお互いに驚き合い、畏れ合っていた間に、フーパー教父は唇にかすかな微笑を湛えて、覆面の死屍となって、枕の上に倒れてしまった。そこで人々は覆面のまま彼を棺に入れ、覆面の死屍として彼を墓場へ持って行った。その後多くの歳月の草は墓の上に生えて枯れ、墓石は苔むし、立派なフーパー氏の顔は塵になってしまった。だが、その顔が黒いヴェールの下に朽ちたことを思うと、やっぱり恐ろしい！

（佐藤清＝訳）

古衣裳のロマンス

ヘンリー・ジェームズ

ジェームズ James, Henry 1843–1916

ニューヨーク市生まれの小説家。兄は有名な心理学者で心霊現象にも関心をもったウィリアム・ジェームズである。長らくヨーロッパで教養を身につけ、主として人間の意識・無意識の変容を見る立場から幽霊物語を多数執筆した。しかし舞台や題材はあくまで古典的で、ポオやラヴクラフトの系列にはない。

この方面の代表作『ねじの回転』（一八九八）は、悪霊にとりつかれた二人の子供をまかせられた女家庭教師が、その悪霊と関係していくうちに自らも変容をきたすプロセスを描きながら、一方すべては女教師の満たされぬ性的生活が生みだした妄想かもしれないという留保を残す、意欲的なゴースト・ストーリィである。

本書収録の一編は、ラヴクラフトの作品にも一脈通じるアメリカの古い家庭にかかわる遺品を描いた初期の小説であり、もってまわった陰惨な歴史ロマンにもなっている。ラヴクラフトが恐怖の本体をあらゆる角度から追い詰めようとしたのに対し、ジェームズが恐怖の被害者の心情の変化にもっぱら関心を示している点がおもしろい。

1

十八世紀の中ごろ、アメリカのマサチューセッツ州にある貴婦人の未亡人が住んでいた。三人の子の母で、名はベロニカ・ウィングレーブ夫人であった。若い頃に夫を失い、ひたすら子供たちの世話に尽くしていた。幼かった子供たちは今では大きくなって、いくらか親の恩に報い、母の最も大きな期待に添うぐらいまでになった。いちばん先に生まれたのは息子で、母はバーナードと呼んだが、父の名を取ったのであった。ほかのふたりは娘で――三年の間をおいて生まれたのであった。美貌がこの家の伝統であったが、この三人の若者たちはこの伝統がなお滅んでいないことを示しているようであった。長男は秀麗な紅顔の、運動型の体格であって、その当時（現在も同じであるが）これはイギリス人の立派な血統のしるし――正直で、愛情のこまやかな青年、親をうやまう息子、弟妹をかばう兄、そして誠実な友人を意味していた。しかし彼が賢明だとはいえなかった。この家の知恵はおもに妹たちへよけいに配分されていたのだった。亡くなった父、ウィングレーブ氏はシェークスピアのたいへんな読書家であった。当時はシェークスピア研究といえば現代よりもはるかにもっと自由思想を意味していたし、社会もまた、書斎において劇を愛読するのにさえ非常な勇気を必要としたありさまであった（当時のニューイングランドの清教徒社会では、劇のような娯楽は一般に禁じられていた）。そして自分のふたりの娘を、気に入りのシェークスピアの劇から取った名で呼んで、この大詩人に対する称賛を世に示したいと望んだのだった。姉にはロザリンド（『お気に召すまま』の女主人公で時に男装もする才気に富む女）というロマンチックな名をつけたし、妹をパーディタ（『冬ものがたり』の登場人物）と呼んだのだった。これはふたりの間に生まれてたった数週間生きただけの女の子を偲んだ名であった。

バーナード・ウィングレーブが十六歳になったとき、母は思いきった顔つきで、死に際の夫の言いつけを実行しようと覚悟した。これは正式の命令で、息子が適齢に達したら、イギリスに留学させ、父親が典雅な文学趣味を養ったオックスフォード大学で教育を終えさせよ、というのであった。ウィングレーブ夫人は、息子ほどのすぐれた者は東西ふたつの半球に見つかるまいという信念であったが、彼女は古い保守的な、文字通り従順な人であった。彼女は泣きたい思いをぐっとこらえ、息子の旅行鞄を詰めたり、田舎の簡単な旅装をいっさい整えて、大西洋を越える海の旅へ息子を送り出した。バーナードは父と同じカレッジへ登校して、イギリスで五年を過ごし、優等生でこそなかったが、すこぶる愉快に暮らし、信用を落とすこともなかった。大学を卒《お》えると彼はすぐフランスへ旅行した。二十四歳の時に故国へ向かう船に乗って、貧弱なニューイングランド（ニューイングランドは当時非常に小さかった）を非常に不便な、流行遅れな住地だろうと心にきめていた。ところが本国はいろいろ変わっていた。バーナードの意見もまた変わった。自分の母の家が全く快適な住宅だとわかった。そして妹たちはほんとにうっとりするほどの魅力あるふたりの淑女に成長していることを知った。そして祖国イギリスの若い婦人に少しも劣らない才芸と品位を備えていて、その上、この土地育ちのある新奇さと野性味があり、たといそれが教養ではないにしても、それだけ優美さを増したことは確かであった。バーナードは母に向かってひそかに、妹たちは祖国イギリスのどんな一流の若い貴婦人とも充分に肩を並べられる資格がある、とはっきり言った。これを真にうけたウィングレーブ夫人はほんとうに、ふたりの娘に頭をぐっと誇り高く持ちあげるように言いつけた。これがバーナードの意見であったし、これを十倍も高めたものが、アーサー・ロイド氏の意見であった。この紳士はバーナード氏の学友で、令名高い名家の青年であり、立派な風采をした、相当な遺産を相続する身であった。彼はその財産を繁栄しているこの植民地の貿易に投資しようと計画していた。彼とバーナードとは盟友であった。ふたりはいっしょに大西洋を渡った。そしてこの若いアメリカ人は自分の母の家で時を移さずアーサー・ロイドを紹介した。彼はこの家で、今暗示したような好印象を受けたし、またそのような好い印象を人々に与えたのであった。

　ふたりの妹はこの時、ともに新鮮そのものの花も恥じろう若盛りであった。もちろん、姉も妹も、この生まれながらの輝くばかりの美しさを、それぞれ自分に最もふさわしいふうに発揮していた。このふたりは容姿も違えば性質もまた違っていた。姉のロザリンド——今二十二歳になったばかり——は背が高く色白で、落ち着いた薄墨色の目とふさふさとした金褐色《オーバン》の髪を持っていて、どこかかすかにシェークスピアの喜劇に登場するロザリンドの面影があった。もっとも作者は（もしお許し願えれば）シェークスピアのロザリンドをブルネット（小麦色の肌・褐色または黒みがかった髪と目）の女であり、それでも彼女はすんなりした、軽やかな身体つきであって、この上なくものやわらかですばらしく頭の回転の速い女であったと想像する。このウィングレーブ嬢は、いくらかリンパ質的な美しさや、上品な両の腕、堂々とした背丈、おもむろに話す口調などから、冒険的な活動向きにはできていなかった。彼女は（シェークスピアの男装するロザリンドのように）男の子の着るジャケットや半ズボンを着たためしはいっぺんもなかったろう。そして、じっさいにとてもふっくらした美しさがあるために、彼女の天性の高貴さを妨げる理由があったのかもしれない。パーディタも彼女の美しい憂愁に因《ちな》む名を、もっと容姿と気質に調和した名と交換した方がずっとよかったかもしれなかった。彼女は清教徒のその国じゅうでいちばん細い腰といちばん軽やかな足を持っていたと同時に、ジプシー娘の頬と熱っぽいやんちゃな子供の目つきをしていた。諸君が彼女に話しかけるならば、美貌の彼女の姉ならいつも待たせるところを（その間姉は諸君を冷たい美しい目で見つめているのだ）、彼女はけっして待たせないで、諸君が意見を半分も話していないのに、一ダースぐらいの答えを出して自由に選ばせるほどであった。

うら若い少女たちは兄とふたたび会って大喜びであった。しかしふたりとも、兄の友人に対してもまたいくらかの親切を分けてあげることは何でもないと思った。青年たち、友人や隣人、この州の美貌な青年紳士の中には、たくさんの優秀な若者や、数人の献身的な田舎の色男や、総なでの女蕩しとか征服者などのすごい評判を誇る二、三名の男たちがいた。しかしこうした生真面目な植民地人の田舎育ちの技巧や、ちょっと荒っぽい色艶事は、アーサー・ロイド氏の秀麗な顔、立派な服装、折目正しい礼儀作法、非のうちどころのない優雅さ、驚くほどの博識には全く顔色なしであった。彼は実際のところけっして完璧な模範とは言えなかった。彼は有能な、卑しからぬ、教養ある青年であり、豊かな英貨ポンドと、健康と自己満足を充分に持ち、愛情を投資する対象者はまだいないが、愛情の資本をいささか持ち合わす者であった。それでも彼は紳士階級の青年であった。立派な風采をしていた。勉強もしたし旅行もしていた。彼はフランス語を話した。フルートを吹いたし、きわめて高尚なふうに朗々と詩を吟じた。このように完全な、広い世間を知る男子の前で、他の男友だちみんなが、ウィングレーブ嬢とその妹の心にみすぼらしい姿としか映らなかったその理由はたくさんあった。ロイド氏に関するいろいろの逸話がニューイングランドの若い乙女たちに、ヨーロッパの花の都の上流社会の人々の風俗や習慣を、ロイド氏のあずかり知らないことまで吹きこんだのであった。傍らに坐って、彼とバーナードとが、ヨーロッパで会ったり見たりしたすばらしい人々やすばらしい物について話し合っているのを聞くのは楽しいことだった。彼らは午後のお茶がすんだあと、みんな腰板張りの小さい客間の暖炉のまわりに集まるのだった。するとふたりの青年は、絨毯の上で向き合って、あれやこれや、また他のいろいろな冒険を互いに思い出させ合うのだった。ロザリンドとパーディタとは、その冒険が正確にはどうであったのか、どこで起こったのか、またその場に誰がいたのか、そして婦人たちはどんなものを着ていたか、などを知りたくてしばしば熱心に聞こうとするのだった。しかし当時は、上流家庭に育った若い婦人が、年長者たちの会話へ急に口出ししたり、またあまりしつこく根掘り葉掘り聞くことは思いもよらぬことだった。それゆえかわいそうに少女たちは、自分たちの母親のずっと熱のない——というよりいっそう慎重な——好奇心の陰にかくれて胸を躍らせながらじっと坐っているのが常だった。

2

ふたりの妹がどちらも立派な少女であることは、アーサー・ロイドがすぐに気づいたことであった。けれども姉の方がいちばん好きなのか、または妹がいちばん好きなのか、決心つくまでにはかなり時間がかかった。彼は姉か妹か、どちらかと牧師の前に立って誓い合う運命であるという強い予感――不吉な前兆どころか全く愉快きわまるといえる感情――を抱いた。しかし彼はまだどちらとも選ぶことができないでいた。でもこの予感が達成されるためには選ばなければならないことは確かだった。なぜならロイドはまだまだ若くて血の気の多い盛りで、くじびきで選んで恋愛の満足感をごまかすわけにはいかなかったからであった。彼は事のなりゆき通りに受けとろう――自分の心の言うままに従おうと決心した。そのうちに彼は実に愉快な足がかりを得た。ウィングレーブ夫人は、自分の娘の体面に関して無頓着な態度でもないし、同時にまた、彼に肝腎な点をはっきりさせようとするあの露骨に敏捷な態度でもない、気位の高い無関心な様子をして見せた。こうした態度は、彼のような財産ある青年の身分にあっては、故国イギリス諸島の世故にたけた母親たちの場合にさんざん出くわしたものであった。バーナードはどうかといえば、彼が望むところは友人ロイドが自分の妹たちふたりをほんとうの妹として扱ってくれることだけであった。またかわいそうに当の娘たちについていえば、それぞれ心ひそかに客人ロイドが何か「目をつけた」しるしを言ったり、やったりすることを願ったかもしれないが、ふたりとも非常につつましい、満足げな態度を保っていた。

そうはいうものの、お互い同士やや角を突っつき合っていた。ふたりともたいへん仲よしであって、枕を並べて寝る仲間（ふたりは四柱式大寝台を共用していた）であって、たった一日やそこらでふたりの間に嫉妬の種が芽をふき、実を結ぶようなことはなかったろう。しかしロイド氏がこの家にやってきたその日に嫉妬の種が蒔かれてしまったと感じた。姉も妹も、もしかして自分が軽んじられるようなことがあれば、黙ってその深い悲しみに堪え、誰にもそのことを知らせまい、と心に決めたのだった。なぜなら、自分たちが大きな野望を持つからには、大きな誇りをもまた分け持たなければならないからであった。しかし、やはりどちらも心の中では選びが、つまり栄誉が「おのが身」に落ちるように祈った。ふたりともたいへんな、辛抱と、自制と、見せかけを必要とした。その頃は上流家庭に育った若い娘は自分の方から男に言い寄ることは全然できなかった。実際、せいぜい男からの言い寄りに答えるぐらいなものであった。娘は静かに椅子に坐って、カーペットに目を落としながら、奇跡的にハンカチが舞い落ちそうな場所を見つめることを世間は期待していた。気の毒にアーサー・ロイドは、ウィングレーブ夫人や、その息子や、未来の義姉妹の目の届く小さい腰板張りの居間で求愛を行なわなければならなかった。しかし若者と恋とはふしぎなほど巧妙なもので、愛のしるしや証《あかし》が百もあなたこなたへ飛び交うけれども、これら三人のどの目でもその通い路を突きとめることができないほどなのだ。ふたりの乙女はほとんど常にいっしょだった。それでうっかり本心をさらけ出す機会は山ほどあった。しかしながら互いに自分が見張られていることを知っているため、お互い助け合うささいな仕事にいささかの差もつけなかったし、またあい変わらずさまざまな家事をふたりがいっしょに受け持った。姉も妹も相手の視線の音のない射撃を浴びて怯《ひる》みもおびえもしなかった。ふたりの習慣の中でたったひとつ目に見える変化は、ふたりが交わす対話が少なくなったことであった。ロイド氏のことを話題にするわけにはいかなかったし、かといってほかのことを話すのもばかばかしかった。ふたりは言わず語らずのうちに一致して、すべて自分の選《え》りぬきの美々しい服を着るようになった。そして文句なしにつつましやかさと受けとられるような、愛情をかち得るための小道具、たとえばリボンや、頭の蝶結びリボンや、カチーフなどについて工夫しはじめた。ふたりは同じようにはっきりとは発言しないで、この手に汗握る競技を正々堂々と戦う誓いを実行したのだった。

「どう、こうした方がいい？」

とロザリンドは、胸にひと束もリボンを結びつけて、鏡から妹の方へくるっと回れ右をしてたずねるのだった。パーディタは編物から目を離してしかつめらしく見上げながら、その装飾を吟味するのだった。

「もういっぺん輪をつくった方がいいと思うわ」

と彼女は非常に厳粛に、「ぜったいにそうだわ！」と重ねて言わんばかりの目つきで姉の顔をきびしく見つめながら言うのだった。そこでふたりはいつまでもペチコートを縫ったり飾りつけをしたり、モスリンにアイロンをかけてしわをのばしたり、洗濯や軟膏や化粧品に凝《こ》ったりして、まるでウェークフィルドの牧師（オリバー・ゴールドスミス〈一七二八―七四〉の小説『ウェークフィルドの牧師』）の家の娘たちのようであった。約三、四か月が過ぎた。冬も半ばであった。今までのところロザリンドは、もしパーディタが自分より自慢できるものを何も持っていないなら、恋の競争をしてもたいして恐れることはあるまいと思っていた。しかしパーディタはこの時までに——魅惑的な美しいパーディタは——自分の秘密は姉の秘密より十倍も貴重になってしまったと感じていたのだった。

ある日の午後、ウィングレーブ嬢はたったひとり——こんなことはめったにないことだった——鏡台の前に坐って、長い髪を櫛でとかしていた。だんだん暗くなってきて見えなくなってしまった。彼女は鏡の枠についている燭台の二本のろうそくに火をともした。それから窓のところに行ってカーテンをおろそうとした。どんよりと曇った十二月の夕方であった。木の葉が落ち尽くして蕭条とした風景であった。空には雪雲が重たく垂れこめていた。彼女のいる窓から見える大きな庭園のはしが塀になっていて、小路に通ずる小さい裏門がついていた。その扉が少し開いているのが、しだいに濃くなる闇の中におぼろげに見え、そしてその扉が、あたかも誰かが外の小路にいて揺すぶっているかのように、ゆっくり左右に動いていた。明らかに召使の女が恋人と密会しているところであった。しかしまさにカーテンをおろそうとしたとたん、ロザリンドは妹が庭にはいってきて母家《おもや》へ通ずる細路を急ぎ足でくるのが目にとまった。彼女はカーテンをすっかりおろして、ただ細いのぞきの隙間だけを残した。パーディタは細路をこちらへやってきながら、手に持っている品物を目のすぐそばまで近づけて調べている様子だった。母家に着くと彼女はちょっと足を止めてしげしげとその品物を見つめ、そしてその品を唇におしあてた。

かわいそうにロザリンドはのろのろと椅子へ戻って鏡台の前に腰をおろした。そこで、もしそんなに放心しないで鏡を眺めていたら、美しい自分の顔立ちが嫉妬のために悲しくゆがんでいるのに気がついたであろう。しばらくして彼女のうしろの扉が開いて妹が部屋にはいってきた。息をはずませて、頬が冷たい外気のために赤くほてっていた。

「まあ、お姉さまはお母さまとごいっしょだとばかり思っていましたわ」と彼女は話しだした。婦人たちはお茶の会に出かけることになっていた。こんな場合はどちらかひとりが母の着つけを手伝う習慣になっていた。パーディタは中へはいろうともしないで、入口でぐずぐずしていた。

「おはいりよ、おはいり」とロザリンドは言った。「まだ一時間以上もあるわ、私の髪を二、三回ぜひなでつけてもらいたいわ」

彼女は妹が去りたがっている気持ちを知っていた。それに部屋の中の妹の動作が全部鏡にうつって見えたのだった。

「いいえ、髪を直すのをちょっと手伝ってよ。そしたら私はお母さまのところへいきましょう」と彼女は言った。

パーディタはしぶしぶはいってきて、ブラシを手に取った。彼女は姉の目が、鏡の中で、自分の両の手にきびしく吸いついているのを見た。彼女が髪を三回もなでつけないうちに、ロザリンドは自分の右手で妹の左手をむずとつかんで、椅子からすっくと立ちあがった。

「それは誰の指輪なの?」と彼女ははげしい口調で叫んで、妹を明りの方へ引きよせた。妹のくすり指にはごく小さいサファイアを飾ったかわいらしい金の指輪が光っていた。パーディタはもはや自分の秘密を守る必要がなくなったと思ったし、また、ここは厚かましく公言しておしきらなければならないと感じた。

「これは私のものよ」と彼女は誇らしげに言った。

「誰があなたにくれたの？」と相手が大きな声で言った。

パーディタはちょっとためらって言った。

「ロイドさんよ」

「ロイドさんは気前がいいのね。だしぬけにくれるなんて」

「まあ、とんでもない。だしぬけなんかじゃないわよ！　あの方は今からひと月も前に指輪をくださる申し込みをなさったのよ」

「それであなたはそんな指輪を貰うためにひと月もおねだりしなければならなかったの？　私だったらふた月以内に受け取りはしなかったでしょうに」

とロザリンドはその小さな装身具を見ながら言った。なるほどそれはこの州の宝石商人が取り扱ういちばん立派な品には違いなかったけれども、とりわけて優雅な品ではなかった。

「指輪なんかじゃないわ。指輪の意味がかんじんなんだわ！」とパーディタは返事した。

「あなたがつつましい娘でないという意味だわよ！　ね、おっしゃい、お母さまはあなたのたくらみをご存じなの？　バーナード兄さんはご存じなの？」とロザリンドは叫んだ。

「お母さまは、お姉さまのおっしゃった私の『たくらみ』を賛成してくださったわ。ロイドさんは私に結婚の約束を求めなさったのよ。そしてお母さまはそれを許してくださったのだわ。お姉さまったら、あの方から結婚を申し込まれたかったのでしょう？」

ロザリンドは相手の顔を、はげしい羨望と悲しみに溢れた目つきで長い間見つめていた。それから青ざめた頬にまつ毛を伏せて顔をそむけた。パーディタは気色《きしょく》のよくない場面であるとは感じていたが、それも姉がよくないからだと思っていた。しかし、姉娘は急いでいつもの誇りを取り戻してふたたびくるっとふり向いた。

「心からおめでとうと言いますよ。あなたのどんなしあわせをも、またいつまでも長生きするよう祈っているわ」と彼女はていねいに頭をさげて言った。

パーディタは辛辣な笑い声をあげた。

「そんな口調で、およしなさいよ！」と彼女は叫んだ。「むしろ頭から率直に私の悪口を言ってもらいたいくらいですわ。だってね、お姉さま、あの方が私たちふたりとは結婚できやしないものね」と言い足した。

「心から大よろこびを言いますよ」とロザリンドはふたたび鏡に向かって坐りながら、機械的に同じ言葉をくり返した。「そしていついつまでも長生きして、子供をたくさん産むようにね」

この言葉の口調には何かしらパーディタの全く気に食わない響きがこもっていた。

「少なくとも一年生きるようには祈ってくださいますわね？一年たてば少なくとも小さい男の子か――女の子をひとり持つことができるわ。もしもう一度あなたのヘアブラシを貸してくださるなら、髪をなおしてあげましょう」と彼女は言った。

「ありがとう」とロザリンドは言った。「あなたはお母さまのところへ行ったらいいわ。夫のきまった若い淑女が相手のいない娘にかしずくなんてみっともないわ」

「なあに、私はアーサーにかしずいてもらうわ。あなたは、私を世話するよりも私の世話を受ける方がずっと必要なのだわ」とパーディタは機嫌よく言った。

　しかし姉は妹に立ち去るよう手まねをしたので彼女は部屋を出て行った。彼女が行ってしまったとたん、かわいそうにロザリンドは鏡台の前へへなへなと両膝をついて坐りこみ、両腕に頭を埋め、さんさんと涙を流してすすり泣いた。彼女はこのようにして悲しみを思いきり吐露したため、それだけかえってさっぱりした気分になれた。妹が戻ってくると彼女は妹の着つけを手伝う——妹のいちばん美しい装飾をつけてあげようと言ってきかなかった。彼女は自分が持っていたレースの布切れを妹に強《し》いて受け取らせた。そして、もう結婚することにきまったのだから、いかにも恋人のめがねに叶ったらしく、最も立派に見せなければならないとはっきり言った。彼女はきびしくおし黙ったままこれらの務めを果たしてやった。しかし、ふたりはこんなふうだったので、お詫びやらまた償いやらの義務を果たさなければならなかった。彼女はそのほかのどんなものも義務とはしなかった。

　今はもうロイドは家族の人たちから公認された求婚者として迎えられて、ただ結婚の日取りをきめることだけが残っていた。それも次の四月ときめられて、それまでの間にいろいろ結婚のための準備がせっせと整えられた。ロイドは、自分なりに、商業上の取引や、彼が所属しているイギリスの大きな商館との通商関係をうち立てようとして多忙であった。そんなわけで彼は、おずおずとして相手をきめかねていた頃の数か月間ほどには、足繁くウィングレーブ夫人の邸宅を訪問しなかった。それで哀れなロザリンドも、心配していたほど若い恋人同士の互いに愛撫し合う光景に悩まされることはなかった。彼の未来の義姉に関してロイドは良心に一点のやましいところもなかった。ふたりの間に恋の口説きは全くなかったし、彼が彼女にひどい打撃を与えたことなどは夢にも思っていなかった。彼は全くのうのうと気楽であった。人生は、家庭的にも経済的にも、前途洋々であった。英領植民地の大反乱はまだ噂にものぼっていなかった。自分たち夫婦の幸福が悲劇の運命に変わるなどと気遣うことはばかばかしくもあれば、また不謹慎なことだった。とかくするうち、ウィングレーブ夫人の屋敷では、前にも増して、絹衣裳の衣ずれの音が大きくなり、ちょきちょきする鋏の音や飛ぶような針の運びがいっそう忙《せわ》しくなった。夫人は自分の金で買い整えられる、またこの州で用意できる最も上品な調度品を家から娘に持たせてやろうと決心していた。この州きっての賢明な女たちは全部呼び集められた。するとみんなの趣味は一致してパーディタの衣裳だんすに集中した。ロザリンドの立場は、この時は、たしかに羨ましいものではなかった。哀れなこの少女はとびぬけて衣裳好きであったし、また世にもすぐれた高尚な趣味を持っていたし、こうしたことは彼女の妹が充分に知っていた。ロザリンドは背が高く、堂々として気品があり、颯爽としていた。彼女は堅いごわごわの錦織りや、たくさんの重いレース地など、まるで富豪の妻の化粧室に備わるような衣裳を運ばなければならなかった。しかしロザリンドは、美しい腕を組み、頭をそむけたままで、離れて坐っていた。いっぽう彼女の母や妹や、さっき述べた立派な婦人たちはさまざまな材料に当惑したり賛嘆したり、大量の物資に圧倒されてしまった。ある日、神々《こうごう》しい青と銀とで錦織りにした美しい白絹が一反、当の花聟から送られてきた——当時は選ばれた未来の夫が花嫁へ調度品を贈ることを、不適当とは思っていなかった。パーディタはまばゆく輝く立派な布地を充分に活かした格好や仕立てをどうしても思いつくことができなかった。

「ね、お姉さま、青色は私よりもあなたに似合う色ですよね。あなたのためでなくて残念だわ。お姉さまならこれをどう仕立てたらよいかご存じでしょう」と訴えるような目をしながら言った。

ロザリンドは椅子から立ちあがって、椅子の背にもたせて広げられた、きらびやかな高貴なその織物をじっと見つめた。それから彼女はそれを両手で取りあげてさわってみた——さも惜しそうに、とパーディタはその心根をおしはかることができた——そしてそれを持ったままくるっと身体をまわして鏡に向かった。彼女は布地を足までくるくると垂らしてから、もういっぽうの端を自分の肩へさっと投げかけ、肘まであらわにしたまっ白い腕で腰のまわりに布地を引きしぼった。彼女は頭をぐっと後ろへそらせて鏡に映る自分の像《イメージ》をじっと見つめた。するとひとふさのトビ色の頭髪が豪奢な絹の表面にはらりと垂れ落ちた。それは茫然と目もくらむ一幅の絵であった。

「ごらんよ、ごらんよ！」

まわりに集まって立っている女たちは思わず小さい賛嘆の叫び声をあげた。

「そうよ、全くだわ。青は私によく似合う色だわ」

とロザリンドは、静かに言った。

しかしパーディタは彼女の想像力がもうはばたきはじめたこと、そして彼女がすぐにも仕立てにかかって絹織物のいっさいの謎を解き明かしてくれるだろうことを悟っていた。なるほどその通り、彼女は実にみごとにふるまった。まさしく、姉が婦人帽や頭飾りを飽かず愛着しているのを知っているパーディタが、今すぐにも断言できる通りであった。幾ヤードとも数えきれない長さの光沢ある絹やしゅす、モスリン、ビロードやレースの布地が、彼女の巧みな針の手を経て仕立てあがったが、嫉妬の言葉はなにひとつ彼女の唇から洩れなかった。熱心な彼女の働きのおかげで、結婚の日がやってきた時パーディタは、ニューイングランドの牧師の聖なる祝福をかつて受けた、胸をときめかすいかなる花嫁よりもたくさんの虚栄の花を着飾る用意ができたのであった。

若夫婦は家を出て行って、結婚生活の最初の数日をあるイギリス紳士——高い地位の人でアーサー・ロイドの実に親切な友人——の本邸で暮らす手筈がもうできていた。この男は独身であった。彼は出雲の神さまのお力にあやかるように屋敷を提供することは喜ばしいと断言した。教会で結婚式がすんだあと——式はイギリス人の牧師がとり行なったのだった——若いロイド夫人は婚礼の衣裳を乗馬服に着換えるため、母の屋敷へ急いで戻った。ロザリンドは妹に手を貸して着がえをしてやった。そこは小さい質素な部屋で、ふたりが若い歳月をいっしょに暮らしたところであった。それからパーディタは母親に別れを告げるため、あとからくるロザリンドを残してあたふたと出て行った。別れの挨拶はすぐ終わった。馬は玄関にそろっていて、アーサーは出発を焦っていた。しかしロザリンドはついてこなかった。それでパーディタは急いで部屋に戻って、ふいに扉を開けた。ロザリンドはいつものように鏡の前にいた。だがその様子は相手を唖然として足を釘づけさせた。彼女はパーディタが脱ぎ棄てた婚礼のベールと花束を身に着けて、その首には妹が結婚の贈り物として夫から貰った、たくさんの真珠を連ねた首飾りをかけていた。これらの品々は急いでわきへ寄せておいたもので、持ち主が田舎から戻ってきた時に片付けるつもりでいたものだった。けばけばしく着飾ったこんな不自然なきもの姿でロザリンドは鏡の前に立って、いつまでも鏡の奥深く視線を凝《こ》らし、何事か誰知る由もない大胆な幻想を読み解こうとしていた。パーディタはぞっとして身体が震えあがった。それは昔ふたりが張り合った恋がたきの意地がふたたび生き返った恐ろしい姿であった。彼女はベールと花をつかみ取らんばかりに、一歩姉に向かって踏み出した。しかし鏡に映った姉の目とかち合って、立ち止まった。

「さようなら、お姉さま」と彼女は言った。「あなたは、せめて私が家を出て行ってしまうまで待ってくださったらよかったのに！」

　そう言って彼女は部屋から急いで出て行った。

　ロイド氏はボストンに家を一軒買ってあった。その家は当時の人々の趣味にはいかにも住みよさそうに、また優雅な趣きに見えた。そして間もなく若い妻とここに落ち着いて暮らすようになった。こうして彼は義理の母の住居から二十マイル離れたところに別居した。二十マイルといえば、その頃の道路や乗り物の原始的な時代では、今の世の百マイルにも匹敵するたいへんなことであった。それでウィングレーブ夫人は結婚当初の十二か月間はほとんど娘に会えなかった。夫人はパーディタがいないために少なからず苦しんでいた。それにロザリンドがひどく沈鬱になってしまって転地療養か交際仲間を変えるかしないかぎり、元気にも快活にもなれないという事情のために、夫人の苦痛はさっぱり減ることはなかった。このうら若い娘が意気消沈しているほんとうの原因を読者はすぐに気がつかれるであろう。しかしウィングレーブ夫人や彼女のおしゃべり仲間たちは、彼女の病を普通の身体の故障にすぎないと思っており、今言った治療法で気が晴れるものと頭から信じこんでいた。そこで母親は娘のためを思って、ニューヨークで暮らしている父かたの親戚たちで、ニューイングランドのいとこたちにはめったに会うことができないと長いこと愚痴をこぼしていた人たちを訪問するようにすすめた。ロザリンドは適当な人に付き添われてさっそくこれらの親切な人たちの許へ送られた。そして数か月の間とどまってこれらの人たちといっしょに暮らした。その間にすでに法律事務所を開業していた兄のバーナードが妻をめとる決心をした。ロザリンドはその結婚式のために家へ帰ってきたが、見たところ心の苦しみはなおったように見えて、彼女の顔にはバラやユリの花のような輝きがあり、その唇には誇らしい微笑が浮かんでいた。アーサー・ロイドは義理の兄の結婚式を見ようとボストンからはるばるやってきたが、妻は連れてこなかった。妻はもうすぐ彼に跡取りを生んでくれるはずであった。ロザリンドが彼と会うのはほとんど一年ぶりであった。彼女は――なぜかは自分でもわからなかったが――パーディタが家に残っていることが嬉しかった。アーサーは幸福そうに見えたが、しかし結婚前から見るとずっと貫禄がついて偉そうであった。彼女は彼が「興味をそそる《インタレスティング》」顔つきをしていると思った。――なぜなら、この言葉そのものは当時、今のような意味ではまだ使われていなかったが、こうした気持ちはたしかにあったと信じられるからである（“interesting”は一七一一年シャフツベリーがはじめて「重大」という意味で用い、一七六八年スターンがはじめて「興味ある、もの好き」などの意味で用いたOED）。ほんとうは、彼はただ妻の身を案じ、やがてくる出産の苦痛を心配していただけのことである。とはいうものの、彼はけっしてロザリンドの美しさやきらびやかさを見落とすことはなかったし、また、彼女が気の毒にも兄の可愛らしい花嫁をどんなに影薄くしてしまったかを見逃すこともなかった。パーディタが楽しんで衣裳を買い求めた小遣いは今は姉の手に渡されてしまって、姉はその金を驚くほど活用したのであった。結婚式を終わった翌朝、彼はボストンからいっしょに連れてきた召使の馬に婦人用の鞍をおかせて、若い姉娘と共に遠乗りに出かけた。一月の寒さきびしい、澄みきった朝であった。地面は雪がなくむき出しで堅かったし、馬はいずれも体調が好く元気だった――ロザリンドが好調子なのはいうまでもなかった。彼女は羽根飾りのついた帽子をかぶり、皮で飾りのふち取りをした濃い青の乗馬服を着ていて魅惑するほど美しかった。ふたりは午前中乗りまわして、道がわからなくなってしまい、やむなく、とある農家に馬を止めて食事しなければならなくなった。ふたりが家に着いた時は、早い冬のたそがれがとっぷりと落ちていた。ウィングレーブ夫人は不機嫌に顔をしかめてふたりを出迎えた。ロイド夫人からの使者がもう正午に到着していたのだった。彼女は産気づいてきたので夫にすぐ帰ってもらいたいと言ってよこしたのだった。若い夫は、あたら数時間もむだに過ごした、いっしょうけんめい馬を走らせていたら今頃はとうに妻といっしょにいたろう、と思ってはげしくののしった。彼はやっと承諾してちょっと立ち寄り、夕食をひと口食べただけですぐ使いの馬にまたがり、早駆けをくれて飛び出した。

彼は真夜中に家に着いた。妻はすでに女の子を分娩していた。

「ああ、なぜあなたは私のそばにいてくださらなかったの?」

と彼が妻の枕辺にきた時、妻は言った。

「使いの者が着いた時、ぼくは家にいなかったのだよ。ぼくはロザリンドといっしょだったのだよ」

とロイドは言った、何の気なしに。

ロイド夫人は小さい呻《うめ》きをあげた。そして顔をそむけた。しかし彼女は充分に養生を続けた。そして一週間はとどこおりなく快方に向かった。しかし結局は、食べものが悪かったか、または外気にさらしたためか、ちょっとした軽はずみのためにじゃまされて、かわいそうに夫人は急速に容態が悪くなる一方だった。ロイドは絶望してしまった。やがてすぐ彼女が息を引きとろうとしていることがはっきりしてきた。ロイド夫人は自分の死期が近づいたことをさとってしまった。そして、私は死を観念しました、とはっきり言った。容態が変わってから三日目の晩、彼女は夫に向かって、今晩、夜明けまで持たないでしょう、と語った。彼女は召使たちをひきとらせ、また母親にも席を外《はず》してもらった——ウィングレーブ夫人は前の日に到着したばかりだった。彼女は赤んぼを自分の傍のベッドに寝かせていたので、それで自分が横向きにねて、赤んぼを胸に抱きよせたまま、夫の両手を握りしめていた。終夜灯のランプは寝台の重いカーテンの陰にかくれるようにしてあったが、暖炉にくべた薪の炎々と燃える焔の赤い輝きで明るかった。

「あんなに盛んな火のそばで生命が熱く燃えてこないなんてふしぎな気がするわ」

と若い妻は、微笑しようと弱々しい努力をしながら言った。

「もし私の血の中にあんな火がほんの少しでも残っていたらねえ！　でも私の火はありったけこの小さい生命《いのち》の火にやってしまったのだわ」

そう言って彼女はわが子の上に目を落とした。それから目をあげて夫の顔をいつまでも、心を見抜くようにしげしげと見つめた。彼女の胸の中にいまだに燻《くすぶ》っている最後の感情は疑いの気持ちであった。彼女はアーサーから受けたあのショックからまだ立ち直っていなかった。すなわち、彼女が陣痛で苦しみもがいていたそのさなか、彼がロザリンドといっしょにいた、と夫が話して聞かせたことであった。彼女は夫を愛しているのとほとんど同じくらい夫を信じてもいた。しかし永久に別れを告げなければならない今となって、姉のことはぞっとして冷たい恐怖を感じた。彼女は心底から、ロザリンドは自分の幸福をいつまでも妬《ねた》んでやまなかったのだと思った。そしてしあわせで安らかであった一年の月日も、自分の結婚衣裳を着飾って、そしていつわりの勝利感で微笑を装っていた若い姉の面影を打ち消してはいなかったのだとも思った。アーサーがひとり残らなければならない今、ロザリンドははたして何をやりかねないであろうか？　彼女は美しいし、彼女は人の心を惹きつける。どんな技巧でも彼女が用いられないことがあろうか？　若くして傷ついた男の心にどんな印象でも彼女が与えられないことがあろうか？　ロイド夫人は黙ったまま、夫の顔をじっと見つめた。結局、夫の貞操を疑うことは困難なように思われた。彼の美しい目は涙に溢れていた。彼の顔は泣いてゆがんでいた。固く握りしめた彼の両手はあたたかく情熱がこもっていた。彼の顔の何という上品さ、何というやさしさ、何という誠実な、そして献身的な顔であろうか！

「いいえ、違うわ」とパーディタは思った。「この人はロザリンドのような、あんな人ではないわ。この人はけっして私を忘れはしないわ。そしてまたロザリンドは心からこの人を愛しはしないわ。彼女はただ虚栄だけが、華美な衣裳や宝石が欲しいだけだわ」

そして彼女は目を落として、夫が気前よくたくさんの指輪で飾ってくれた白い両手を見、また寝巻きをふちどっているレースのひだ飾りを見た。

「姉は私の夫を欲しがるよりも、もっともっと私の指輪やレースが欲しくてたまらないのだわ」

強欲な姉を思ったこの瞬間、彼女と彼女の小さい無力な女の子との間に、ある陰気な影が投げられてくるような気がした。

「ね、アーサー」と彼女は言った。「あなたは私の指輪をみな抜き取っておかなければなりません。私といっしょに葬ってはいけません。いつかそのうち私の娘にこういうものを——私の指輪やレースや絹の着物などを——着せてやるのです。私は今日、こういうものをありったけ持ち出させて見せてもらいました。あれはたいへん立派な衣裳です——あれだけの衣裳持ちはこの国じゅうにまたといないでしょう。もはや私には無用のものとなってしまった今、けっしてうぬぼれでなくそう言えるのです。この子が大きくなって若い娘となったあかつきには、あれは娘にとってたいした遺産になりましょう。あの中にはけっして二度と買えないものがあります。だからいったんそれをなくしてしまったら、きっと同じものには二度とお目にかかれませんよ。ですからあなた、充分気をつけてあれを見張ってくださいね。姉のロザリンドには数ダースの衣裳を残しました。それはいちいち母に言ってあります。あの青と銀の衣裳は姉にやりました。あれは彼女が着るべき衣裳でした。私はたった一回着たきりでしたし、着ても似合いませんでした。しかし残りは全部この小さいあどけない子のためにだいじに保存しておかなければなりません。神さまはきっとこの子が私の個性の色と同じ色になるように思《おぼ》し召しておられます。ですからこの子は私の衣裳が着られます。この子は母親の目をしています。同じ流行が二十年おきに戻ってくることはご存じの通りです。この子は私の衣裳をあのままで着られます。着物はあのままそっとして、この子が大人になって着られるのを待つようにねかしておくのです——樟脳とバラの花びらにくるんで、美しい香りのこもった暗い所で色が褪《あ》せないように保存しておくのです。この子は黒い髪の色になりますよ。この子には私のカーネーション色のしゅすを着せましょう。ね、アーサー、私と約束してくださるわね、ね、あなた？」

「ね、ね、何を約束するっていうの？」

「あなたのかわいそうな妻の古い衣裳をしまっておくように約束してくださることですよ」

「ぼくがそれを売るだろうと心配しているのかい？」

「いいえ、そうじゃなくて、着物がばらばらに散らばってしまうかもしれないということよ。お母さまがきものをしっかりと包んでしまってくださいますわ。だからあなたはそれに二重錠をかけてだいじに保存してくださらなければなりません。屋根裏部屋に鉄の帯《バンド》のついた大きな長持があるのをご存じですか？　その中に入れておけばいつまででも大丈夫ですわ。あなたはあの中へありったけの着物を入れられます。お母さまと家政婦がそうしてくださって、あなたに鍵を渡します。それでその鍵をあなたの書きもの机の中に保管なさるのです。その鍵をこの子のほかには誰にも渡してはなりません。あなたは私に約束してくださいますね？」

「ああ、いいよ、ぼくは約束するよ」

　とロイドは言ったが、妻がこんなことを考えてあくまでこだわっているらしいその執念ぶりにとまどった。

「きっと誓ってくださるわね？」とパーディタはくり返して言った。

「いいとも、ぼくは誓うよ」

「よかったわ——私はあなたを信じているわ——信じているわ」

と哀れな妻は言って彼の目をじっとのぞき込んだが、もしその妻の目に浮かんだかすかな不安の影に彼が気がついていたならば、彼女がはっきり言明したと同じ訴えを読みとっていたであろう。

ロイドは妻の死別に対して理性的に、また男らしく耐え忍んだ。妻が死んでからひと月たって、仕事のなりゆきで、彼がイギリスに出かける機会を与えられる状況となった。彼はこの機会を利用して、自分の気持ちの方向を転換しようとしたのであった。彼はほとんど一年近くアメリカに帰らなかった。その留守の間、彼の幼い娘は祖母の手で愛情深く育てられ、保護された。彼が帰ってくるとすぐ、家をもとのように開放させた。そして彼の妻が生きている頃と同じ状態にもどすつもりであると声明した。やがて間もなく彼が再婚するだろうと予言されるようになった。そして少なくとも若い娘の候補者六名はいたが、これについては、彼が帰国してから六か月間も予言が実現しなかったのはけっしてこの娘たちの罪ではなかったのだと言える。この期間彼はあいかわらず幼い娘をウィングレーブ夫人の世話にまかせたままであった。夫人は彼に、こんなかよわい年ごろに住居を変えたなら、幼児の健康に危険な場合がたくさんあると断言したのだった。しかし結局彼は、自分の気持ちはどうしても娘といっしょにいたいのだ、それに娘をぜひともボストンへ連れてきたいのだと言ってきっぱりことわった。彼は娘を家へ連れもどすため、自分の四頭立ての大型馬車と家政婦を迎えにやった。ウィングレーブ夫人は途中で幼いその子に何か災難でもふりかかりはしないかと非常に心配だった。すると、この祖母の気持ちに同意して、ロザリンドは私がいっしょについて行きましょうと申し出た。彼女は翌日には家に帰ってくることができた。そこで彼女は小さい姪といっしょにボストンへ行った。するとロイド氏はロザリンドを自分の家の玄関で出迎えて、彼女の親切さと父親としての嬉しさにすっかりうち負かされてしまった。次の日に帰宅するどころか、ロザリンドは、その週の終わりまでずっと滞在した。そしてついに彼女が家に姿を見せたときは、自分の着物を取りに戻っただけであった。アーサーが彼女の帰宅をきき入れようとはしなかったし、赤んぼもきかなかったのだ。その小さい子は、もしロザリンドがその子のそばを離れようとすると泣き叫んで息が詰まりそうになるのだった。小さいわが子がこんなに深く悲しむありさまを見てアーサーは正気をなくしてしまって、この子はきっと死んでしまうと断言するのだった。結局、幼い姪が見なれない人たちにもすっかり慣れてしまうまで、伯母が家にとどまるほか、打つ手はなさそうであった。

このことが完全になされるまでにふた月かかった。なぜならば二か月たってはじめてロザリンドが妹の夫から暇をもらって家へ帰ったからだった。ウィングレーブ夫人は、娘が家を出て行って戻らぬことに反対であった。彼女はそんなふるまいはみっともないことだ、そんなことをしたらこの土地きっての噂のたねになると断言したのだった。夫人がついに諦めてしまった理由はただひとつ、娘が他家を訪問している留守の間、家族の者はめったにない平和な時を楽しんでいられたからであった。バーナード・ウィングレーブは妻を家に連れてきて暮らしていたが、妻と妻の義理の妹との間にはあきれるくらい愛情がなかった。ロザリンドとてたぶん天使であろうはずはなかった。しかし日常ふだんの生活では彼女は充分に気立てのよい娘であった。それでたといバーナード夫人とけんかするにしても怒る理由がないわけではなかったのだ。しかし彼女は徹底的にけんかした。困り果てたのは当のけんか相手ばかりではなかった。こんな絶え間のない激しい議論のやりとりを傍観するふたりにとってもたいへんな迷惑であった。それゆえ、ロザリンドが妹の夫の家に滞在すれば、たとい家で彼女が毛嫌いしているけんか相手との接触がなくなるだけであってもうれしかったことだろう。さらにそのために彼女がかつて情熱の火を燃やした相手の男のそばにいられるという点では、二重に――十倍も――うれしいことだった。ロイド夫人の鋭い疑念はほとんど的中していた。ロザリンドの感情は最初は情熱であった。そして情熱のままにとどまっていた――その情熱の輻射熱が、ロイド氏の微妙な状態の感情に調節されて、たちまち彼はその影響を感じた。先にちょっと触れたように、ロイドは現代のペトラルカ（イタリア十四世紀最大の詩人、人文主義者。一三〇四―七四）ではなかった。彼は貞操の理想を守ろうとする性質の男ではなかった。彼が死んだ妻の姉と同じ家に暮らしてそんなに日数がたたないうちに、彼女は、当時の言葉でいうと「魔性《ましょう》の美女」であると心の中で信ずるようになった。姉がいかにもやりそうなことだと妹がとかく予測していたあのずるい技巧をロザリンドがほんとうに用いたかどうかは問うまでもない。彼女はいちばん有利と思われる手段を思いついたと言えば足りることである。彼女は毎朝、いつも食堂の大きな壁炉の前に坐って、つづれ錦を縫い取りしながら、幼い姪を足もとのカーペットの上か、または彼女の着物の裳裾の上でひとり遊びに興じさせたり、彼女の毛糸のまりをもてあそばさせていた。もしもロイドがこの美しい一幅の絵の持つ豊かな暗示に何にも感じないでいたとしたら、彼は実に鈍感な男であったはずである。彼はこの小さい娘を全く溺愛していた。そしてその子を抱いたり、高く低く放りあげたりして彼女をきゃっきゃっと嬉しく笑わせて飽きることがなかった。しかし始終あったことだが、彼は幼いレディが思いもよらないがまんできないほどの無礼な仕打ちをあえてやるのだった。そうすると彼女は急に大声で泣きだして怒りをぶちまけるのだった。これを聞きつけたロザリンドは手にしたつづれ織りを下におき、うら若い乙女らしくまじめに微笑しながら美しい両手をさしのべるのであったが、母親が子をあやすあらゆる手くだを生娘の頭が教えてくれたしぐさであった。ロイドがその子を渡す、ふたりの目と目がかち合う、手と手が触れる、そしてロザリンドは胸にわたした雪のように白いハンカチのひだで幼子のすすり泣きを黙らせてしまうのだった。彼女の品位は完全であった。彼女が妹の夫から好意あるもてなしを受ける場合の態度ほど慎み深いものはなかった。おそらく彼女の控え目な態度にはほとんど無情といってもよいものがあったといえるかもしれない。ロイドは彼女と同じ屋根の下にいながら、それでいて近づくことができずにいるといういらだたしい感情を抱いた。冬の夜長になりかけたほんの初めの頃、夕食がすんで半時間後、彼女はいつもろうそくを灯《とも》し、ロイド青年にまことにうやうやしいおじぎをし、そしてベッドへと歩み去るのであった。もしこうしたことが演技であるとすれば、ロザリンドはたいした役者であった。しかしその演技の効果はきわめて穏やかで、またきわめて徐々にであって、この若い男やもめの想像力をきわめて微妙にぼかされた漸強調《クレッセンド》にだんだん強く作用するよう計算されたので、読者がすでにお察しのとおり、数週間もたたぬうちロザリンドは、自分の生家へ往復しても旅費がつぐなわれると確信を持ちはじめたのであった。万にひとつもこれに狂いがないとなったとき、彼女は旅行鞄に荷物をまとめて母の屋敷へ戻った。三日の間彼女は待った。四日目にロイド氏は姿を現わした――いんぎんではあるがせっかちな求婚者であった。ロザリンドは彼の言葉を終わりまで、非常につつましく聞いてから、あくまでもしとやかに彼の求婚を受諾した。死んだロイド夫人が自分の夫を許したであろうと想像することは困難である。がしかし何か彼女の怒りをやわらげるものがもしあったとすれば、それはこのふたりの見合いの堅苦しい節制ぶりであったろう。ロザリンドは恋人にほんの短い猶予期間をおくようにさせた。ふたりは、その方がふさわしかったが、たいへんないしょに――ほとんど秘密のようにして――結婚したが、その当時ふざけた噂になっていたように、たぶん死んだロイド夫人の耳にはいらぬように希望したのであったろう。

ふたりの結婚はどこから見ても幸福そうな結婚であった。男の側も女の側もそれぞれ望んだものを得た――ロイドはいわゆる「魔性《ましょう》の美女」を得たし、そしてロザリンドは――だがロザリンドの望みは、いずれ読者はわかってしまうであろうが、おおかた謎に包まれたままであった。ふたりの幸福には、なるほど汚点《しみ》がふたつついてはいた。しかし、おそらく時はその汚点をぬぐい去ってくれるであろう。結婚してからの三年間、ロイド夫人は母となることができなかった。それに彼女の夫は夫でお金をしたたか損をするひどい目にあった。この後者の事情から、支出の面でやむなく物資を切りつめなければならなくなった。そのためロザリンドはどうしてもかつての妹ほど高貴の奥さまらしくしてはおられなかった。しかし彼女はなんとか上流社会の婦人らしい体面を保とうと工夫した。彼女はずっと以前から、妹のおびただしい衣裳がその娘のために取り上げられて、埃っぽい屋根裏部屋のありがたくない暗がりにわびしく横たわっていることを確かめていた。こんな優雅な衣裳が、脚の高い椅子に坐って、木の匙《さじ》でミルクに浸したパンを食べている女の子の充分な楽しみを待ちうけているのかと思うと不愉快でたまらなかった。しかしロザリンドはさすがに数か月たってしまうまでそのことについておくびにも出さずにおくだけの心得を持っていた。それが過ぎてから、ついに、そのことをおそるおそる夫にきり出した。あれだけたくさんの美しい着物をなくしてしまうなんて残念ではありませんか？――だって色が褪《あ》せるやら、しみに食われてしまうやら、それにまた流行《はや》りすたりがあるやらで、なくしたも同然となるでしょう。しかしロイドは彼女にきわめてぶっきらぼうにまた断固ぴしゃっとことわってしまったので、当分の間彼女の計画はだめなことがわかった。しかし六か月たってしまうと、その間に新しい必要と新しい夢とがわいてきた。ロザリンドの思いは未練げに妹の遺品にまつわりついて離れなかった。彼女は上へあがって行って、妹の遺した衣裳がかん詰めされている長持をじっと見た。それについている三つの大きい南京錠と鉄の帯《バンド》には不気味な反抗が感じられ、かえって彼女の貪欲をつのらせただけだった。その箱の頑丈な不朽不動のさまにはなにやら癇癪をそそるものがあった。まさしくそれは、主家の秘密に頑として口をつぐんで語らぬ厳格な、半白の老家扶《かふ》に似ていた。それから箱はけたはずれに大きな容積の様子をしていて、ロザリンドが自分の小さい靴のつま先で蹴ってみると、ぎっしり内容が詰まっている音がした。それで彼女は希望がはじかれたように顔をまっ赤にした。

「ばかばかしいわ」と彼女は叫んだ。「不都合だわ、意地悪だわ」

それで彼女はただちに夫にもう一度あたってみる決心をした。あくる日、夕食がすんで、彼がブドウ酒を飲んでしまったあと、彼女は思いきって言い出した。しかし彼は非常に手きびしく彼女の話を途中でぴしゃっとおさえた。

「これっきりその話はおしまいだよ、ロザリンド、そんなことは問題にならないよ。二度とそんな話をしたら、ぼくはひどく怒るよ」と彼は言った。

「けっこうだわ」と彼女は言った。「私がだいじにされているとわかってうれしいわ。まあまあとんだことだわ」と彼女は叫んだ。「私はほんとにしあわせな女だこと！ 自分が気まぐれごとの犠牲にされていると思うのは気持ちのいいものだわ！」

そう言った彼女の目には怒りと失望の涙がいっぱいたまっていた。

ロイドは根がお人好しで、女のすすり泣きは彼の泣きどころであった。それで彼は弁解しようとつとめた——というよりも下手《したて》に出たといえるかもしれない。

「ね、いいかい、それは気まぐれなんかじゃないのだよ。それは約束なんだよ——誓いだよ」と彼は言った。

「誓いですって？ 誓いをするにはりっぱな材料だわね！ それで誰と誓ったの、ね、言ってよ？」

「パーディタとなんだ」と青年は言って、ちょっとの間目を上げたが、すぐに目を伏せてしまった。

「パーディタと——ああ、パーディタなのね！」とロザリンドは言ったが、涙が急に溢れてきた。

彼女の胸は嵐のような激しいすすり泣きのためにうねりくねった——そのすすり泣きこそ、彼女が妹の婚約者をはじめて見つけたあの晩さんざんに泣きあかしたあらあらしい発作であって、長い間休んでいたあとの再発であった。彼女が上機嫌の時は、嫉妬はもうやめにしたいと願っていた。しかしこの場合、彼女のかんしゃくはとぐろを巻いていてとても消すことができなかった。「それでは言ってちょうだい、いったいパーディタに何の権利があって私の将来をどうこうするっていうの?」と彼女は叫んだ。「彼女にどんな権利があってあなたは下賤と悲惨にくくりつけられていなければならないの? ああそうよ、私は立派な地位を占めるのよ。そして非常に美しい目立った服装をするわ! パーディタが遺したものは皆私が勝手にするわ! そしていったい何を彼女が遺したと言うの? これっぽちなんていまのいままで全然知らなかったわ! 何にもないわ! 何にも、何にも、何にもよ」

これはなんともつじつまの合わない理屈であった。けれども「活劇」としてはなかなかの見ものであった。ロイドは妻の腰のまわりに腕をまわしてキスしようとしたが、彼女ははなはだしく軽蔑して彼をふりはなした。気の毒な男! 彼はむやみと「魔性《ましょう》の美女」を欲しがって、そして美女を手に入れたのだった。その彼女からの軽蔑にがまんできなかった。彼は耳ががんがん鳴った——どうしようかとぐずぐずし、心をとりみだしながら、歩いて向こうへ去った。すぐ目の前に彼の書きもの机があった。その中に彼が自分の手で、三重の錠前にさし込んで鍵をかけたあの聖なる鍵があった。彼はつかつかと進んで行って机を開けて、秘密の引き出しから正真正銘、自分が紋章描画法で封印した小さな包みにくるまった鍵をとり出した。紋章に記した題名《モットウ》はフランス語で、「予が保管する」と語っていた。しかし彼はそれを元の通りに戻して保管するのは恥ずかしかった。彼は妻のそばのテーブルの上にその鍵を放り投げた。

「元のところへ戻しなさい！」と彼女は叫んだ。「私はそんなもの欲しくはありません。そんなもの憎らしいわ！」

「ぼくはそんなものから手を引くよ。神さま、どうぞお許しください！」と彼女の夫は叫んだ。ロイド夫人は怒って肩をすくめた。それからさっと部屋を出て行った。その間に若い夫は別の扉から退散して行った。それから十分たってロイド夫人が戻ってきてみると、その部屋に自分のまま娘と子守り女とがいた。さっきの鍵はテーブルの上になかった。彼女はちらと小さい子供を見た。彼女の可愛らしい姪は椅子の上に乗っかってちょこんと坐り、両の手に鍵の包みを持っていた。その子は自分の小さな指でもう封印を破ってしまっていた。ロイド夫人はあわてて鍵を自分の手にうばい取った。

いつもの夕食の時刻に、アーサー・ロイドは自分の会計事務室から戻ってきた。頃は六月で、まだ明るいうちに夕食が出された。食事はテーブルの上に用意されていたが、ロイド夫人の姿はまだ見えなかった。主人の言いつけで夫人を呼びに行った召使が戻ってきて、彼女の部屋には誰もいないし、また女たちも、お昼の正餐がすんでから彼女の姿を見たものがいないと言っている、と確信をもって報告した。実際、みんな彼女が涙を流して泣いていたのを見ていたし、それで、寝室に閉じこもっているものと察して、じゃましないように彼女をそっとしておいたのであった。彼女の夫は家の中のあちこちで夫人の名を呼んだが、返事はなかった。ついに、屋根裏部屋へのぼって行けばあるいは見つかるかもしれないという考えが浮かんできた。こう思うと彼は不愉快な不吉な感じがしてきた。彼は自分が捜しているところを見られたくなかったので、召使たちにあとに残っておれと命令した。彼はいちばん上の階にのぼる階段の下までやってきて、片手を手摺にかけて立ったまま、大きな声で妻の名を呼んだ。彼の声が震えた。ふたたびもっと高く、もっとしっかりした声で名を呼んだ。森閑とした全くの静けさを破る音はただひとつ、彼がたずねる声を大きなひさしの下におうむ返しする自分の声のかすかなこだまであった。それにもかかわらず彼は、やむにやまれず階段をのぼって進んでいかなければならない気がした。階段はひろびろとした広間《ホール》に通じていて、そこは木の押入れがずらりと並んでいて、最後が西向きの窓になっており、夕日の名残《なご》りの光が差しこんでいた。その窓の正面に衣裳を入れた例の長持が立っていた。長持の前に、ひざまずいている、自分の妻の姿を見て、若い夫は仰天して恐れおののいた。一瞬の間、彼は口もきけなくなって、妻のそばへかけ寄った。長持の蓋が開かれていて、香水の匂うナプキンのまん中に、いろいろの織物や宝石などの貴重な宝がさらけ出されていた。ロザリンドはひざまずいた姿勢から仰向けにのけぞって、片手で身体を床に支え、他の手は胸におし当てたまま、倒れていた。手や足は死で硬直していた。そして彼女の顔には、うすれゆく夕日のほのかな光に照らされて、死よりもっと恐ろしい面影があった。彼女の唇は、哀願し、狼狽し、苦悶したために、ぽっかと開いていた。そして彼女のまっ白いひたいや頬には、復讐に燃える怨霊《おんりょう》の二本の手でできた十か所の恐ろしい傷跡が赤く光っていた。

（鈴木武雄＝訳）

忌まれた家

ハワード・P・ラヴクラフト

ラヴクラフト　Lovecraft, Howard Phillips 1890-1937

二十世紀アメリカが生んだ最高の怪奇小説作家。今やカルト作家とも呼ばれる。

ロードアイランド州プロヴィデンスに商人の子として生まれる。終生、生まれ故郷を離れることなく、折りから大流行していたブラヴァツキー夫人の神智学やオカルト、考古学、天文学などの刺激の下で、宇宙の世紀にふさわしい地球侵略史を主題とした物語群を大衆小説誌に執筆、後年〈ク・リトル・リトル神話大系〉と呼ばれるに至った。その代表作に『インスマスの影』（一九三六）、『ダニッチの怪』（一九二八）がある。

ラヴクラフト作品の特色は、恐怖の対象が時間的にも空間的にも前後両方向へ及んでいることである。たとえば宇宙の妖怪（空間的外部）が地球の地下深く（同内部）に封じられ、一方その妖怪は過去に地球に侵入した痕跡を残し、やがて未来にふたたび地表へ出現する、といった構造になっている。本書収録の一編は、ここで述べたラヴクラフトの破天荒な恐怖醸成術を最も手がたい地方史テーマにより描き尽した傑作である。

1

どんなにすさまじい恐怖をとってみても、そこに皮肉《アイロニ》が欠けているということは滅多にない。ときにそれは事件の構造のなかに直接はいりこんでくることもあるし、またときには、人物と場所のあいだにただ偶然のかかわりとして結びあわされるだけのこともある。後者の場合については、一八四〇年代初期のむかしエドガー・アラン・ポオが天賦の詩人ホイットマンの夫人に実らぬ恋を燃えたたせていたころによく散策したという、この古都プロヴィデンスにもひとつ実例があって、これがまた実にみごとな典型を示してくれている。散策の折りおり、ポオはたいていビネフィット街にあるマンション・ハウス——もっとも昔はゴールデン・ボール亭と呼ばれた宿屋で、ここにはワシントンやジェファスンやラファイエットが泊りに来たものだが——の前で足をとめた。そこから同じ街路を北にむかって歩いていき、ホイットマン夫人の家にたどりつくのだ。すぐそばには丘腹に建つセント・ジョン墓地があって、そこにある一八世紀物《もの》の墓石というのがまた奇妙な魅惑を持っていて、かれの興味をさかんにひいたという。

ところで、皮肉《アイロニ》がここにある。何度も何度も繰りかえしたこの散策のなかで、恐怖と怪奇に関する世界随一の巨匠ポオは、街路の東がわにある一軒の家の前をいつも通らなければならなかった。なんだか変に古くさくて薄ぎたないその建物は、ひどく切りたった丘腹に建っていて、その辺一帯がまだ原野の面影を残していたころからある雑草の伸びほうだいになった裏庭がついていた。ポオがこの家のことを本に書いたり人に話したりしたかどうかは知らないし、だいいちポオがその家に興味をもったかどうかさえはっきりしないのだが、しかしその家は、ある確実な情報をつかんでいるわたしたち二人にとって、なにも知らずに何度となく家の前を通りすぎた彼《か》の鬼才の描きだすどんなに荒びた幻想にも勝《まさ》るとも劣らない恐怖の対象として、筆舌に尽くせない醜怪なもののすべてを表わすシンボルのように恐ろしい表情で、街路をにらみつけているように思えるのだ。

その家は——もちろん今もそうだが——好奇心の強い人たちに一種異様な魅惑をあたえる建築物だった。もともとは半ば農家づくりの建物であったものが、一八世紀中葉に一般的なニューイングランド植民地風な建てかたに改められたのだ——一時さかんに建てられたあの尖塔型の屋根と明り取りのない屋根裏部屋とをもつ二階家づくりで、ジョージ王朝風の玄関道と、当時の趣味を反映した室内の羽目張り《パネリング》があった。建物は南に向いていて、破風がひとつ付き、急な東がわの丘が階下の窓まで呑みこんでしまうような勢いでおおい被さっており、もう片面は街路のほうを向いて家の礎《いしずえ》までさらけ出している。百五十年以上もむかし、ごく近隣でおこなわれた道路拡張と直進工事のために、建物は改修された。それというのも、ビネフィット街——はじめはバック街と呼ばれていたが——は初期入植者の墓地のあいだを曲がりくねって伸びる小径だったからで、それがまっすぐな街路に改修されたのは、旧入植者の遺体がノース・ベリアル・グランド墓地にぜんぶ移されてその古家《ふるいえ》の庭先を横切っても支障がなくなったあとのことだった。

はじめのころは、急な泥斜面を補強する西壁が路面から二十フィートほどの高さでずっと延びていたが、ちょうどフランス革命のころ道幅をひろげる工事があって、西壁の中間あたりをほとんど削り取られ、その家も土台回しが見えるくらいにされてしまったので、新しい公道に近い地下室の壁を煉瓦で張りめぐらしたり、路面から上に出た部分に扉をひとつと窓をふたつこしらえ、もとは地面のはるか下にあった地下室から直接街路に出られるようにしたり、といった補修をしなければならなくなった。それから一世紀前に新しく歩道が敷設されることになったとき、屋敷はとうとう、軒下まで公道に押し寄せてこられたというわけだ。だから散策の道すがらポオは、単調な灰色の煉瓦壁が歩道から立ちあがっている光景をただ漫然と見あげていたにちがいない。そしてそのころ煉瓦壁の上には、屋敷それじたいの古くてたわんだ本体が十フィートもそびえ立っていたはずなのだ。

農場とも見まごうその地所は、裏の丘にむかってかなり上のほうまで、ほとんどホイートン街にまで延びていた。ベネフィット街に面したその家の南がわは、もちろん今ある歩道よりもずっと上のほうに位置していて、湿って苔が生えた石に囲まれたテラスを形づくっていた。その石のあいだを、狭くて急な石段が横切っており、峡谷みたいな地面のはざまを切りひらきながら、丘の上にひろがるもの寂びた芝生や湿った煉瓦壁や、草が伸びほうだいの庭へと通じている。庭には、壊れたセメント製のかめがあったり、錆びた水差しが節くれだった枝を三本組みあわせてつくった三脚から落ちていたり、扇型明り取り《ファンライト》のある風雨にさらされた正面扉から外れたと覚しい形のよく似た金具や、崩れかけたイオニア風の壁柱や、虫喰いだらけの切妻壁が散らばっている。

その〈忌まれた家〉について若いころ聞いた話といっても、わたしの場合、そこで驚くほどたくさんの人が死んだということぐらいしか知らない。元来の所有主《ぬし》が屋敷の建設後かれこれ二十年ほどで他所へ移っていってしまったのも、実はそれが理由だったそうだ。そこは確かに健康的な場所ではなかった。たぶん地下室に生えている白い綿みたいな菌と湿り気と、屋敷全体にとりついた胸がむかつくような悪臭と、それから玄関口から吹いてくるすきま風、井戸やポンプ水の水質などのせいだろう。とにかくいま挙げたものは、誰に訊いてもひどいと言うし、知人のあいだでも評判はたいそう悪い。古い召使いや朴訥な村人たちが憶えている伝説の底流をかたちづくった、あのさらに暗くおぼろな推論にしても、それがやっとのことでわたしの耳に伝わったのは、好古家の叔父エリュー・フィップルが残したノートを通じてというありさまだった。それは、プロヴィデンスがうつろいゆく新移民の巨都に発展したときに大部分忘れさられた、当時独特の推測だったが。

ところで、一般に知れわたっている事実というのは次のとおりだ。つまりその屋敷は元来、共同体の上流階層にわずかでも「幽霊が出る」などとうしろ指を差されるような負い目をもたなかったということ。ガチャガチャと鎖の音が聞こえたり、冷たい空気がスウッと流れこんできたり、灯がとつぜん消えたり窓辺に顔が見えたりというような、よく噂ばなしの種になるような荒びた話など、これっぽっちもひろまってはいなかった。極端なことを口にする人びとのなかには、時によると、あの家は〝不運にとり憑かれ《アンラッキー》〟ているのだという人もいたが、それも世間一般にひろまる意見ではなかった。とにかく真実論駁の余地がない事実というのは、そこで驚くほどたくさんの人間が死んだということ――いやもっと正確にいえば、あの奇怪な出来ごとが六十年前に起きてからこのかた、屋敷はずっと借り手がつかなかったわけだから、驚くほどたくさんの人間が過去に死んでいるということ――だ。といっても、ぜんぶがぜんぶ急激にもちあがった原因によってとつぜん生命《いのち》を奪いさられたわけではなく、むしろすこしずつ活力を吸いとられていって、しまいには天命をまっとうするよりもずっと早く死んでしまったらしいのだ。そして生命をうしなうまでにはいかなかった人びとも、程度の違いはあるがそれぞれに貧血症や衰弱疲労の徴候を示したというし、なかには精神機能障害をひき起こす人もいて、どの場合も建物のもつ健康度のひどい低さを証明していた。ついでに、並びあった家いえにはそうした悪い風聞が立つところが一軒もなかったことをいい添えておかなければならない。

　以上のような話は、わたしの執拗な質問に閉口した叔父が、わたしたち二人をあの恐るべき探索へと駆りたてる原因となったある密かな書類を見せてくれたとき、もうすでに聞いていたことだった。わたしがまだ子供のころ、その忌まれた家はまったくの空き家で、鳥も寄りつかない高いテラス状の裏庭には、実も結ばない節《ふし》くれだった気味わるい樹や、長くて奇妙に白ちゃけた草や、不気味な形をした雑草が生えていたものだ。子供だったわたしたちは、よくこの家の前を走って通った。子供ごころにも恐ろしかったのは、この奇怪な植物がただよわせる不健全なうす気味わるさばかりではない。戦慄をもとめる気丈な若者を何人も鍵のない表戸のなかに誘いこんだ、その荒れ家から立ちのぼる奇妙な雰囲気と臭気もまた、恐怖の対象だったのだ。小ガラスを嵌めた窓も、いまはほとんどが破れていた。不安定になった腰板や使いものにならなくなった内鎧戸《うちよろいど》、はがれた壁紙や落ちかかった漆喰やギシギシしなう階段、そしてまだ残っている壊れた家具の断片のまわりには、名も知れぬ荒廃のたたずまいが霧のようにたちこめていた。塵埃と蜘蛛の巣とが、その恐ろしさをいっそう強めていた。こんな廃屋の梯子を自分からのぼって、切り妻屋根の端についた小さな窓から洩れこむ光だけが頼りのだだっぴろい丸木造りの屋根裏へもぐりこめる子供がいたら、その子はほんとに勇ましい子供にちがいない！　屋根裏には、測り知れない歳月の堆積を通して気味わるい地獄のような形に変わったガラクタ同然の糸車や椅子や櫃《ひつ》が、たくさん積みかさねられていた。

が、結局のところ屋根裏は、この家のなかでいちばん恐ろしい場所ではなかった。わたしたちにもっとも烈しい反発感を抱かせたのは、湿っぽくムッとするような蒸気のたまった地下室だった。たとえそれが、人通りの絶えない舗道と、真鍮の扉いちまい、小窓付きの煉瓦壁ひとつで遮られただけの、街路側はもうすっかり地上に出てしまっているような名前ばかりの地下室であったとしてもだ。わたしたちは当時、こわいもの見たさの一心からその地下室に出入りしていいものか、それとも自分の魂と正気のためにそこを避けて通ったほうがいいものか、どうしても心が決まらなかった。ひとつだけ確かだったのは、家にとり憑いた臭気がそこでいちばん強くなっている、という事実だった。それにもうひとつ、梅雨の季節になると固い土間から白い綿みたいな菌が吹きだしてくるのが、好きになれなかった。この綿みたいな菌は、外の裏庭に生える植物と同じように気味わるいかっこうをしており、ほんとうに一目見るだけで総毛立つほど恐ろしかった。サルノコシカケとかインディアン・パイプとか呼ばれているキノコをずっと不気味にしたようで、もちろんこんなものは他所では見つからなかった。しかもその菌はすぐに腐って、ある時期にはほんのわずか螢光を帯びたりするのだった。そのために、夜このあたりを通った人は、悪臭のたちこめる窓に嵌まった割れガラスのむこうにチラチラ鬼火が燃えている、などと荒びた噂を立てることが何度もあった。

わたしたちは――ハロウィーンのお祭りのまっさかりにひどく熱っぽい気分になったときですら――この地下室を夜中に訪れようとは思わなかった。けれど太陽がまだ高い真昼どきには、地下室にはいりこむこともあって、とくに暗くてジメジメした日には、そこがボオッと螢光を放っているのを目にしたりした。また、これはわたしたちがそう思いこんだだけなのかもしれないが、ほかにもっと微妙な現象もそこで見かけた――おおかたは単に暗示的なものでしかなかったのだろうけれど、とにかく、奇妙な現象をだ。というのは、うすよごれた床の上にぼんやりとした白っぽい斑《まだら》が浮いていたことで――地下の台所にある大きな炉のちかくに生えているまばらな菌類のただなかに見える黴《かび》か硝酸カリの跡みたいな、はっきりしない不安定な付着物がその正体だった。ときによると、どこからそんな連想を引っぱってきたのか知らないが、そのシミ跡が体を二重に折りまげた人体のように見えたりして、またときには、白いシミがまるっきり見えないこともあった。この謎めいた斑点がいつもよりくっきり現われたある雨模様の午後に、ついでにいえば、そのときわたしはその硝酸カリでつくった斑点が黒い口をあけた炉に向かって、かすかな黄いろっぽい気体を吐きだしているのを目撃したように思ったのだが、とにかくその折りわたしは、地下室の出来ごとを叔父に話した。かれはこの奇妙きてれつな考えにフッと笑い声をたてたが、その笑いには、なにやら叔父の胸に突きあたるところがあるような翳りがあった。あとで聞いたところでは、それによく似た話が、村人たちの荒唐無稽な昔話のなかにも出てくるのだそうで——大煙突から出た煙が、鬼のような、狼のような形を空に描きだしたとか、緩んだ礎石のあいだに割ってはいった捩《ねじ》れほうだいの樹の根の一部が妙な恰好になったとか、そういう類の言及が現に流布していた。

2

叔父は、あの忌まれた家にかかわる記録や資料のコレクションを、わたしが成人するまで見せてはくれなかった。わが叔父フィップル医師は常識家で、古いものを大切にする古道派の医者なのだが、この土地に対するかれの興味の度合いは、異常なものごとに傾いていく若い心に力をあたえてくれるほど熱烈なものではなかった。かれの持論といっても、それは単にとりわけて不健全な要素をもつ建物や場所に基礎を置く程度のもので、それ自体異常なものとはなんの関わりもなかった。ただ、かれがこれはおもしろいと感じる情景には、不気味なものに対するありとあらゆる絵空ごとの連想をあの想像力たくましい幼な心に吹きこむだけの魅惑があることを、かれ自身よく承知していた。

フィップル医師は独身だった。もう髪は白くなっているが、剃刀《かみそり》をきれいにあてたいかにも伝統的な紳士で、地方では名の知れた歴史家として通っていた。シドニー・S・ライダーとかトマス・W・ビックネルのような頑迷きわまりない伝説の守護者たちと舌戦をたたかわせることも少なくなかった。召使いをひとり雇って、大昔の煉瓦小路や開拓者住宅に近いノースコート街の、けわしい崖っぷちに危っかしく立っている、ノッカーと鉄の手すりがついたジョージア朝風の農家に暮らしていた。しかも古い開拓者住宅跡は、その昔かれの祖父――一七七二年に大英帝国のスクーナー型戦艦ギャスピー号を焼きはらった史上名高い私略船の首領フィップル船長の孫にあたるのだが――が一七七六年五月四日にロードアイランド植民地独立の決議案に投票した場所だった。かれのぐるりを取りまくように張りめぐらしたかびっぽい腰板と、彫刻も重々しい大マントルと、小ガラスを嵌めこんだ蔦のおおう窓とをもつ、天井の低いジメジメした図書室には、フィップルの古い家系にまつわる遺品や古記録がずらりとならんでいて、そのなかにはビネフィット街の〝忌まれた家〟に関するなんとも怪しげな言及がいくつも含まれていた。古いペスト汚染地区はそこから遠くない場所にあったが、それも道理で、ビネフィット街そのものは屋根のようなかたちで、開拓者住宅のちょうど上にある一次入植期の開拓区域だった崖のそばを走っていた。

やがてわたしも成人になり、長年くりかえしてきた知識ねだりにとうとう折れた叔父は、ほんとうに奇怪な年代記をひとつ、わたしの眼に触れさせてくれたのだった。年代記の総体は長ながとつづく統計学的、遺伝学的な記録で占められていたが、そこには一貫して、重く執拗な恐怖と超自然的な邪悪感が糸のように縫いこまれていた。そしてそのことが、親切なドクターの場合よりはるかに烈しい印象をわたしにあたえた。ひとつひとつの事件がどれも気味わるいくらい符合一致するし、あきらかに一致しない事件の細部もよく検討してみると、恐るべき可能性の鉱脈を内に秘めていることが分かった。新しい、燃えるような好奇心がわたしの胸で育っていった。それにくらべたら、幼いころのあの好奇心はいかにも弱よわしく支離滅裂なものにみえた。その最初の啓示は悪戦苦闘の調査へとつながり、最後には、わたし自身とわたしの周囲にひどい破滅をもたらすことになったあの慄然たる探索へ結びついた。なぜなら、叔父はわたしのはじめた調査に加わらせろと強くもとめ、事実あの屋敷であかした一夜のあとでも、けっしてわたしを独りにしておくようなことはしなかったのだから。長の歳月をただ栄誉と人徳と高雅な趣味と慈愛と勉学とで満たしつくした叔父の優しい姿がない今、わたしはまったく孤独だ。だからわたしは、叔父の想い出のためにとセント・ジョン共同墓地に大理石の墓をたてた——そこはポオが愛した場所で——丘のうえの、大きな柳がこんもりと茂った密かな小森だ。ビネフィット街の土手壁や家並や教会がたてこんだそのあいだで、墓石や石碑がしずかに肩をよせあっている場所だ。

まるで迷路みたいに入りくんだ月日のはざまを縫うようにして展開していくその家の歴史は、それを建てた富裕で誉《ほまれ》たかい家族に関しても、また建物自体に関しても、奇怪な噂の痕跡をまったくつまびらかにしていない。けれどそこには最初から奇禍《きか》の兆《きざ》しというものが現われていて、やがてそれが見すごせない数になってくるのは明らかだった。叔父が細心の注意をはらって編纂した記録は、一七六三年の邸宅建築からはじまって、異様なまでの克明さで屋敷の歴史を跡づけている。記録によれば、忌まれた家に住んだいちばん最初の人間はウィリアム・ハリス一家だった。妻のロビイ・デクスターとその子供たち――一七五五年生まれのエルカナ、五七年生まれのアビゲイル、五九年生まれのウィリアム・ジュニア、そして六一年生まれのルースが、一家の構成員だった。ハリスは信用のある商人であるばかりでなく西インド交易にしたがう海の男でもあり、オバディア・ブラウン同族会社とも関係していた。一七六一年、ブラウンが死んだあとにできたニコラス・ブラウン新社が、プロヴィデンスで建造した百二十トンの二本マスト船プルーデンス号の指揮をかれにまかせてくれたので、かれはとうとう、結婚以来つねづね夢に描いてきた新しい農場を建てられる身分になったのだ。

かれが選んだ新居の予定地――つい最近すっかり整地されてしまったが、雑踏するチープサイド地区のうえにある丘腹ぞいを走る、モダンで小粋《こいき》なバック街の一角だ――は、かれら一家にはまさに希望どおりのところだった。それに建物のほうも地形をうまく利用した建築だった。ありきたりの資材と工法をつかった建物としては最良のもので、ハリスは五ばんめの子供が生まれる前にはやばやとこの新居に引っ越してきた。子供は（男の子だったが）十二月に生まれたが、死産だった。その後一世紀半にわたって、その家で無事に生まれた赤んぼうはついに一人も出なかった。

翌年の四月には子供たちのあいだに妙な病気がはやりだした。その月が終わらないうちに、アビゲイルとルースが死んだ。ジョブ・イヴ医師は一種の幼児熱が原因だと診断したが、ほかの医師は死因として単に衰弱や疲労を挙げる者もいた。が、いずれの場合にもその病気が伝染性を示したことだけは確かで、たとえば屋敷に雇われた二人の召使いのうちの一人ハナ・ブラウンは、同じ病気で同年の六月に死亡した。もう一人の召使いエリ・ライディアスンは、いつも健康のことで不調を訴えていて、ハナの後任に雇われたメヒタベル・ピアスが仕事に空白をつくらなかったからいいようなものの、もしそうでなかったらレホボスにある父親の農場に帰りかねない勢いだった。そのかれも翌年死んだ――その年はまったく悲惨としかいいようがなかった。数十年というかなりの期間仕事で滞在したマルティニクの気候にやられて、だいぶ弱くなっていたウィリアム・ハリス自身も、この年に世を去ったからだ。

未亡人になったロビイ・ハリスは、夫の死という衝撃から立ちなおれなかった。それから二年後におこった長男エルカナの死は、彼女の理性にとって最後の打撃となった。一七六八年に中程度の精神錯乱症をひきおこし、以後は、同家の上階に軟禁されることになった。一家の切りまわしは、彼女の妹でまだ未婚のマーシィ・デクスターが移ってきてあれこれ世話をやいた。マーシィはいかにも素朴で体格のいい丈夫な女だった。けれどその彼女も、屋敷に移ってきたとたんから目に見えて健康をそこなっていった。彼女は、不幸な姉に心から同情して親身に世話をやいたが、とりわけひとりぼっち生き残った甥のウィリアムにはなみなみならぬ愛情をそそいだ。そのころのウィリアムは、丈夫だった幼児のころとは一変して、病気がちで虚弱な若者になっていた。この年、召使いのメヒタベルが死んで、残った召使いの〝万年青年〟スミスも言いわけにならない言いわけ――いや、すくなくとも家の臭いがきらいだという不平と、なにやら常軌を逸した話――をまくしたてて家を出てしまった。そんなわけで、一時マーシィは他人の手を借りることができなくなった。なにしろ五年という短期間に七人が死んで一人が気ちがいになったのだから、それが村の炉端がたりに顔を出すと、てっきり本当のように広がりだしたのも無理はない。その噂はやがてまったくうす気味のわるい話にふくれあがった。けれど彼女は、やっとのことで町の外から新しい召使いを見つけだした。ひとりはアン・ホワイトといって、北キングズタウンの今はイグゼター郡区として区切られている地区からやって来たいかにも気むずかしそうな女で、いまひとりはズィーナス・ロウという有能なボストン人だった。

村人たちが口にする不気味な噂にはじめてはっきりしたかたちを与えたのは、アン・ホワイトだった。マーシィとしてはヌーズネック・ヒル地区から人を雇い入れることによくよく注意をはらうべきだったのだ。なぜならそのはるか山奥の地区は、今もそうだが、当時でもいちばん不愉快な迷信がはびこっているところだったのだから。イグゼターの村では一八九二年まで死体を墓から掘りだす儀式が行なわれていたそうで、なんでも村の健康と平和をおびやかす種類の魔物が出没しないようにというので、死人の心臓をさかんに焼いたというから、一七六八年当時その地区がどんなに迷信ぶかいところだったか想像するのは難かしくないだろう。そのアンの舌が驚くほど活発に動いて噂をひろめたからたまらない、さすがのマーシィも数か月後には彼女を解雇せざるをえない立場においこまれ、代わりにニューポートから義理がたくて愛想のよい女丈夫マリア・ロビンスを雇い入れることになった。

いっぽう不幸なロビイ・ハリスは、錯乱のさなかにこれ以上気味わるいものはない夢や妄想のことを口ばしった。ときによると、彼女の悲鳴は聞くに耐えないほどで、あまり長く震えわななくような恐怖の体験を口ばしるものだから、大学の新校舎にほどちかいプレスバイテリアン・レインにあるいとこのペレグ・ハリス家へ、一時息子を避難させる必要が生じるほどだった。何度かいとこの家に避難した息子は、その後いくらか健康を回復したようだったが、もしマーシィがお人好しなばかりでなく賢明な女であったら、息子をペレグ家に永久に住まわせる手を打っていたことだろう。ハリス夫人が狂気のさなかになにを叫んだのか、その点について伝説は多くを語ろうとしない。いやむしろ、話があんまりばかばかしすぎて真面目にとりあえることではないと極論を吐く場合さえある。それはそうだろう、たどたどしいフランス語で、わずかな教育を受けただけの女が、粗っぽくてどうにも支離滅裂なフランス語をあやつって何時間も不気味なことばを叫んだとか、あるいはひとり軟禁された同じ人物が、目のギラギラする怪物に嚙まれたり血を吸いとられたりしたと聞いても、これはばかばかしいと感じるほうが当たりまえなのだ。一七七二年に召使いのズィーナスが死んだが、その知らせを受けたときハリス夫人は、平常の彼女からは想像もつかない奇怪な歓びを表情に浮かべ、カラカラと笑った。そして翌年彼女自身がこの世を去り、ノース・ベリアル・グランド墓地に夫ともども手厚く葬られた。

一七七五年に大英帝国といさかいが起こったとき、ウィリアム・ハリス・ジュニアは、当時十六歳になったばかりの痩せぎすでいかにも貧弱な若者だったのだが、熱心に頼みこんでグリーン海将が指揮する偵察軍に入隊した。かれが健康的にも身分的にも着実に向上を示しはじめたのは、この時期以降のことだ。一七八〇年にアンゲル大佐指揮下のニュージャージィ地区ロードアイランド軍の指揮官に任命されたかれは、エリザベスタウン出身のフィーブ・ヘトフィールドという女性とめぐりあい、彼女と結婚し、次の年に名誉の除隊を果したその足でプロヴィデンスに帰郷した。

若い兵士の帰還は、しかしまったくの幸福に包まれたわけではなかった。なるほどかれの家はまだ住める状態だったが、街路は幅がひろげられて、名前もバック街からビネフィット街に変わっていた。昔はがっしりとしていたマーシィ・デクスターの体が、見る影もないくらい変に衰えてしまっていて、今ではうつろな声と青い顔色をした腰のまがったみすぼらしい老婆に変わっていた——そして彼女の衰えぶりは、たったひとり残っていた召使いマリアにもそのまま当てはまるのだった。一七八二年の秋に〈トフィールド・ハリスが長女を死産した。そして翌年の五月十五日、マーシィ・デクスターがその厳格で徳にみちた勤勉な一生を終えた。

こうして自分の家にとり憑いた不気味な不健康さをはっきりと認めたウィリアム・ハリスは、そこに住むことをやめる決意をして永久に家の扉を閉ざした。妻と二人で暮らす仮の住居を、当時新築された〈ゴールデン・ボール〉亭という宿屋にもとめてから、ハリスはまずグレート・ブリッジ地区の対岸にある新興都市の一角ウェストミンスター街に、まえよりも豪華な屋敷を新築する仕事にとりかかった。そこで、息子のデュティが一七八五年に生まれた。一家はそこで暮らしたが、やがて商業勢力に追われて川の対岸に渡り、さらに丘をひとつ越えたエンジェル街へと移っていった。そこはずっと新しくできあがったイーストサイドの住宅地域で、故アーチャー・ハリスが一八七六年に豪華だがうす気味のわるいフランス型屋敷の大邸宅を建築したところでもあった。さて、ウィリアムとフィーブは一七九七年に夫婦ともども黄熱病にかかって死亡したが、息子デュティはペレグの子でかれとはいとこ同士にあたるラズボーン・ハリスという人の手で育てられた。

ラズボーンはなかなかの実際家で、ウィリアムがあれだけ人の住むのをきらったビネフィット街の家をためらいもなく借りうけた。かれは、いとこのデュティが自由にできる財産を自分のために活用するぐらいは、当然の恩返しだ、と考えたのだ。それにかれは、あれだけ多くの居住者にとり憑いた死因やら病因やらのことを気にもとめなかったし、その家が今ではすっかり近隣の鼻つまみになっていることにも頓着しなかった。そんなわけだから、一八〇四年に、おそらくは鎮まりかけた熱病の残滓にやられたのだろう四人の死者のことで町中が議論になったとき、即刻その家を硫黄とタールとガム樟脳とで燻蒸消毒するよう市議会から命令されたことも、かれにはちょっとした苛立ち以外のなにものでもなかったにちがいない。町の人々はかれの家を指して、あそこは熱病のにおいがするといったそうだ。

ところで、デュティは自分の持ち家について真剣に考えたことがなかった。それもそのはずで、かれは成人してから私略船の乗組員になり、一八一二年の戦争ではケイフーン船長指揮下のヴィジラント号に乗って、目をみはる武勲をたてるのに忙しかった。かれは無傷で凱旋すると、一八一四年に結婚し、一八一五年九月二十三日という特筆すべき一夜に晴れて一児の父親となった。なにしろその夜は大風が吹き荒れ、湾の水が町の半分を呑みこんだときで、背の高いスループ型帆船がウェストミンスター街のどまん中高く浮かんだために、船のマストがもうすこしでハリス家の窓を叩きそうになって、まるで新生児ウェルカムが水夫の息子であることを象徴的に公言するような事件のあった夜だった。

ウェルカムは父よりも早くこの世を去ることになりはしたが、一八六二年フレデリクスバーグでのかれの戦死は華ばなしかった。かれも、それからかれの息子アーチャーも、忌まれた家については、そこが悪臭のためにとても住めないという事実以外になにも知らなかった――その悪臭にしても、これは長いこと放っておいたための黴や瘴気《しょうき》が原因なのだろうと思いこむ始末だった。たしかにその家は、一八六一年に起きた連続的な死と事件をさかいとして人が住まなくなったのだが、その死亡事件にしても、南北戦争の興奮ですぐに忘れられてしまう運命にあった。父方の最後の血縁者であるカリントン・ハリスにしても、わたしが自分の体験をかれに話して聞かせるまで、その家については、今では忘れられているが当時の耳目をそばだたせた伝説の中心地だ、ぐらいの知識しかもちあわせていなかった。かれは家をとりこわして、そこに新しくアパート形式の家を建てるつもりでいたが、わたしの話を聞いて心変わりし、そのまま放置して内部を区切り、貸し間にする決心をした。ただ、間借り人を見つけることはさして困難でもなかった。昔の恐怖は、そのときもうすっかり消えてしまっていたからだ。

3

ハリス家の年代記にわたしがどのくらいつよく影響されたか、それはもうここに書くまでもないと思う。この連綿とつづく記録のなかには、これまで考えてもみなかったような自然界の摂理を超えた滅びることのない邪悪なものの息吹きが、たしかに脈打っているようだった。なにか邪悪なものが、まちがいなくこの家にとり憑いていたのだ。ハリス家の人びとにではなく、この家自体に。この印象は、叔父が見せてくれたもっと種々雑多なデータからも裏打ちされた――召使いの四方山《よもやま》話から引いた伝説や、新聞の切り抜きや、同僚の医師から得た検屍の所見録などからだ。こうした資料のすべてをここに引きだすことは、わたしなどにはとても望むべくもない。なにしろ叔父は古物蒐集の鬼といわれたほどの人物だし、忌まれた家については当時から並みなみならない興味を寄せていたのだ。けれど、いろいろな情報源から出された報告のなかに重複して記述されているような大きな事がらについては、ここにそのいくつかを紹介しておくのも無駄ではないだろう。たとえば、その家のなかでも悪い風聞の根幹をなす場所として、キノコみたいな綿黴《わたかび》の生える不健康な地下室を挙げる点については、村のどの噂もそれに同調している。召使いたち――それもとくにアン・ホワイトの場合なのだが――のなかには、地下室の台所を使いたがらない者がいたし、すくなくとも出所の分かっている確かな伝説が三通り、その地域に出てきた黴の斑《まだら》や木の根が、なにやら奇妙な半人半獣のかたちや、悪魔の輪郭に似ていたと記録している。わたしも子供のころ人のかたちを見ていたから、後のほうの伝説にはひどく興味をひかれた。が、いずれの場合もよく地方に残っている幽霊伝説と混じりあって余分な尾鰭がついてしまい、本来の意味が大部分消し去られてしまっているのが残念だった。

イグゼター地方の迷信を背負ってやって来たアン・ホワイトは、ほかの誰よりも突拍子もない話をでっち上げたのだが、同時に、もっとも首尾一貫した物語を残してくれてもいた。彼女によれば、屋敷の下には吸血鬼族のひとりが埋葬されているのにちがいないということだった――吸血鬼とは、生きた人間の血や息を飲んで魂と肉体を保ちつづける死人のことだ――かれらが棲む地域からは夜な夜な血に飢えた化けものや霊魂が姿を現わすのだ。吸血鬼を殺すには（と、祖父の昔語りによく出てきたが）、そいつを墓から掘りおこして心臓を焼いたり、あるいは相手の生ま身に杭を打ちこまなければならない。そして地下室じゅうをいちど隈なくあらためてみることを頑として要求しつづけたことが、アンの解雇に関与したいちばん大きな要因だったというわけなのだ。

しかしながら、彼女の話にはたくさんの聴き手を魅惑するだけの力があったし、その家がもともと埋葬地だった場所に建てられていたという事実のために、ますます一般のあいだに浸透しやすくなってはいた。わたしの印象では、村人たちの興味はこうした環境にあるのではなくて、むしろ、家を出ようとした〝万年青年〟ジョンが何ものかのために一夜で〝息〟を吸いとられたとか、一八〇四年に血を失って死んだ四人の犠牲者を検屍したチャド・ホプキンズ医師の報告書とか、半透明でガラスのような眼と鋭い牙をもつ得体の知れない怪物のことを恐ろしげに話した不幸なロビイ・ハリスの支離滅裂な証言録、とかいったもののほうに傾いていたようだ。

わたしは、自分自身をとりとめない迷信に心を動かされるような男ではないと信じてきたが、そうした怪異を耳にするにつけて奇妙な感覚をひそかにおぼえるようになった。そしてその感覚は、忌まれた家でおこった死亡事件を報じている別々の新聞社の切り抜き記事二枚によって、大いに強められた。切り抜きのうち、ひとつは一八一五年四月十二日付けの〝プロヴィデンス・ガゼット＆カントリイ・ジャーナル〟誌からであり、もうひとつは一八四五年十月二十七日付けの

〝デイリー・スクリプト＆クロニクル〟誌からだった。どちらも驚くほど重複したかたちで総毛立つような事件の状況を報告していた。それらの記事を眺めてみると、両方とも、ひとりの瀕死の人物がひどく恐ろしい変身をとげたことを報じており、一八一五年の場合はスタフォードという温順な中年婦人、一八四五年の場合はエリーザー・ダーフィという中年の教師となっていた。二人とも、なんでもガラス玉みたいな眼を見ひらいて臨床医師の咽喉に嚙みつこうとしたそうだ。けれどその家にとって最後の借り手となった人物の場合は、もっと摩訶不思議だった。その患者の精神錯乱が進行し、やがてかれが親戚たちの首や手首を搔っ切って巧みに生命を奪おうとするようになってから、町では貧血症で死ぬ人間が続出した。

この事件は一八六〇年から一八六一年にかけてのことで、叔父がちょうど開業医をはじめたころに当たっていた。叔父から聞いたところによると、かれは開業医として出発する前にも、専門医学校で事件のことを耳にしていたらしい。そのなかでほんとうに理屈のこねようがない現象というのは、それら事件の犠牲者たち全部——悪臭の立ちこめる悪評高い家のことだから、これを借りたりするのは無知な人間ばかりなのだ——が、ほんの片言も習ったはずのないフランス語で、呪いのことばを口走ったということだった。その事実は、当然ながら、ほぼ一世紀前の不幸なロビイ・ハリスの事件を思いおこさせた。叔父はひどく心を動かされ、戦争から帰ったすぐあと、チェイズおよびホイットマーシュ医師から直接体験談を聞くことを手はじめに、その家に関する歴史的な資料を本格的に集めはじめた。叔父がどんなに真剣にこの問題を考察していたか、わたしにはよく分かった。わたしが同じ問題に興味を感じていることを知ったときの歓びようも、よく理解できた――偏狭な枠にとらわれない、一途なわたしの興味に歓んだからこそ、叔父は心をひらいて、ほかの人間なら笑い飛ばすような問題をわたしと話しあえたのだ。かれの想像は、わたしのそれよりも彼方へ及んではいなかった。けれどかれは、そこが想像力を刺激する稀な場所であることを、怪奇《グロテスク》と妖異の分野にかかわる霊感や連想のみなもととして注目にあたいする場所であることを、膚で感じとっていた。

　いっぽうわたしはといえば、真摯な態度でこの問題にかかわるすべての資料と取りくんでみようという気持になり、証拠を検討するだけでなく、可能なかぎりデータを累積させる作業にはやばやと取りかかった。当時その家の所有者だったアーチャー・ハリス老には、一九一六年にかれが死ぬまで何度となく面会を申しいれて、直接はなしを聞いた。そして、叔父が集めた一家の資料は真実まぎれもないものだったことを、かれと、それから今も生きているかれの妹の話から確認した。ところがその家の事件にフランスとフランス語がなぜ関わってくるのかという質問になると、二人はわたしと同じような当惑と無知の表情をおもてに表わすのだった。アーチャーは何も知らなかった。ミス・ハリスが話してくれたのは、彼女の祖父デュティ・ハリスが聞いた古い物語がもしかしたら光を投げかけてくれるかもしれない、ということだけだった。息子ウェルカムの戦死後なお二年間生きながらえたその老船乗りは、伝説そのものを知っているわけではなかったけれど、なんでもかれのいちばん幼いときに世話をやいてくれた乳母で老マリア・ロビンズという人が、ロビイ・ハリスの口走ったフランス語の譫言《うわごと》に気味わるい意味を与えるような伝説を、うすうす知っていた節《ふし》があったと述懐していた。マリアは、あの不幸な女が晩年に繰りかえしロ走った譫言をよく耳にしていたにちがいない。マリアがその家に住んでいた期間は、一七六九年から一七八三年の一家全員移住までであって、マーシィ・デクスターの死にも巡りあわせていた。いちど彼女は、幼いデュティにむかって、死ぬ間際のマーシィに起こった少しばかり奇妙な状況のことを話したが、かれはその話がともかくも変な内容だったという印象だけを心に残して、肝腎なことはすぐにきれいさっぱり忘れてしまった。そんな祖父の思い出ばなしを孫娘に思い出させようとしたわけだから、彼女も記憶の糸をたぐるのにかなり苦労したはずだ。彼女も、それから彼女の兄も、けっきょくは、現在その家の所有者でわたしとは体験談を語りあったアーチャーの息子、カリントンほどの関心をその家に対して抱いているわけではなかった。

ハリス家に関する情報で、手にいれられるものはすべて検討し終えたところで、わたしは初期の町史資料や事件簿に目をむけ、折りにふれて叔父が示した以上の真摯な情熱をその研究にそそいだ。家が建っているその場所の全歴史を、一六三六年――もしナラガンセット・インディアンに資料となる伝説が残っていればもっと古くなるが――の第一次入植から洩らさず追ってみたかったのだ。すると作業にかかったとたんから、そこが元来はジョン・トロクモートン所有の長大な私有地に含まれる一角だったことが分かった。タウン街から始まって川沿いにのび、丘を越えて現在はホープ街と呼ばれているあたりにつながる帯状の私有地が、当時は他にもたくさんあって、トロクモートンの土地はそのなかのひとつだった。もちろんトロクモートンの土地は後になっていくつにも分割されるわけだけれど、とりわけ後代になってバック街とビネフィット街が敷設された地区の追跡には、時間と根気をかけた。その結果、その一角が古い噂のとおりトロクモートン家の墓地だったことを突きとめた。しかしそこにあった墓石は、記録をよくよく検べてみると、すべてポウタキット・ウェスト・ロードにあるノース・ベリアル・グランド墓地に移されていた。

こうして、わたしは唐突に――これは記録の主流部分から外れていたので見逃しても不思議はなかったから、まったくの偶然だったわけだが――事件を構成する最も奇妙な部分のいくつかにピタリと符合してわたしの興奮を絶頂にまで引き上げた、とある事実に出くわした。それは一六九七年に結ばれた土地貸借契約の記録だった。エティエンヌ・ルーレとその妻に対して、土地の一部を貸し与えた文書だ。ついにフランスの要素（エティエンヌ・ルーレはフランス風の名前）が現われたのだ――そればかりかその名は、恐怖異端の文献読破についやした時期のなかでも最も暗い時代の堆積から、はるかに深い恐怖をわたしの心に喚びさました！　わたしは熱病にかかったように、一七四七年から一七五八年にかけてバック街が迂回路から直進路に整備されなおされ地勢が変わってしまう前の地域図を研究した。すると、半分予期してはいたけれど、いま忌まれた家が建っている場所には、ルーレ家が屋根裏のある粗末な平家《ひらや》を一軒付けた墓地をたてていたことが分かった。果たせるかな、ルーレ家の墓地が移動されたという記録はなかった。その文書は、ひどくあいまいなかたちで途切れていた。だからエティエンヌ・ルーレという名前に対応する地方史の断片を見つけるまでに、ロードアイランド歴史協会やシェプリー図書館の両方に押しかけなくてはならなかった。そのあげく、わたしはある事実をつかんだ。あいまいではあるけれど、忌まれた家の地下室を、もういちど新しく真摯な眼で調査しに行かないではいられなくするような、途方もなく重要な事実を。

ルーレ家は、一六九六年にイースト・グリニッチからナラガンセット湾の西海岸を下って移住してきたらしい。もともとはコデ出身のユグノ教徒で、プロヴィデンスの行政委員に入植を許されるまでかなりの摩擦をひきおこした一家だと、記録は語っている。イースト・グリニッチでの評判はきわめて悪かった。この一家はナントの勅命廃止のあと一六八六年に渡ってきたのだが、一家を嫌う感情は単なる人種的国家的偏見を超えていたという噂があり、ほかのフランス人移民とイギリス人の対立まで巻きこんで、アンドロス知事にも収拾のつかない地方論争がひきおこされたらしい。けれど、かれら一家の熱烈なプロテスタンティズム――熱烈すぎるという風聞もあったが――と、村を追われては困るというあからさまな苦悩の訴えが、ともあれ天に通じて、浅黒い膚をしたエティエンヌ・ルーレは、農業よりも妙な本を読んだり妙な図形を描くことのほうが好きな気質を考慮にいれてもらい、タウン街のはるか南にあるパードン・ティリンガスト埠頭に建つ倉庫で事務職にありついた。しかし、あとになってなにか騒動でも持ちあがったとみえて――老ルーレの死後四十年は経ったころだと思うが――それ以後はだれもその一家の消息を耳にしなくなったということだ。

ことの様子から察すると、ルーレ家は一世紀以上にもわたって地方人の記憶にはっきり残っていたらしく、ニューイングランド海湾の穏やかな日常のなかで、まるで昨日の出来ごとのように語りつがれていた。エティエンヌの息子に、ポールという無愛想な若者がいて、一家を追いはらう結果をまねいた騒動というのはどうやらこの男がみせた突飛な行動に起因しているらしいのだが、わたしにとってかれはとりわけ熟考のみなもとになった。プロヴィデンスは、近隣のピューリタン入植地域にあらわれたような魔女狩り騒動とはまったく無縁だったが、古老たちの昔ばなしによると、このポールという男の祈禱は、ふさわしい時間にあげられたこともなく、またふさわしい対象にむけてあげられたこともなかったという。こうした噂話がぜんぶ集まって、老マリア・ロビンズが知っていた伝説の母胎はかたちづくられたにちがいなかった。ただ、そのことがロビイ・ハリスをはじめとする忌まれた家の住民たちの口走ったフランス語とどう関係しているのか、その疑問に関してだけは、新しい発見か逞しい想像力でももってこないかぎり解けそうになかった。わたしは小首をかしげながら、その伝説を知っている人のうち何人が、わたしの広範囲な文献調査から導きだされた恐怖との加重されたつながりを理解しているだろうか、という思いにふけった。今となっては、コデ出身のジャーク・ルーレという妖物について語った不健全きわまる恐怖の年代記のなかの、あの不吉な項目を憶えている者を探そうとするほうが無理だった。その男は一五九八年に凶悪犯として死刑を宣告されたが、のちにパリ議会の力ではりつけの刑を許され、精神病院に監禁された。しかし二匹の狼に襲われて、少年がひとり見る影もなく引き裂かれるという事件があったすぐ後、かれは全身血まみれ、こまかな肉片にまみれた姿で森のなかから発見された。狼のうち一匹は無傷で逃げ去ったことが目撃されたというが、これなどは名前と場所に奇妙な意味をもつ、ちょっとした炉端の話題だったことはまちがいない。けれどプロヴィデンスの噂話は、一般に事件の本質とはかけ離れた単なる風聞にすぎないようだった。もしもかれらが事件の本質を理解していたなら、名前の一致は狂熱的で恐怖に駆られた行動を喚びおこしたはずだろうから――まったくそのひそかな囁きは、ルーレ一家を町から一掃したあの最後の騒動を予知していなかったのだろうか？

　わたしは今、以前にも増して足しげく忌まれた家を訪れていた。庭にしげる尋常とも思えない植物を検べ、建物の壁という壁を調査し、地肌がむきだしになった地下室の床を一インチも残さず見てまわった。しまいにはカリントン・ハリスの許しを得て、今は使われていないけれどビネフィット街から直接地下室にはいれる扉に、鍵を差しいれることまでやった。暗い階段をおり、一階のホールを通るよりも、外から直接に地下室へはいれたほうがありがたかったからだ。うまい具合に、扉はまだ開け閉めができた。不健全さがもっとも厚くよどんでいる地下室を、わたしは長い午後のあいだじゅう調査してまわったものだ。そんなとき、静かな外の歩道から数フィートと離れていない、蜘蛛の巣だらけの地上扉から、太陽の光がやわらかく洩れこんでくるのがなつかしかった。けれど努力は報われなかった――いつもの息が詰まるような黴くささ、かすかな有毒臭、そして床に浮かんだ白い輪郭――あいかわらずの現象ばかりだった。道を通りかかった人びとは、わたしの行動を破れ窓からいぶかしげに覗きこんでいったことだろう。

　こうしてついに、わたしは叔父の助言にしたがい、その地点を深夜に調査する決意を固めた。そしてある嵐の夜、懐中電燈の光が、不気味な白の輪郭と、螢光を発する節くれだった菌とを生やした黴くさい床の上を、走った。その夜、わたしは地下室にいて奇妙に気持が滅入《めい》った。そして白い付着物のあいだに、あの〝膝をかかえこむようなかっこうをした〟かたちをひどく鮮明に見た――いや、見たと思ったとき、わたしはほとんど調査の準備を完了していた。それは、子供のころから疑ってきたかたちだった。輪郭の鮮明さは驚くほどで、これほどはっきりと浮きあがっているのを見たのは初めてだった――じっと目を凝らしていると、遠い昔シトシトと雨のふる宵によくわたしを驚かした薄く黄いろい、チラチラと光る蒸気が、ふたたび目に触れたように思った。

それは、炉端近くに浮かび出ている黴《かび》でできた人形《ひとがた》の斑の上で揺らめいていた。かすかで、不健全で、しかも螢光を発するかのような蒸気が、しめった大気のなかでユラユラうごめくたびに、ぼんやりしてはいるが衝撃的なかたちが少しずつ結ばれていくようにみえた。それは尾を引くようにして白い腐蝕物のなかに溶けこみ、大きな煙突の暗がりに悪臭を残して音もなく吸いこまれていった。それはほんとうに恐ろしい光景だった。この場所の歴史を知るわたしには、よりいっそう恐ろしかった。けれど逃げようとする足を必死で押しとどめて、消えていくかたちを見つめた――さらに見ていると、逆にそのかたちが、目にみえるというより心に感じるような双眼で貪《むさぼ》るようにこちらを睨んでいることを、五感で感じとった。そのことを叔父に報告すると、かれはひどく心を動かされ、たいへんな緊迫に満ちた熟考にひたったあとで、確乎とした狂熱的な断定を呈示した。叔父は心のなかで事実の重要性を天秤にかけ、それがわたしたちとどのような関係をもっているかを評価してから、ともかくもわしたち二人であの黴と菌にとり憑かれた地下室に一晩、あるいはそれ以上張りこんで、忌まれた家にどんなことがおこるかを試してみよう、と熱っぽく主張したのだった。

4

一九一九年六月二十五日、それは木曜日だったが、カリントン・ハリスからの正式な了解を取りつけたあと(といっても、わたしたちが発見しようとしているものについてはかれにひとことも明かさなかった)、わたしと叔父は、かなり重たくて仕組みの複雑な科学機械といっしょに、キャンプ用椅子を二脚と折りたたみ型のキャンプ用寝台ふたつを、忌まれた家のなかに持ちこんだ。昼のうちに、そうした必要品を地下室に運びいれ、窓に紙を張りまわし、夜番の第一夜がはじまる夕方にそこへもどってくる計画をたてた。家の戸口は、地下室から一階まで残らず鍵をかけておいた。表の通りに面した地下室の扉を開け閉めする鍵があったから、高価で精密な機器を残しておいても心配はなかった――なにしろわたしたちは、極秘のうちにその機器類を手にいれたし、それに費した金も莫大だった――とにかく、今回の夜番が何日まで延びるか知れはしなかった。わたしたちの計画は、二人で起きていられるだけ遅くまで張り番をして、それから夜明けまで二時間きざみで交替する手筈になっていた。順番は最初がわたし、それから叔父、非番になった人間は寝台で休息をとるというわけだ。

ブラウン大学実験室とクラストン街兵器庫から機器類を手にいれ、二人の冒険の方向を本能的に予測した叔父が、その場その場でみせた生まれついてのリーダーシップは、これが八十一歳の老人がもつ潜在的な活力と回復力かと舌を巻くほどみごとだった。わが叔父エリュー・フィップルは、医師として衛生法の普及に力をそそぎ、またそれに従って生きた人物だった。もしもあの夜番の終わりにおこった事件さえなかったら、いまも元気でこの町に暮らしているはずなのだ。あの夜起こった出来ごとを知っているのは、たった二人の人間――つまり、カリントン・ハリスとわたし自身しかいない。かれは家の持ち主であり、そこからどんなものが抜け出ていったのか知る権利もあったから、わたしとしても事件の一部始終を報告しないわけにいかなかった。もっとも調査にかかる前に話だけはしておいたから、叔父が死んだ知らせを聞いてかれは状況を理解したし、公に対してのどうしても必要な弁明に当たっては、わたしの手助けをしてくれるだろうと、頼りにもできた。かれは話を聞いてまっ青な顔になったが、わたしを助けることに同意をしてくれたうえで、これで安心してあの家を貸せると決断をくだした。

あの雨のそぼふる夜番の夜、わたしたち二人がどっしり落ち着いていたといったら、それは愚にもつかないばかな誇張になってしまうだろう。前にも書いたとおり、わたしたちは子供じみた迷信家とは縁もゆかりもない人間だったが、長年にわたる科学研究と考察から、人間に知られている三次元の宇宙など、物資とエネルギーが構築する全宇宙からみればゴミみたいなものだということを教えられていた。この場合、信頼できる無数の情報源から集めた証拠は、人間の見かたからすれば窮極の悪を意味するある種の巨大な力の影響が執拗に持続しうることを、圧倒的に優位に指摘している。わたしたちがよく吸血鬼や人狼を信じると言うとき、その言いかたは不用意にすぎるほど包括的なのだ。そうではなく、生命体や疲弊した物質が時として分類不可能なある種の目新しい変体現象をひきおこし得るとする説を、わたしたちは否定し去る立場にないと言いかえるべきだろう。そういう生命体は、ふつうのものよりずっと親密に他の空間単位と結びついているから、三次元空間ではごく稀にしか存在しないけれど、それでもわたしたちの生活限界には充分に届き得る近さにあって、それを正しく把握できる立場にいないわたしたちには理解すべくもない現象を、折りにふれて眼前に呈示するのだ。

もっと手みじかにいってしまうと、叔父とわたしが集めた議論の余地のない事実の羅列が指し示している先は、どうやら、あの忌まれた家にある種の〃力〃がずっと存続しているという結論だった。二世紀も前に生きていた悪評たかいフランス移民家族の一員に遡っていける〃力〃が原子と電子の運動にかかわるめったに作用しない未知の法則にしたがって、いまだに影響を及ぼしつづけているのだ。ルーレ家の人びとが、ふつうの人間なら恐怖と嫌悪しか感じない外縁空間と異常に質を等しくする要素をもちあわせていたことは、かれら一家の歴史が証明しているようだ。とすれば、あの過ぎ去った一七三〇年代に起きた騒動が、一家の構成員――とりわけ、凶暴なポール・ルーレあたり――の異常な大脳にある種の運動支配中枢を動かすきっかけを与えてしまい、その働きが、殺された肉体をひそかに保存させ、周囲の共同体が示した異常なほどの憎しみによって決定された生前からの力の作用方向にしたがって、多元空間のどこかで機能しつづけてきたのではないだろうか？

相対性理論や原子内反応の理論をふくむ現代科学の光に照らせば、そうした現象は物理的にも生化学的にも不可能なこととはいえない。かたちがあるにせよないにせよ、物質やエネルギーの異質な核が、ほかのもっと物質らしい物質からできあがっている生命エネルギーや生体細胞や体液から、それと分からぬうちにすこしずつ非物質的な要素を吸収していくことによって生き長らえていく、といった可能性を想像することはさして困難ではないだろう。そういった核が生体内に浸透して、その生体の組織と完全に一体化してしまうのだ。こういう行為は積極的に敵意からおこなわれるのかもしれないが、また単に盲目的な自己保存の欲求から起こるのかもしれない。どちらにしても、こうした怪物は地上の物質の営みにとって障害物であり侵入者である。そして、地上の生命と健康と秩序の味方である人間ならだれでも、こうした存在を取りのぞく絶対的な義務を負うのだ。

わたしたちの頭をなやましたのは、そういった存在と出会った場合、かれらがいったいどんな姿でわたしたちの眼に映るか想像することさえできない、ということだった。正常な人間がそういうものを目撃した例はないし、その存在を膚で感じとった数少ない人間にしても、その感覚はごく限定的だった。それは、ひょっとすると、純粋なエネルギー――物質の領域を超えた実体のない形態――なのかもしれない。あるいは、部分的に物質をそなえているのかもしれない。固体、液体、気体、あるいはどちらともいえない状態にその雲状物質を思うまま変化させることのできる、可変性をそなえた未知で不確定な「かたまり」なのかもしれない。床にあった黴でできた人間のかたち、それから黄いろい蒸気のかたち、古い伝説にでてくる樹の根の、異常なねじ曲がりかた、そういったものはすべて、少なくとも人間のかたちに遠く結びつく類似性を暗示していた。けれど、その類似性がどの程度まで象徴的で普遍なものであるか、そこをいくらかでも解明できる人間はひとりだっていやしない。

わたしたちはその存在に対抗するための武器を、ふたつ考えだした。ひとつは強力なバッテリで作動させるクルックス管（真空管の一種）で、その存在が強い破壊性のある放射物質に耐えられない場合に使える、特殊なスクリーンと反射鏡を併設したものだ。それからもうひとつは、第一次大戦で使われた軍用火炎放射機が二台で、こちらのほうは、敵が部分的に物質であって機械的な破壊力が効果を発揮すると分かったときに繰りだす武器だった——それというのは、たとえばあの迷信ぶかいイグゼター地区住民のように、わたしたちも、もし火で焼ける心臓を敵がもっているのなら、それを焼きはらってしまおうという気になったからだった。わたしたちは、これら攻撃用機器をそっくり地下室に運びいれ、寝台と椅子の位置にあわせて注意ぶかく置き場所を決めた。黴が奇怪なかたちをつくりだした炉のそばを選んだ。ついでに書いておくと、問題の黴の線はその日、わたしたちが武器と備品を用意したときにはぼんやり浮きでていただけで、夕方になって夜番のために帰ってみても、あいかわらずはっきりしていなかった。そのためにわたしは一瞬、この線があんなに鮮やかに浮かびあがって見えたのはほんとうだったのだろうか、と自分の眼をうたがってしまった。

地下室での夜番がはじまったのは夏時間（米国では通例四月から十月まで時間を一時間すすめて日中を長くする）で午後十時、夜番がつづいても妖しい出来ごとが起こる兆《きざ》しはみえなかった。雨ににじんだ外の街燈から、弱よわしく洩れこんでくる明りと、あの呪うべき菌が発する螢光とが、じっとりとしめった壁の石を照らしだしていた。壁からはもう漆喰がすべて剝げ落ちている。それから、けがらわしい菌を生やす湿気をふくんで不健康な黴に染まった固い地肌も、見えた。もとは家具や椅子やテーブルやもろもろの什器類だったものの腐りかかった残骸。頭上を覆う一階の重い張り板と太い梁。家の別部分につくられた階下の部屋や物置きに通じている剝がれかかった板張りの扉。腐った木製手すりのある擦りへった石段。黒く変色した煉瓦づくりの洞穴みたいに粗っぽい炉。そしてそのそばに放りだされてある火搔き棒やまき台《アンディロン》や鉄ぐしや自在かぎやオランダ型天火《オーブン》の上げ蓋などと、それぞれ見当がつく赤錆びた残骸——そういったものと、それからわたしたちの寝台とキャンプ用の椅子と、買いもとめてきた重くて精密な破壊機器。

わたしたちは前回の調査のときと同様に、街路へ通じる扉は鍵をあけたままにしておいた。こうしておけば、万が一にも敵がわたしたちの力で処理できなかった場合の逃げ道になるはずだった。こうやって何日も夜番をしていれば、それが地下室にひそむ邪悪な存在をおびき寄せる餌になるだろうと、わたしたち二人は考えたのだ。それに武器が用意できているのだから、相手を発見してその性質を充分に解明できたら、自力でそいつの始末をつけることもできるはずだった。けれど、どのくらい夜番を張れば敵をおびき出せるか、べつに目算があるわけではなかった。それにこの冒険はけっして安全なものではない。敵がどんな力を示してくるのか、それさえ分からないからだった。けれどこのゲームが挑戦にあたいすることを、わたしたちは確信していた。ただひとり恐れることなく危険に身を投じるだけの価値があることを、信じていた。外部に救いをもとめても、冷笑と、おそらくはこの企てに対する敗北とがあがなわれるだけだと思っていた。

その夜の二人は、あれこれとことばを交しながら、そんな心構えでいた——そして夜が更けていって叔父がそろそろ眠くなりはじめたころ、かれを二時間だけ休ませる時間がやってきたことに、わたしはふと気づいた。

夜更けの時間をひとりポツンとすわっているうちに、恐怖に似たものがわたしを総毛だたせた――わたしは今、ひとりでいると書いたが、いくらそばに人がいても、かれが眠りほうけている場合なら、それはひとりも同然だからだった。おそらくは、寝入っている者よりも起きている者のほうがもっと孤独にちがいない。叔父は重おもしい息をしていた。深い呼吸が外の雨音とまじりあい、家のどこかで響く水滴――なにしろこの家は乾燥した季節にもじっとりとしめっているから、その夜のような嵐の晩にはまるで沼みたいになってしまうのだ――の神経に障る音が拍子を打つようにして調べをととのえていた。わたしは菌の光と窓覆いのすきまから差してくる街燈の弱い光をたよりに、すっかり緩んだ古い壁石の作りを調べあげた。そしてあたりの悪臭がわたしの胸をむかつかせたとき、わたしはいちど扉をあけて街路の左右を見わたし、見慣れた光景で眼をなごませ、健康な空気を鼻に吸いこんだ。あいかわらず夜番はむくわれない。わたしは何度も欠伸《あくび》をした。疲れが忍びよってきて感覚も鈍くなろうとしていた。

そのとき、叔父がうなされて発した音に注意を喚びさまされた。最初の一時間のとくに後半部分は、ひどく落ち着きがなくなって寝台のなかで寝返りを繰りかえしている叔父だった。ところが今は息づかいまで乱れだしていて、ときおり溜め息をついたり、ひどい場合には窒息でもしたのかと思われるような喘ぎを発している。わたしは懐中電燈をかれに当てると、かれの青ざめた顔が現われた。おどろいて寝台のむこうをあちこち照らしまわしてから、叔父がなにか苦痛でも訴えているのだろうかと、もういちどかれの顔に懐中電燈の光をもどした。そのときわたしが目撃したことは、ささいな出来ごとだったのにもかかわらず、わたしの心をひどく動顚させた。たぶんそれは、わたしたちの使命とこの場所がもっている不気味な性質とが生んだ、この異常な状況に対する不吉な連想にすぎなかったのだろう。なぜならその環境そのものには戦慄や異状の要素がひとつもなかったのだから。ところで、わたしの目撃したものは要するに叔父の顔に浮かんだ表情だった。まちがいなくこの状況に刺激された奇妙な夢にうなされ、烈しい心の動揺をさらけだし、つねのかれとも思えない心の側面をあらわにした、そんなかれの表情だった。いつもの叔父ならば、親しみある育ちのよい穏やかさをたたえた顔をしているのに、今は種々雑多な感情がかれの内部でひしめきあっていた。よく考えてみると、わたしを驚かした主原因は実に叔父の表情の種々雑多さそのものにあったらしい。喘ぎ声をあげ、ジットリと膚を濡らす汗をしたたらせ、今は眼をひらきかけている叔父が、ひとりの人間ではなく何人もの人間のように見え、いつものかれとは遠くかけ離れた奇妙な性格をさらけだしていた。

　とつぜんかれがつぶやきだした。しゃべるときの口と歯の動き具合が、わたしに嫌悪の情をいだかせた。はじめのうち言葉はよく聞きとれなかったが、やがて——それも烈しい驚きとともに——そのうちのいくつかを理解した。それを聞いて、叔父が受けた教育の幅ひろさや『ドウ・モンデス評論』に掲載された人類学や考古学記事を翻訳した長大な業績のことを思いだすまで、わたしは総毛だつような恐怖にうち震えた。なぜなら、敬愛するエリュー・フィップルはフランス語をつぶやいていたからだった。そしてわたしに聞きとれた数少ない文節から察すると、どうやら叔父のことばは、有名なパリの定期刊行物から昔訳出した最暗黒の神話にかかわっているらしかった。

眠っているかれの額から、ふいに汗が吹きだした。それから、半分眼をあけて唐突に跳ねおきた。フランス語のうわごとが英語の絶叫にかわり、粗い声が上ずった調子でこう叫んだ、「わしの息が、わしの息が！」それから眼が完全にさめて、顔つきも元のように穏やかになった。叔父はわたしの手をつかむと、さっきまで見ていた夢のことをしゃべりはじめた。わたしはガタガタと体を震わせ、ようやく夢の真意を推測できる始末だった。

眠りについた叔父は、はじめのうちごく当たり前な夢のあいだを漂っていたが、やがてこれまでに読んだどんなものにも関わりをもたない、不思議な光景のなかに飛びこんでいった。そこはこの世であると同時に、この世ではなかった――見なれたはずのものが、ここではひどく目新しい、恐れさえ抱かせるような感覚で目にとびこんできた。おぼろな混沌とした幾何学模様の世界だった。ひとつの画面が別の画面と重ね合わせに映されたような、妙に秩序のとれない光景がひろがっている感じだった。時間ばかりか空間の重要な要素が、ひどく非論理的な法則にしたがって溶けあい、混じりあっていた。この、幻のイメージが舞いみだれる万華鏡の渦のなかで、きわだって鮮やかだが説明もつかないくらい異質な映像のスナップ・ショット（ほかにいい用語がないので、このことばを使わせてもらおう）が、ときどき浮かびあがった。

いちど叔父は、ごく粗っぽく掘りさげた穴のなかに自分が倒れていて、みだれた髪でふちどられた顔に三つ角がある帽子をのせた怒りの群衆に睨みつけられているような気分を味わったという。それからまた一軒の家のなか――それもかなり古い家だ――にもどったようにも思ったが、家の細部や住民はいつも変化していくので、人間の顔ひとつ、家具の種類ひとつ、いや部屋のようすひとつ、はっきりとは思い出せなかった。なにしろ扉も窓も、まるでグニャグニャな物質と同じように、そのかたちを流動させていたというのだ。奇妙だった――不吉なくらい奇妙だった――そこで見た奇妙な顔の多くが、ハリス家の特徴をはっきり備えていたことを告げる叔父のはなしっぷりは、まるで他人が一笑にふしてくれることを半分期待でもしているように、ひどくコソコソとした感じで力がなかった。しかもそのあいだじゅう、叔父は、まるで体内に侵入したものがかれの体に勢力をひろげて、かれの生命機能を占有しようとしているのを感じとっているかのように、ハアハアと喘いでいた。わたしは、八十一年間にわたって機能しつづけたあげく疲弊した叔父の生命機能が、若さと力強さの絶頂にある生命機能でさえ対決を恐れるような未知の力と闘っている光景を想像して、慄然とした。けれど次の瞬間には、ああ夢はやっぱり夢なんだなと思い直した。こうした不愉快な幻影は、せいぜいのところ、近ごろわたしたちの心を吹き飛ばしかねないほど膨れあがった期待や調査疲れに対する、叔父の反発にすぎないのだ、とも思った。

二人で交した会話もまた、なんともふっ切れないわたしの心情を晴らす役に立った。ほどなくわたしは欠伸をもよおしだし、順番にしたがって仮眠につくことにした。叔父のほうはすっかり眼が冴えてしまったようで、二時間の休息が、悪夢のおかげでかなり早く途切れたにもかかわらず、夜番がまわってきたことを歓迎していた。わたしはすぐに眠りにおちた。すると、とたんに不吉きわまりない夢にとり憑かれた。幻影のなかで、わたしはこの世ならぬ地獄の寂寥感をあじわった。わたしは、どこか見知らぬ独房につながれていて、その周囲には烈しい敵意が渦まいていた。気がつくと、どうやら手足を縛られ、猿ぐつわを噛まされているようで、わたしの血をもとめる無数の人影から発せられる遠い谺《こだま》なすような叫びに、取りかこまれてもいた。叔父の顔が、起きていたときとは違ってもっと穏やかな表情で目の前に浮かびあがった。それから、無益にあがいて悲鳴をあげようとしている自分に気がついた。心地よい眠りとはとてもいえなかった。リンリンと谺する悲鳴が、ふいにわたしの夢の砦を突きやぶり、驚きに満ちた生まなましい現実世界へ放りだされたとき、一瞬わたしはその悲鳴を呪う気になれなかった。眼が醒めたわたしの前では、現実に根をおろしたどの物体も、自然な鮮やかさと現実味以上の感覚をそなえて眼に飛びこんできた。

5

わたしは、叔父の椅子から顔をそらせて眠っていた。そのために、とつぜんわれに帰ったとき目に映ったのは、街路に通じる扉と、それよりもっと北に寄った窓、部屋の北がわに向かう天井と床と壁だけだった。そうしたものが一瞬、菌の螢光や外の街燈よりもずっと明るい光のなかで、不自然なほど鮮やかに、わたしの脳裡に焼きついた。それは、ふつうにいう強い光ではない、いやふつうの強さすらない光だった。おそらくそれで通常の本は読めなかったにちがいない。けれどその光は、わたし自身と寝台の影を床に投げかけていた。黄いろっぽい色彩を帯びていて、光度の割にずっとはっきり物を照らしだせる浸透性もあった。五官のうち二つの感覚までが荒あらしく襲われてはいたが、わたしは以上のことを奇妙にもはっきりと感じとった。なぜなら、耳にはあの衝撃的な悲鳴がガンガンと反響していたし、鼻のほうは地下室を満たした悪臭にすっかりやられていたからだ。五官ともども鋭敏になった心が、ただならぬ周囲のたたずまいを認めた。わたしはほとんど反射的に跳ね起きると、暖炉のまえにひろがる黴だらけの地面に引きずりこんだ攻撃機械にしがみつこうと体をひるがえした。体をひるがえしたとたん、わたしは目に飛びこんだ光景に度胆をぬかれた。なぜなら、悲鳴は叔父が発していたからだった。そしてわたしはといえば、自分ばかりか叔父の生命をも護るために今どんな脅威と対決することになるのか、まるで見当もつかないでいた。

どちらにしても、その光景はわたしが恐怖を感じた以上に戦慄的だった。そこには恐怖を超えた恐怖があった。これは、呪われた不幸な少数者を発狂させることでかろうじて宇宙《コスモス》に護られてきた夢にあらわれるすべての醜悪なもの、そしてその中核をかたちづくる要素のひとつだった。菌が生えた地表から、黄いろく病んだ、蒸気のような屍光《コープス・ライト》が輝きでていた。その光が泡を吹くようにフツフツと湧きだし、半分人間で半分怪物のおぼろな外形をむすびながら、高くのぼっていった。光を通して、むこうがわの煙突と暖炉が見えた。すべての眼――狼のように飢えたのもあれば、冷笑を宿しているのもあった――と昆虫みたいな固い頭とが、上空のところで霧みたいな薄い光筋のなかに溶けこんでいった。その光筋は不吉なかたちにねじ曲がって、最後には煙突のなかに消えた。わたしはこの光景を〝目撃した〟と書いているが、実際にその恐るべき物体がはっきりかたちをとるのを追跡したのはずっとあとで、出来ごとを回想したときがはじめてだった。出来ごとがおこった瞬間のわたしには、不潔でけがらわしい、かすかな螢光をはなつ暈《くも》の渦が見えただけだった。それが拡大して、やがて溶けこみ、変形して、わたしの全神経を集中させるようなある物体に変わった。その物体は叔父だった――敬愛するエリュー・フィップルだった――黒くすすけ腐りかかった貌を向けて、かれはわたしを見つめ、言葉にならない言葉を口にだした。それから水滴のしたたる爪を突きだして、この恐怖が運んだ激怒のなかでわたしを掻きむしった。

わたしが狂気に落ちこむのを防いでくれたのは、沈着な心だった。わたしはこうした危機一髪の瞬間にそなえて自分を鍛えあげてきた。その盲目的な訓練の成果が、わたしを救ったのだ。その泡だつような霧の魔物には、とても物質や化学の力が通じないことを悟って、わたしは、そのために左がわに置いてあった火炎放射機を無視して、クルックス管装置の電流をいれると、その不死の悪魔のまっただなかめがけて、人間の科学が天然の空間と液体からつくりださせる最強の放射線を発射した。青白い閃光がパチパチという熱っぽい響きとともに一瞬あたりを照らしだした。黄いろっぽい螢光が、目に見えて明るさを失っていった。けれどその暗さは単に比較の問題でしかなかったし、機械から出た光波はなんの効力も顕わしていなかった。

そのあと、その悪夢にも似た光景のただ中で、わたしは新しい恐怖を目撃した。その恐怖がわたしの唇から悲鳴をほとばしらせ、こうなったらもうどんなに異常な恐怖をこの世に解き放ってしまうことになってもいい、他人がわたしをどう理解し、どう判断してもいい、とにかく鍵のあいた扉から静かな街路へ逃げだそうと、つまずき転ぶ自分の体を手さぐりで戸口へ向かわせた。

青と黄色の混じりあった暗い光のなかでは、叔父の体が、どんな描写を用いても本質を表現できない、嘔吐をもよおすように穢怪な液化を、開始していた。そのなかで、狂人でないと考えつかないような奇怪きわまる個性の変化が、溶けいろうとするかれの顔の上で繰りひろげられていた。かれは悪魔であり、同時に多数の人間でもあった。死臭のただよう館であり、夥《おびただ》しい人間の列でもあった。色彩のまじりあう不確かな光線に照らしだされて、ゼラチンのように溶解したその顔は、十二人――いや二十人――いや百人――の違った表情を映しだしていた。獣脂のロウソクさながらに溶けこんでいく体といっしょに、地表へと沈みこもうとするその顔は、見も知らぬくせによく知ってもいる人間の群れを異様なかたちで彷彿させながら、冷たい嘲笑を浮かべていた。

わたしはそこに、ハリス家の特徴的な顔を見つけた。逞しいのもあれば女性らしいのもあった、大人もいれば子供もいた。それだけではない。齢《よわい》を重ねたものも若いものも、不器量も器量よしも、見おぼえのある顔もない顔もそこにあった。一瞬、デザイン美術館付属学院で見た不幸なロビイ・ハリスの似姿《ミニチュア》をひどく歪めた映像が閃きでた。あるいは、カリントン・ハリス館にあった絵で覚えていたマーシィ・デクスターの骨ばった映像を目にしたようにも思った。その恐ろしさは、感受性の機能を超越していた。最後に近づいて、召使いや乳母たちの顔が奇妙に混じりあいながら、緑色の脂がひろがりだした菌だらけの床あたりに閃きでたとき、そこにチラチラと映しだされた多くの顔は、まるでお互い同士あらそいあっているように見えた。叔父は、親しげな顔に似た表情をとりもどそうと、必死に闘っていた。その瞬間に叔父は叔父自身として存在したのだ、とわたしは考えたい。かれはそのときわたしに別れを告げようとしたのだ、と。そしてわたしもまた、街路へ逃げだすまぎわに乾いた咽喉から咳きこむように別れのことばを絞りだしたようだ。あの細い脂《あぶら》の筋が、わたしを追って戸口から雨に濡れた歩道にまで延びてきていた。

そのあとはただ、暗黒と戦慄の連続だった。雨に濡れた街路には人っ子ひとりいなかった。声をかけようにも、ほんとうに猫の子いっぴき見当たらなかった。わたしは当てもなく南へ歩いてカレッジ・ヒルとその学堂を超え、ホプキンズ街を下って橋をわたり、ビジネス街にはいりこんだ。その町の高い建築物が、まるで古代の不健康な驚異からこの世を護る現代物質主義の防壁もそのままに、わたしを恐怖から護ってくれるように思えた。やがて灰色の夜明けが東からしっとりと光を投げはじめたが、古い丘とそこに建つ優雅な尖塔を黒く浮きたたせながら、わたしに向かっては、おまえの恐ろしい仕事はまだ終わってはいないのだよ、と囁きかけてくるようだった。こうしてわたしは、露にそぼ濡れ、帽子もかぶらず、夢遊病者のように朝の光のなかを歩いて、開けっぱなしにしておいたビネフィット街の恐るべき戸口に舞いもどった。それはまだ開いたままになっていて、早起きの世帯主たちの眼前にその入口を不気味にさらけだしていた。わたしはかれらに話しかけることすらできなかった。

脂は消えていた。黴だらけの床は多孔質で、通気性があったからだ。暖炉の前からは、硝酸カリの白い線が描きだした〝体を折り曲げた巨人のかたち〟も消えていた。わたしは寝台を、椅子を、器具を、放ったらかしにした自分の帽子や、叔父の黄いろい麦わら帽子を、見つめた。眩暈は絶頂に達していた。なにが夢でなにが現実なのか、まったく混濁して思い出すことも容易ではなかった。それから、思考力がすこしずつ戻ってきて、自分が夢に見たものよりもずっと恐ろしい現実を目撃していることに気づいた。わたしは腰をおろして、そこで起こった出来ごとの道すじを、できるだけ理詰めに辿っていこうとした。それがもし現実の出来ごとなら、恐怖をどうやって破滅させたらいいのだろうかと。それは物質でもなければ宇宙を満たすエーテルでもなく、およそ人間の心が考えつき得るどんな存在とも違っていた。それでは、なにか異質な放射物――イグゼター村民の噂に出てくるような、どこか墓地の一角に棲みついている吸血性の蒸気――なのだろうか？　わたしはこれが問題を解決する手がかりになると思った。そう思って、黴と硝酸カリが不可思議なかたちを結んでいた暖炉の前っかわに目を落とした。十分間で心が決まった。帽子を被って家へとって返し、風呂にはいって食事をしたあと、すぐに電話をかけて、つるはしとすきと軍用バスマスクと硫酸の瓶を六本、翌朝ビネフィット街にある忌まれた家の地下室の戸口にぜんぶ運びこませる約束を取りつけた。そのあとで睡眠をとろうと思ったが、それは果たせなかった。しかたがないので本を読んだり、今の心持ちを忘れさせてくれそうなばかげた詩に曲をつけることで、何時間かをついやした。

翌日の午前十一時に、わたしは発掘を開始した。陽差しの明るい日で、それがわたしには嬉しかった。あいかわらずひとりぼっちだったが、追いもとめる謎の存在に人一倍恐怖しているくせに、自分の考えを他人に打ち明けるほうがもっと恐かった。ずっと後《のち》になって、わたしは必要に駆られ、ハリスに話の全貌を報告したのだけれど、それはかれが老人たちから昔の伝説をいろいろと聞かされているのに、それを半分笑い飛ばすような態度に出ていたからだった。暖炉の前の悪臭ただよう黒土を掘りさげていくと、すきの刃で両断された白い菌から粘っこい黄いろみがかった液体がジグジグと滲みだした。わたしは、これから掘りおこそうとするもののことを朦朧《もうろう》と想い描きながら身うちをふるわせた。地中の秘密のなかには、人類にとって有用ではないものが含まれているが、おそらくこれもそうした邪悪な秘密のひとつにちがいなかった。

わたしの手は見た目にもはっきり震えていたが、発掘だけはつづけた。ほどなく、わたしは掘りさげた大きな穴のなかに立っていた。六フィート四方に区切った穴が深くなるにしたがって、邪悪な臭気は烈しくなる。そのうちにわたしの疑惑はすべて消え去り、一世紀半にわたってこの家にとり憑いてきた放射物を含む地獄の物質にまちがいなく接触できる自信が湧いてきた。そいつはいったいどんな姿をしているのだろう――どんなかたちをして、どんな物質でできているのだろう――と、わたしは思った。長いあいだ多数の生体から生命源を吸いためたからには、どれほど巨大に膨れあがっているか見当もつかなかった。終わりにきて、わたしは穴を飛びだし、周囲の土の山を平らにした。それから穴の二辺を選んでそのまわりに六本の硫酸瓶をならべた。そうしておけば、必要なときに連続して瓶の中身を穴に流しこめるはずだった。それから、瓶を置かない二つの側に土を投げあげて、もういちど穴掘りを開始した。こんどは作業の速度を落とし、悪臭が烈しくなるとガスマスクを着けた。穴の底に眠っている名も知れぬ物体に近づくにつれて、わたしの気力はくじけそうになった。

とつぜん、すきが土よりもやわらかいものを掘りあてた。わたしは体を震わせ、穴をよじのぼるような姿勢をとった。穴はもう首あたりの深さになっていた。それから、勇気のもどってきたわたしは、用意した懐中電燈の光のなかで、土の表面をもうすこし剝ぎとった。そこに現われたものの上皮は、なまぐさくて半透明だった——なんだか生ま凝《ご》りの煮寒天みたいで、いくらか透きとおっていた。わたしはさらに土をはらった。やがてその物体のかたちがあらわれた。物体の一部が折り重なったようになっているところに、裂け目があった。光にさらされた部分は大きく、ざっと見渡すと円筒形をしていた。青白い色をしたばかでかくて柔軟なストーブパイプを、二つに折りまげたような感じで、直径はいちばん太いところで約二フィートほどあった。わたしは執拗に土をはらった。それから突然穴を飛びだして、そのけがらわしい物体と距離をたもった。気ちがいみたいに硫酸瓶の栓を抜き、中身を流しこんだ。腐蝕性の液体を次つぎに奈落の底へ流しこみ、たった今そいつの巨大な肘《ひじ》を目撃したばかりの何とも譬えようがない異常体を、冒していった。

大量の酸が流れこんだ穴から、悪臭をともなってワッと湧きあがった黄緑色の蒸気がつくった眩《めくるめ》くような大渦は、一生わたしの記憶から去らないだろう。丘陵部一帯に住む人びとは、プロヴィデンス川に棄てられた工場廃棄物から恐ろしい有毒煙が発生した、例の「黄いろい日」と呼ばれる出来ごとをよく口の端にのぼせたりする。けれどかれら住民がその煙の源についてひどい見当違いを冒していることを、わたしは知っている。住民たちはまた、同じ日に地下のガス管か水道管が不調をきたして恐ろしい唸《うな》り声を発したと話してくれるのだが——この点でもわたしはかれらの誤りを指摘したい。それは筆舌につくせぬ衝撃的な出来ごとだった。あの光景からどうして生き長らえ得たのか、今でも分からない。四本めの硫酸をあけたところで、わたしは失神したが、四本めにかかったころは有毒煙がガスマスクに沁みこみはじめて、作業はまさに地獄の様相を呈していた。けれど正気をとりもどしたとき、穴からはもう新しい蒸気が発生していないことを確認した。

残った二本の硫酸をあけるのに大した造作は要らなかった。そのあとで、穴を埋めたほうが安全だろうと思った。仕事が完了するまえに黄昏《たそがれ》のとばりがおりた。しかし恐怖はその場所から去った。湿り気もひどくはなくなった。奇妙な菌もすっかり萎えて、無害な灰色の粉になって灰みたいに床にばら撒かれていた。こうして地下最奥の恐怖がひとつ永久にこの世から消えた。そして地獄というものがもしも実在するのなら、その地獄はとうとう、不浄な存在からもぎ取った悪魔的な魂を手にいれたのだ。わたしはすきですくった最後の土を穴の上に撒きながら、わが最愛の叔父を偲んで流すことになるいくたの涙の最初の一滴を、このときにそっと落とした。

次の春、吊り庭型《テラス》になった忌まれた家の庭には、青白い草や奇妙な雑草はもう生えなかった。そのすぐあとに、カリントン・ハリスはこの土地を他人に貸した。家は今でも気味わるいたたずまいを残している。けれどその奇怪さがわたしの心を惹きつけるのだ。もしもその家が壊されて代わりに派手な店舗や卑俗なアパートが建てられるようなことになれば、きっとわたしは安堵の気持とうらはらに皮肉な悔恨の情をからめた複雑な心境を、味わうことだろう。裏庭にある実も結ばない古い樹々が、小さいけれど甘いリンゴの実をつけはじめた。それに去年は、そのねじ曲がった大枝に、小鳥が巣をはった。

（荒俣宏＝訳）

大鴉の死んだ話

アルフレッド・H・ルイス

ルイス Lewis, Alfred Henry 1857(or 58)-1914

オハイオ州クリーブランド生まれのジャーナリスト。若いころカウボーイ生活をし、のち記者生活にはいった。アメリカ中南部の生活や民話、またインディアンについて関心をもち、開拓期アメリカの物語を多く語った人物である。やはり生まれ故郷オハイオの豊かな自然への共感があったのだろうか。ダン・キン Dan Quinn の筆名でも活躍し、南西部開拓地をテーマにした物語集ウルフヴィル・シリーズもこの筆名で出版している。本書収録の作品もかれの雰囲気をよく伝える、古き良きアメリカの法螺話である。怪奇小説としての興味は、怪物ウエンデゴーが語られていることで、この怪物はインディアンが古くから信じていた「風に乗る妖怪」である。若い時代にカナダの森をさまよった体験をもつイギリスの怪奇作家A・ブラックウッドは、やはりこの怪物の伝説に興味をもち、後年、二十世紀最良の怪奇小説の一つといわれる『ウエンディゴー』を執筆している。

「もしかすりゃ、おめえたち皆の衆は、インデアンのはなしを聞こうってぇんで、出てお出でなすったんだかは知らねえけんども、なあ、お若い衆」牛飼いの老人は、曖昧らしい口ぶりでこう語り出した。「いくら骨折ったって、このわしに、うめえ話のできっこはありゃしねえ。まあ、たかだか、眼をつぶってさ、盲滅法界に駈けて行く、言ってみりゃあ、あの、雪あらしに出会《でつくわ》した、驃騎兵みたようなあんばいしき、そんなところが落ちさ。だがな、わしは、中味が本当にあったことだたあ、太鼓判は押さねえよ、いいや、ちっとも押さねえよ、わしはな、野蛮人のことなんぞ、骨を折って調べてみたこたあ、ちっとも無かったんだからな。だからさ、わしが頭の中につめ込んでる、奴らのことって言やあ、わしがその時その時に、なんの気なしに聞いたことやら、見たことなんぞなんだから、いずれ、熟れて落っこちた木の実を、かき集めたような、つかねえ話さ。なにしろ、前にも言ったように、インデアンがウルフヴィル（狼村）へ入りこんで来たなあ、ほんの、たまさかしかあ無かったことだし、それによ、奴らがやって来たときにゃあ、わしたちみんなは、仏頂面《づら》をして奴らを野営地から追い返したもんだからなあ——わしたちのところへなんかやって来る風《ふう》を、早く止めさせちまおうってえんで、苦虫をかみつぶして見せたような、あんばいだったのさ。そうさ、わしたちはたしかに、奴らがわしたちのまわりに、どうぞどうぞで、ひっつっこく、くっつきまわるようなことをさせるように仕向けることなんざあ、ちっともしやしなかったもんだよ。

「だからさ、自然と、もしかおめえたちがインデアンたちの中にはいって行ってさ、ようく奴らのやってることを調べてみるとしたら、中にゃあ良いやつもいるだろうし悪いやつもいるだろうし、派手っ気たっぷりのやつもいれば、おちつき澄ましたやつもいようし、へんな奴もいようし、くそ面白くもねえ、冷淡な奴もいようし、ちょうどおめえ達が、ようく知りぬいてるもんの間で見かけてるのと、ちっとも変りがねえのを見かけることたあ、間ちがいじゃあねえと思うんだ。驢馬や野馬を見たって、おんなしことじゃあねえか。だからさ、なんでインデアンにかぎって、いろんなに変っていることたあねえなんぞと言えようかい？　まあ、まっすぐに町に行って見なせえ、みなの衆、白い奴にだってやっぱしおんなじように、いろんな、分けへだてができてるからなあ。ある紳士たちゃあ、一つの馬車路を行ってるだろうしさ、ほかのもなあ、ほかの路を行ってるしさ、中にゃあ、新しい路をつけてる連中だって、あろうという訳じゃあねえか。

「この、人間にゃあいろいろあるってことの話ついでに話すんだが、わしはな、要塞からしょっちゅうのようにウルフヴィルへそうっと入りこんで来た斥候《ものみ》の隊長の白人を、ふたあり、一度も二度も見たことがあったなあ。その隊長ってえのは、自分の部下《けらい》のインデアンを、どっちも、二十人ぐれえ、いつでも引き連れて来たもんだ。ところで、その斥候の隊長のうちの一人の方は、牡鹿の皮だの、縁かざりだの、数珠玉だの、鳥の羽毛だのを、それこそ、頭のてっぺんから脚の爪先まで、くっつけてたもんさ、ところで、もう一人の方はって言えば、縁があの軌条撓器《ジムクロウ》みたいな恰好の、ごつごつした帽子よ——そら、おめえたちが山高とか何とか言ってるような、あんなのさ——そいつを引っかぶって、綾織の外套《オーバー》を一着及んでたもんさ。まるで一方の隊長は三文《ダイム・》小説《ノヴェル》みたいな、悪ふざけにふざけてる様子なんだし、もう一人の方ったら、まるで自分が様子をさぐりに来た当の相手の、とおい東の人間そっくりそのままの様子をしてえたもんさ。ところが、どうじゃ、若い衆、この、牡鹿の皮を着てるおっそろしい風態の人間ったら、ほかでもねえ二等大尉なんだよ——ほんの小僧っ子なんだよ、奴は——ウェスト・ポイント出の者だったがな。ところで、もう一人の方の、きたない帽子をかぶってた風来坊はっていえば、高原でおギャアをいったくせをしながら、生れ故郷のミズリーを見ようと、お天と様さまがあがらっしゃる方の、その生れ故郷に帰ってったこたあ、ただの一ぺんだってねえという奴さ。この、あとの方のみたいな、変てこりんな様子あ、西の方じゃあよく見るこったよ。そんな恰好をするのはな、人をだまくらかして、アメリカがえりも、ちゃあんとそこの風をのみ込んでる人間ぐれえに、ちゃきちゃきだと、思わせようっていう、奴らの、大それた望みがさせる仕業だなあ。

「ところでジェフォーズって年寄りがいたっけ。奴もちょうどそんな類の人間だったよ。この年寄りのジェフォーズあ、長えあいだ無頼漢《ならずもの》のなかに入って暮らしてたもんだ。奴あ不正将軍《ジェネラル・クルック》——そら、あの年よりの『灰色狐』よ——あいつと文明開化と俄砲《ガットリング・ガン》（砲尾に自動装弾装置のある蜂巣状砲身を有する機関砲）が、手に手をとってさ、アリゾナへ入ってった時分に、無頼漢《ならずもの》の連中の中で、ごろごろしてたもんだよ。わしはいつも、あの、年よりのジェフォーズが、タクスンのオリエンタルのまわりで冬ごもりしてるのを見かけたものだっけ。あいつめ、きっと、今でもあそこいらでぶらぶらしてるとわしは思うなあ、もしか大神さまが、まだ、あいつをお召しになっていなけりゃあだ。で、今もわしが言うとおりに、年よりのジェフォーズは、もうずうっと前の前から、コチーズの時分から、無頼漢《ならずもの》の連中のなかまに入ってるんだ。そりゃあ誰に聞いたって、そんなこたあねえなんて言うものは、ありっこねえさ。それがさ、どうだい、年よりのジェフォーズの奴の、裄丈《ゆき》の長え、黒い、フロックの恰好した外套によ、帽子は煙出し帽子《けむだし》(シルクハット)って様子より、もっと野暮な様子をしたものなんか、誰だって、一度も見かけたこたあありゃしねえさ。え? そのジェフォーズの奴あ、けんのんな代物かって? いいや、どうして、どうして、皆の衆、あいつがまちがいなく険呑な代物だたあ、誰にだっていえるもんじゃねえ。だがな、そうはいったって、もしかジェフォーズの奴に生血が通ってるかどうか知りてえってんで、ちょいとでも奴の腹の虫の居どころを悪くさせるもんがあったらな、それこそ、奴から死ぬほどの目にあわされずにゃあすまねえっていう訳さ。奴あ白髪を長くのばしていたなあ。それでさ、それから真白い、こんがらがった髯を胸の半分どこまでも垂らしていたなあ。それでさ、ふるい古いシルクハットをかぶって、フロックを着てるんだろう、その様子ったら、まるで餓鬼どもをびっくりさせるか、牛乳《ちち》をすっぱくさせる様子じゃあねえか! ところが、それでいてさ、ジェフォーズあ、おだやかなものだったさ。遊山の旅のやつらだとかなんだとか、いやに見たがったり聞きたがったりするような輩が、うるさがらせねえかぎり、ジェフォーズあ、知らんぷりしていて、手も足も出しゃしなかったよ。だが、うるさもねえと、おめえらは、おんなじ輩の若え奴と、肉桂酒で手打ちをするも同然に、たいてい、しこたま散財させられずにゃあ、すまなかったろうさ!

「そこでわしだが、わしはっていえば、わしは年寄りのジェフォーズが大好きでな、奴をすてきに面白え謎々だと思ってるんだよ。十杯も左を利かした時分になるてえと、奴あ、椅子にどっかり尻を下ろすんだ、ひとりで隅っこのところへ行って陣取るんだなあ、そうして讃美歌をうたい出すんだ。わしはオリエンタルで気狂い水をちびりちびりとやってるときにゃあ、幾度も、

　エスさまよ、わがたましいの恋人よ、
　汝《な》が胸に、われを飛び行かしめ給え、
　いまだ水、渦巻きかえし来ぬうちに、
　まだ、あらし、高き処にあるうちに

って、ジェフォーズが、ものもらいたちをぞろぞろと引きつれて来てさ、歌う歌の御馳走にあずかったもんだ。でも、誰だって、決して、その合唱にとやかくと、差し出口をいやあしなかったものだ。何しろ、あいつにゃあ、歌をうたわせてる方が安あがりだったからなあ。

「ところで、インデアンのことを話すんだが、わしはさっきもちょいといったとおり、ウルフヴィルじゃあ、やつらをあんまり度々見たこたあねえんだよ。それに、また、もっとわしの若え時分の経験だって、やっぱし奴らのこっていっぺえになってるってわけでもねえからな。もっとも、赤河《レッド・リヴァ》の川べりで、牛を追いまわしてぇた時分にゃあ、わしも、かなりとインデアンたあ出会したこともあるんだがな。で、そん中でわしがとりわけ思い出すなあ、年よりの太々《ふてぶて》しい野郎なんだ。奴《やつ》あ頭の足りねえインデアンでさ、ブラック・フェザー（黒毛）って名前だった——チョク

トーだったんだ。ところがそのブラック・フェザーの弱みは火酒なのさ。奴あ、人がわが子のことを思うよりも、もっともっと、火酒のことを思うって奴だったんだ。

「ブラック・フェザーの奴あいつもディック・ストックトンのとこへやって来たものさ。ディック・ストックトンてえのは、上部ホーグシーに酒倉をもってて、酒屋をしていたんだ。だが、いうまでもねえ事だが、誰だって正直なもなあインデアンに酒を売るものじゃあねえさ。御法度なんだから。だから、もしも、牢屋へぶち込まれて臭い飯を食いつづけようって、牢屋のあるフォート・スミスへ旅をすることが、ことさらしたくねえかぎりにゃあ、土蕃に気狂え水をわけてやることは、しねえ方がいい。ところで、ブラック・フェザーの奴だが、奴あディック・ストックトンの店へ来やがって、『ヴィレイ・タン』の樽のまわりをうろうろうろついててさ、ストックトンが忙しいんで目をまわしてるあいだに、汐を見ちゃあこっそりと、一ぱい二はい盗み呑みして行ったもんだ。

「そのうち、ストックトンもこいつにゃあすっかり閉口しちまった、そこで、いよいよブラック・フェザーをとっちめなきゃあいられなくなってきたんだ。ところで、ストックトンて奴あ、途方もねえ向う見ずなことをやらかす男なんでね、いざとなりゃどんな事をし出かしたって大して気になんぞかけやしねえのさ。奴あ、インデアンと散弾銃が大きれえで、好きな酒、酒ときたら底なしさ、それから悪いことならなんでもござれだ、これがストックトンの奴の正真正銘の持ち前さ。で、そのストックトンの奴がさ、ウイスキー盗人《ぬすっと》のブラック・フェザーの奴に途方もねえほどうんざりしちまって、いよいよ陥し穽におとしてやろうっていうことになったんさ。

「ある晩のことだ。癪にさわってたまらねえ当の相手のブラック・フェザーの奴が、いつものとおり、川をわたってやって来て、ディック・ストックトンの酒蔵のあたりを、うそうそとうろつきまわりだしたもんだ。ところでそのときのブラック・フェザーの様子じゃあ、どうも、もうそれまでに、好いおりがありさえすりゃあそのたんびにインデアンたちのところへ出かけてってこっそりと気狂え水をやつらに売りつけていやがったお仕置者の連中の誰かからでも、ウイスキーを買ったと見えて、一杯やってきてたような様子をしているんさ。なんでも、その時分にゃあ、いつも上部ホーグシーへ姿を見せるまえに、ブラック・フェザーの奴め、どこぞでこっそりと、気狂え水を手に入れて食らいやがって、残ったやつだけはみんな、人に知れねえところへ隠してたらしいんだ。だもんだから、その時も、ちゃあんとその効能が様子にあらわれてたんさ。その一つをいってみりゃ、奴め、まるで四階にもとどくほどの身の丈があるような気持がしていたもんさ。

「このブラック・フェザーの奴を、やっつけてやろうってんで、ストックトンがわなをかけたんだ。つまり、錫でできてる酒呑コップのその中へさ、『ヴィレイ・タン』と石炭油《あぶら》——そら、あの、石油っていってるだろう、あいつさ——あいつをいっしょに、なみなみと注いでさ、置いといたんだ。さも、誘《おび》き寄せようって工合に、ウイスキーの樽のうえに、置いといたものさ。これにゃあ、てっきりブラック・フェザーの奴め、何よりもさきに目をとめねえじゃあいめえさ。その通りで、奴さん、いい汐にぶつかると、早速飛びついてって、石油をぎゅうっと飲《や》り出した。そこへ持ってきて、ストックトンの奴が、おどかすようなあんばいに、やにわに飛び出してった。

だもんだから、ブラック・フェザーの奴め、てもなくごくりと飲み干しちまったものさ。と、どうだい、次の瞬間にゃあ、奴め、一年じゅうの喚き声を一度にすっかり吐き出したような声をあげるてえと、ものの十エーカー四方もが燃えるような勢いで燃え出しながら、どんどんレッド・リバーさして駈け出して行ったもんだ。いいや、わしは石油が奴にちっとも害をしなかったものか、それともそうじゃなかったか、どうかってことは知らねえよ。だが奴は、たしかに手負いの鴨みたいな格好に、つくばいながら、レッド・リバーを越して行ったもんだ。そうして、もう二度と帰っちゃこなかったもんだ。

「だが、なあ若い衆、おめえたちも知られるとおり、わしは格別変ったインデアンのことも知らなければ、ひどくしみじみするようなインデアンの話も知らねえんだ。だからさ、こんなとびとびな、飛び石づたいにぶらぶらと歩いて恥っさらしをするくれえなら、いっそ話の向きを変えて、あるときスウ・サムが『レッド・ライト』でドック・ピーッに話してたのをわしが聞いた、その話をするとしようなあ。そのサムってのはスウ（北米インデアンの一種族）のひとりなんで、自分でインデアンだって思っているすばらしく立派な家筋のやつなんだ。そしてさ、さっきわしが話したあの綾織のフロックに山高帽子の男につれられてた斥候のひとりになってさ、天に在《ましま》すわれらの父にお仕えしていたんだ。それで、ピーッがこの鞍色をした、長い角をくっつけてる奴に、御法度の品をやったもんだから、奴がこの話をしたのさ。ところでこの話ってえのは、ずいぶん子供じみた話に聞えるんだが、だがな、おめえたちは、野蛮人のあたまは白人の十ぐれえの子供のあたまより、大きくもなければ老けてもいねえものだっていうことを、ちゃあんと心得てて、聞いてくれなけりゃいけねえぞ。

「『この話はな、おれのおふくろが、見たがり聞きたがり知りたがりの悪い事だっていうことをおれに教えるために聞かせてくれた話なんだ』と、スウ・サムは言ったもんさ。『〈大神さまは誰にでも、ただもうこれだけって限りのある質問をする権利を与えていなさるばかりなのじゃ〉とおれのおふくろは言ったんだ。〈じゃから、誰だってめいめいの権利と定められてるより余計に物を訊くと、死ななけりゃならないのじゃ〉ってな。

「『この話は、おれのおふくろがおれに言ったそのとおりに言やあこうだ、むかし、昔、死んだスウの酋長の、カウ－カウ－チイ、つまり大鴉の、その運命のはなしなんだ。大鴉が死んだのは、あんまり余計に質問をし過ぎ、あんまり余計に知りたがりやだったからだ。話のはじまりは、サブレットからはじまるんだ。サブレットは商売人だったんだが、ミッチ－ズ－ル－ラー、つまり大沼だ、そこのところへ来たときに、大鴉の臣《けらい》たちに泥棒されたんだ。そこでサブレットは、ぷんぷん腹を立てちまってな、こんど来るときにゃあ、奴らにゃあ泥棒のできねえような品ものを、土産にスウに持って来てやるぞって言ったんだ。そこで、奴は、火酒の小さい樽を一つ持って来て、大沼の岸のところへおいたもんだ。それからサブレットは行っちまった。そうすると大鴉の二十人の若え臣《けらい》たちがその小さい樽を見つけたんだ。ところが、奴らは、がつがつしてたもんだから、本陣にそれを知らせねえで、見つけたところですぐに、その火酒を飲んだのだ。

「『大鴉は二十人の若え臣《けらい》がいなくなっちまったんで、探しに出かけてった。ところが、どうじゃ！　奴らは、歯をがっきとくいしめてさ、顔といいからだといい、まるで、旋風《つむじかぜ》が吹き荒れてったあとの綿の木みたいに、ひねくれねじくれ、かがみ曲って死んでるじゃあねえか。そこで大鴉は一思案、とっくりと思案したもんだ。そしてさ、なぜ自分の若え臣《けらい》どもが、こんなにひねくれねじくれて死んだんだか、不思議で不思議でたまらなくなっちまった。この火酒にゃあ、中に旋風《つむじかぜ》がはいってたんだ。そう思うと、大鴉はそのわけが聞きたくってたまらなくなっちまった。そこで、早速サブレットに使をさし立てた。

「『さて、それから大鴉は、サブレットとしこたま相談をやっつけた。そうしてふたりはとうとう、おたげえ同志じゃ喧嘩《けえ》はしめえ、傷はつけ合うめえっていうことにして手を打った。そこでサブレットは、来ることも帰ることも、スウと取引することもできるようになり、スウは決してサブレットのものは盗《と》らないっていうことに、はなしがついたんだ。

「『さて、こう話が決ったんで、サブレットは、二十人の若え男をあんなに造作なく殺してねじ曲げた旋風《つむじかぜ》を、いくらか大鴉に献上した。ところが、その旋風は粉なのさ、真白い粉で、匂いはちっともしなかった。だが、サブレットのいうにゃあ、味はひりひりするほど苦《にが》い、が大鴉は、どんなことがあったって、決して、味をなめてみちゃあならねえ。なめようもんなら、すぐに、歯はがじりとくい合わさって、梃子でも動かねえようになり、からだはねじくれて、殺されてしまわなけりゃなるまい。なぜっていうに、この白い粉を飲み込むてえと、旋風が人間の心の臓の中であばれ出して、あらしが柳の木にこもった時みてえに、その人のからだを、ねじ曲げへし折っちまうんだから。

「『だが、大鴉が、この粉をひとにやる分には差支えはなかろう、と。そこで大鴉はそれを鹿の肉のなかに入れて、自分の二人の細君に食わした。すると、二人は、よじくれ、ねじくれて、あげくのはてに死んじまった。おまけに二人は二人とも、どんなに口をきこうとしても、口をきくことはできなかった。なぜって言えば、歯ががっしりと組み合わさっちまって、ことばは一言《ひとこと》も、口から出なくって――ただ、しこたま泡が出てきたきりだったからさ。それから、大鴉はそれを、こんどは自分が好いていない者たちに飲ました。すると、そいつらもやっぱし、よじくれ返って死んじまった。だが、とうとう、その旋風《つむじかぜ》の粉も、無くなっちまった。そこで大鴉は、サブレットがもう一度大沼へやって来て、もっと粉をくれるまで待たなけりゃならねえことになってきた。

「『ところが、大鴉の臣《けらい》に、灰色のトナカイっていう男がいたんだ。この灰色のトナカイは、チョオ－アイク－イイド、つまり大した占者《うらないじゃ》だったんだ。そうして、灰色のトナカイにゃあ、細君があった。そりゃあすてきな別嬪でさ、名まえは、夢をもってる女、っていうんだった。けれど、灰色のトナカイは、細君のことを、キイ－ニイ－モオ－シャ、つまり、情人《いいひと》って言ってたもんだ。

「『ところが大鴉が、旋風の粉をもっと持って来てくれるサブレットを待ってるうちに、長い尻尾を生やした星が一つ、空に出てきた。すると、大鴉は、こんどは、この尻尾を生やした星が不思議でたまらなくなっちまった。そこで灰色のトナカイに、その星のことを教えろと言い出した。なぜかって言うに、灰色のトナカイは、占者だったからさ。大鴉はいろんな質問をした。まるではじめて氷がはる月に、木から葉がおっこちるようなぐあいに、どんどん質問をしたもんだ。そこで灰色のトナカイは、チイ－ビイ、つまり御霊《みたま》を呼んだ。すると御霊が灰色のトナカイに話をした、そこで灰色のトナカイは大鴉にお告げを話して聞かした。

「『ありゃあ尻尾じゃあねえ、ありゃあ血だ——星の血だ。あの星はくいつかれて怪我をしてるんだ。だが、なおるだろう。いったいお日さまというものは、星たちのおやじさまなんだ。そしてお月さまは、星たちのおふくろさまなんだ。お日さま、つまりギージスは、いつも自分の子供の星たちを追っかけまわして、とっつかまえては食おうってしてるんだ。それだもんだから、星たちはみんな、お日さまが出てくると、駈け出して隠れてしまうんだ。ところが星たちは、自分たちを食い殺そうなんてことをしない、やさしいおふくろが、恋しくってならねえんだ。だから夜になってお日さまが寝ちまい、それからクウシューイイーワン、つまり闇《やみ》が、眼をとじちまうてえと、お月さまとその子供たちは、逢いたい見たいで両方とも、いっしょに姿を出すんだ。だが、あの血を滴らしてる星は、お日さまにつかまえられてたものなんだ。そうして、仕合せとお日さまの口から逃げはしたんだけれど、怪我をしてしまったんだ。だから、もう今じゃあ、びくびくしてるんで、それだからいつもお日さまが寝に行った西の方へばかし、その顔を向けつづけてるんだ。だが、あの血を滴らしてる星、つまりシュークウーダアも、そのうちにゃあ元気になって、傷もなおるんだ。

「『すると、大鴉は、どうして灰色のトナカイが、そんなことを、みんな知ったのか、それが知りてえと言い出した。そこで、灰色のトナカイは、その晩、大鴉を呪小舎へつれてった。で、大鴉は、そこで、御霊たちがやって来た足音も聞き、また御霊たちの声も聞いた。けれど、それが何を言ってるのやら、さっぱり解《げ》せなかった。大鴉はまた、鷹のような翅をつけた狼が一ぴき、からだじゅう火につつまれて、頭の上を飛んだのも見た。それからまた、雷、つまりブウムーワアーワアが、灰色のトナカイと話をしてるのも聞いた。けれど、大鴉にゃあ、これもやっぱり解《げ》せなかった。そのうちに灰色のトナカイが、ナイフを抜いてそれで呪小舎のそとの空気をずぶりとさしてみろと、大鴉に言った。そこで、大鴉がそうしてみるてえと、ナイフの刃も、大鴉の手も、真赤に血まみれになって戻って来た。だが、それでもまだ、大鴉は不思議で不思議でたまらねえんで、どうして灰色のトナカイが、そんなことを何もかも知ってるのかと、そのわけを、しつっこく訊きつづけた。そこで灰色のトナカイは、とうとう、たったひとりで住んでた巨きな、男やもめのイチジクの樹のところへ、大鴉を連れてって、さてそこで、その、男やもめのイチジクの樹は、今でも育ってるかどうかと、大鴉に訊ねた。すると大鴉は、育ってるという返答をした。すると、こんどは、灰色のトナカイは、どうして育ってるということが分かるのかと、大鴉に訊ねた。すると大鴉は、どうしてだかは分からねえ、と返答した。そこで灰色のトナカイは、あのシュークウーダア、つまりかまれた星のことが、どうして自分に分かるのかは、自分でも分からねえのだ、と言った。この言葉は大鴉をぷんぷん怒り出さしちまった。なぜって言うのに、大鴉は、知りたくって知りたくってたまらなかったんだから。そこで大鴉は、灰色のトナカイが二枚舌を使ってるんだと考えた。

「『そのうち、はじめて若え草の生え出る月がやって来て、サブレットが毛皮を買いに舞いもどって来た。サブレットはいろんな品物をもって来た。そうして、大鴉へはまた、旋風の粉を、こんどは小さな箱へ入れて土産に持って来た。そこで、すぐに大鴉は、家鴨の御馳走をこしらえて、灰色のトナカイを呼んだ。そうして、大鴉が灰色のトナカイにその旋風の粉を食わしたんで、灰色のトナカイはすぐに、歯をぎっとくいしめはじめ、からだはよじれ曲り出し、とうとう死んじまった。

「『ところで、もう、誰ひとり大鴉が旋風の粉をもってるっていうことは知らなかったんで、どうしてみんながあんなに、よじくれ曲って大神さまのところへ行っちまったもんだか、そのわけの言えるものはねえことになっちまった。ところが、夢をもってる女は、自分の亭主の灰色のトナカイを殺したやつが、ほかでもねえ大鴉だっていうことを、ある時、夢まぼろしで見たものだ。そこでその夢をもってる女は、四日がかりで山の奥へ入ってって、モオークワ、つまりけだものじゅうでいちばん賢い熊と、いろんな相談をした。すると、その熊は、灰色のトナカイを殺したやつは、実際大鴉なのだといって、夢をもってる女へ旋風の粉のことを話してきかした。

「『それから、熊と夢をもってる女とは、火をおこして、煙草をふかして、計略を考えた。熊は大鴉がいつでもこっそりとしまい込んでおく旋風《つむじかぜ》の粉が、どこを探したら見つかるものか分からねえのだった。けれど熊は、夢をもってる女へ向いて、夢をもってる女は大鴉のお嫁にならなけりゃならない、そうして、大鴉がいつもこっそりとしまい込んでる旋風の粉を、見つけるまでようく見張ってるのだ、そうして、いよいよそれを見つけたら、大鴉にそれを飲ませるのだ、そうすりゃあ、大鴉だっても、やっぱしねじくれ曲って死んじまうだろう、とそう言った。そりゃあ、ずいぶんとあぶねえことに違えはねえけれど、大鴉の奴も、夢をもってる女が一旦お嫁になったからは、きっと、夢をもってる女を殺すようなことはしねえだろう、と。そこで、夢をもってる女が殺されねえ用心棒だと言って、熊は、夢をもってる女に、夢をもってる女が大鴉のお嫁になったその時から大鴉に、おしまいのねえ話を話しはじめることにしなけりゃならねえという話をした。そうさえすりゃあ、大鴉の奴あ、よっぽど残酷な奴じゃああるが、その残酷にも劣らねえぐれえ、聞きたがり見たがり知りたがりな奴だから、おしまいのねえ話のおしまいを聞こうっていうんで、夢をもってる女に旋風の粉を食わせることを、一日一日とのばしていくだろう、と。そのうちに、夢をもってる女は、大鴉のすることによく目をつけていりゃあ、いつかきっと、知れねえ場所へかくしてある旋風の粉を、探し出しちまうことができよう、と。

「『さて、それから、賢い熊は、夢をもってる女に、種子《たね》として言葉をお椀いっぱいくれてやった。そりゃあなぜだというのに、夢をもってる女がその言葉の種子《たね》を蒔きつけて、刈りとって、おしまいのねえ話を話すことができるようにするためだったんだ。そこで夢をもってる女は、その、言葉の種子を蒔きつけた。するとその種子がだんだん、だんだんと伸びて、大きく大きくなっていった。そうしてとうとう、夢をもってる女は、話の束を十六束も刈りとることができた。そこで、夢をもってる女は、その十六束の話の束を穀物倉へしまい込んだ。さてそこで、夢をもってる女は、それから髪に数珠玉をかざりつけて、それから唇を真赤にそめて、それから頰っぺたへも紅をなすくりつけて、それから新しい毛布《けっと》を着こんだ。そこで大鴉は夢をもってる女を一目見るてえと、すぐに、自分の嫁になってくれと、夢をもってる女に頼み出した。そこでふたりは婚礼をした。それから夢をもってる女は大鴉の家へ行って、いよいよその細君になった。

「『だが、大鴉は年とってて、ヤアーミイーキイ、つまり、ビーバーみたいにずるい奴だったんで、自分の胸にこう言ってきかせた。〈あんまり長えあいだ細君を手許におくやつは、賢い人間じゃあねえぞ！〉と。そして、そう言うといっしょに大鴉は、明日になったら夢をもってる女を施風の粉で殺しちまおうと考えた。けれど、夢をもってる女はまず、まっさきに、大鴉に、自分はウェン－ディイ－ゴオ、つまり巨人《おおびと》が、きらいできらいでたまらないということを話し、それから大鴉がそのウェン－ディイ－ゴオを殺しちまうまでは、自分は大鴉を愛することはどうしてもできねえと言った。夢をもってる女は、その巨人《おおびと》はとても大鴉が槍で突き殺すことなんかできねえほど大きくて強い奴なのを知ってたんだ。そこで、大鴉はきっと旋風の粉を使わなけりゃならない、だから、夢をもってる女は、大鴉によく目をつけてて、旋風の粉の隠してあるところを知ろうと考えたんだ。ところが大鴉は、明日《あした》になってお日さまがかくれてしまってから巨人《おおびと》を殺すことにしよう、とそう言った。

「『そこで、それから夢をもってる女は大鴉に、おしまいのねえ話の第一番目のやつを話し出して、とうとう一束そっくり使いきっちまった。そうしてその話のその晩の分だけが終りになったときに、夢をもってる女は、こう言って言いやめた。〈さて、そこで、お日さまのように真赤な真赤ないろをした湖の中から、真黄いろな翅を生やした、真青な、大きな大きなお魚が一ぴきぴいんととび出すと、脚も生やしていたので、その脚で歩いて、わたしのところへやって来て、さて、言ったのは〉と。だが、そこで、夢をもってる女は、ぴったり話をやめちまって、その晩のうちは、そのさきを話そうとはどうしてもしなかった。また、そのさきが知りたくて知りたくって、気違いになるほどだった大鴉が、夢をもってる女を説きふせることも、どうしてもできなかった。〈わたしゃもう寝て、その真黄いろい翅を生やした真青なお魚がなんと言ったか、その夢を見なくっちゃならないんですよ〉と夢をもってる女は、こんな返事をして、それから寝入っちまってるようなふりをしはじめたんだ。そこで、大鴉は聞きたがりやだったものだから、夢をもってる女を殺すのを、一日、日のべすることにした。

「『そこで夢をもってる女は、その晩ひと晩じゅう、まんじりともしねえで様子を見張ってた。けれど、大鴉はとうとう、旋風の粉をかくしておいてある内緒の場所へは行かなかった。そればかりじゃあねえ、明日《あした》になって、それからまたお日さまが隠れちまってからも、大鴉は巨人を殺しにゃ行かなかった。けれど、夢をもってる女はまたその晩、おしまいのねえ話を話し出して、真黄いろい翅を生やした真青な魚が、なんと言ったかということを話した。そうして、おしまいのねえ話の二番目の話の束をすっかり使いきっちまった。そうして、その晩の話のおしまいには、夢をもってる女はこんな事を言ったんだ。〈さて、そこで、いよいよ夜になっちまうと、モオ－クワ、つまり熊が、その住んでいる谷間《たにあい》からわたしを呼んで、わたしのために言うには、こっちへ来るがいい、そうすりゃ、大鴉さまでおいでなさるあなたの飲料にと埋めてある火酒の宝庫があるところへ、わたしを案内してやろうというわけです。そこでわたしが谷間におりて行きますと、そのモオ－クワ、熊が、わたしの手をとって、火酒の宝庫へ連れてってくれたんですが、その火酒の宝庫と言ったら、これまでまだ、スウの誰だっても見たことがねえほど、それはそれは大きくって、それはそれはどっさり詰まっているんでした〉

「『さて、ここで話をぷっつり切っちまって、夢をもってる女は、その晩は、それからさきは話さなかった。そうして一方の大鴉はって言うと、大鴉のやつは、物欲しそうに指をくわえていたんさ。だが大鴉は、そのあいだに夢をもってる女がその火酒の宝庫を自分に教えてくれ、それからおしまいのねえ話のおしまいを、自分に話してくれるまで、夢をもってる女を、旋風《つむじかぜ》の粉でねじり殺すことはすまいっていう新しい計画をこしらえてたのだ。ところが、一方の、夢をもってる女の方は、寝床に行くと、髪につけてた数珠玉のかざりをみんなむしりとって、それから大鴉に、大鴉は自分を可愛がってくれてはいねえのだ、だから、大鴉は約束したとおり、巨人を殺しちゃしまわないのだ、とそう言い出した。それから、夢をもってる女は、だから自分も巨人が死んじまうまでは、もうおしまいのない話のさきを話しもしなければ、また、自分を愛してくれない亭主なんぞを、モオ‐クワが、熊が、見つけてくれた火酒の大宝庫へ案内してもやらねえと、そう言い切っちまった。これを聞くてえと、大鴉は、火酒の宝庫を自分のものにしたくって、むきになってもいたことだし、またおしまいのねえ話のおしまいが、聞きたくて聞きたくって、耳の中がりんりん鳴ってもいたもんだから、いよいよ巨人を殺してしまわなけりゃならなくなった。そこで、夢をもってる女がすすり泣きもよし、悪口いうのもよしちまって、それからいよいよ寝入ってしまったなと考えると、大鴉は、自分が旋風の粉をかくしておいた、人の知らないところへ、そうっと忍んでって、』それから、粉を少うしとり出して、木の葉につつんで、それから、その木の葉を自分のあたまの長い髪の毛のあいだにかくして、もどって来て、それから寝床にはいった。

「『さて、いよいよ大鴉がぐっすりと寝ちまうと、夢をもってる女もやっぱり、そうっと、ひとりで、その、人の知らないところへ行って、それから同じように少うしばかり旋風の粉をとり出した。それから、翌朝になると夢をもってる女は、早くから起きて、それからその旋風の粉を大鴉の食物だったペッズ－ヒイ－キイ、つまり焼いた水牛の肉にふりかけて、大鴉にやった。

「『そこで、それを大鴉が食っちまうと、夢をもってる女は、さっそく大鴉のお城からとび出して、みんなのいるところへとんでって、それから、スウのみんなに、みんな来て大鴉の死ぬところを見てくれと呼ばわった。そこでスウは、みんな大喜びによろこんで、やって来た。すると大鴉は、旋風の粉に心の臓を引き裂かれながら、からだじゅうをうねらしくねらし、ねじ曲げ折りまげしてるのだ。そうして、大鴉の歯はっていえば、まるでわなみたように、しっかりとくい合わされてて、口からは、言葉は一語も出てこずに、ただ泡がぷくぷくと、ふき出ているだけだ。だが、そのうち、とうとう、チイ－ビイ、つまりたましいが、大鴉のからだから、ひねり出されちまった。で、これでやっと、夢をもってる女は、自分が愛してた灰色のトナカイ、いつも自分を、キイ－ネエ－モオ－シャ、つまり情人《いいひと》、って言っては笑わしてた灰色のトナカイの、殺されたのの敵討をしたわけさ。

「『さて、大鴉が死んじまうと、夢をもってる女は、秘密にしてあった場所へやって来て、旋風《つむじかぜ》の粉をそっくり持ち出して、それから、それを大沼のなかへ投げ込んじまった。そうして、その仕事が片づいちまうと、こんどは、おしまいのねえ話の、残りの十四の話の束を、そっくりふりまいちまった。だから、その話はスウのものみんなに言いつたえられ語りつたえられて、誰でも、大鴉がからだを折りまげねじ曲げして、とうとう死んじまったのが、どんなにうれしいかということを、話すことができるんだ。ところで、その一週間のあいだってものは、スウのあいだにゃあ、よろこびとすばらしい噂話のほかにゃあなんにも無かった。そうして、モオークワ、つまり熊は、それを聞いて驚いて、住み馴れた谷間から笑いながら出かけて来た。また一方の、夢をもってる女は、もう敵討はしとげちまったので、ウェンーディイーゴオ、つまり巨人と、いっしょにその住家へ行って、そこで巨人の細君になっちまった。で、これでもう、おしまいのねえ話のほかは、何もかもすっかり片づいちまったというわけだ』

「ところで、スウ・サムのやつはここまでくると、」と年よりの牛飼いも話を終るために言った。「こう言ったのさ。『そこで、おれのおふくろの、結びに言ったなあこうなんだ。だから、あんまり余計にいろんなことを、根掘り葉掘りして訊く子供たちは、ちょうどこの、見たがり聞きたがり知りたがりの心の方が、残酷よりもなお大きかった大鴉みたように、死んじまうのだよ』」

（谷口武＝訳）

木の妻

メアリ・E・カウンセルマン

カウンセルマン　Counselman, Mary Elizabeth 1911-1995

バーミンガム生まれの女流作家。静かな日常をすごす典型的なアメリカ地方都市出身の作家であり、彼女の主たる関心である怪奇小説にも地方の生活意識が反映している。ここに収めた『木の妻』は、まるでヨーロッパのコミュニティを思わせる古い共同体内の小さな事件を語り、彼女ならではのアメリカの一面を見せている。一九五〇年に怪奇小説専門誌『ウィアード・テールズ』に載った逸品である。

カウンセルマンの書く短編は、題材が多岐にわたり、読む者を飽きさせない。その精髄を集めた短編集『半陰』（一九七八）は、アーカム・ハウス社から刊行されている。

私は、ボールド・マウンテン地区の郡福祉調査員をやっている友人、ヘッティ・モリスンに、笑いかけた。その朝、ヴァージニア大学時代の想い出話でもしようとオフィスに立ち寄ると、彼女は電話で地元の自動車修理工に文句を言っているところだった。

「だけどね、今朝は野外調査に出かける用があるのよ……部品くらい揃えられるでしょ。よその人の車から拝借すればいいじゃない……まったくひどい話だわね。あの一家は飢え死にしそうかもしれないっていうのに……」

ヘッティは電話を切っても、ブツブツ言い続けた。やせて地味な感じのオールドミスの彼女は、ブルーリッジ山脈なみの大きな心の持ち主だった。彼女が目を上げて、乗せてあげようかといわんばかりに新品のクーペの鍵をじゃらじゃらいわせてニヤリとしている私の方を見た。大親友の二人のあいだに言葉は不要だ。ヘッティはかすかにうなずくと、帽子を頭にのせ、率先してドアを出ていった。

「後悔しても知らないわよ。これから行く道は古いインディアンの通り道《トレイル》でね。あれを往復しなきゃいけないんだったら、彼らが消えるアメリカ人と呼ばれた理由もわかるわ。車のスプリングがいかれちゃうから」

十年ぶりに手に入れた新車のドアを開けようとした私があまりに落胆しているのを見て、彼女は片目をつぶってみせた。学生時代に、私のとっておきの長靴下を貸してくれるようねだって以来なじみの、ずるがしこそうな表情だ。

「退屈だわよ。いつものお決まりの野外調査だから。それにね、あなたは興味ないだろうし」彼女は無意識に語尾を伸ばした。「木と結婚した少女、フローレラ・ダブニーのことなんかね。ちょうどダブニーの家のすぐそばを通るんだけど。あっだめよ、あなた。そのすてきな青い塗料はすぐはげちゃうわ。ホリー・クリークはその道路を四度横切っているの。タイヤが埋まっちゃうくらいのところをずっとドライヴするのよ。いつも立ち往生ばかりして、それで……」

私は旧友をにらみつけた。自分の希望を通そうとする彼女の巧みなやり方には慣れているつもりだが、相も変わらず対処に困ってしまう。

「木ですって？　さっき何て言ったの？　木と結婚したとかなんとか？」

「そのとおりよ」ヘッティは気取った笑みを浮かべ、うなずいた。「不思議な話よね。でも、ボールド・マウンテンあたりじゃ伝説になってるわ。もっとも……」彼女は話しながら、図々しくも私の車に乗り込んだ。「ギリシャ神話には先例がないわけじゃないの。ゼウスはある少女を泉や花といった人間以外のものに変え続けて、妻のヘラに彼女との関係を悟られないようにしたのよ。十五世紀になってからも、代理結婚というのがあってね、女王が戦争に行った騎士の代わりに彼の剣と結婚した例もあるわ。それから、アフリカの部族のなかには、男が年頃になると木と結婚するというのもあるのよ」

いらだちから顔をしかめた私は、クーペに乗り込み、勢いよく飛び出した。ヘッティの話は私の興味をそそり、彼女はそれを十分承知していた。つまり、彼女を乗せてボールド・マウンテンの荒れた山頂を走らないことには、木と結婚した少女の話は永遠に聞けないわけだ。

一時間後、両端に矮性マツとアメリカシャクナゲがびっしりとはえた岩だらけの道を走っていると、ヘッティはフローレラ・ダブニーの家ともう一つの家とのあいだに起きた血みどろの争いについて話しはじめた。修業中の精神科医に言わせれば、そのせいでフローレラは奇妙な妄想に悩まされることになったのだった。

ダブニー家（ヘッティの縁続きだ）は、ダニエル・ブーンと同時代に、ボールド・マウンテンの山腹にキャビンを建て、厳しい生活を始めた。ひもじさと過酷な労働に耐えながら、山地民たちは六世代にわたってそこに住みつき、わずかな農作物と獲物を糧に、大勢の子供を育て上げた。その子たちは、食料のニワトリを狙うキツネのように手に負えない子供たちだった。フローレラは十五人兄弟の末娘で、引っ込み思案なところがあった。すらりとした容姿、髪は黒く、子鹿のような大きな瞳はきらきらと輝いていた。山娘なら誰でも着ているシンプルなギンガムのシャツ姿に裸足で、彼女はオールド・ボールドリーの険しい斜面を、都会の子が歩道を走るような素早さで駆け降りることもあった。兄や姉は結婚して家を離れ、母は亡くなり、フローレラは父とともにうら寂しい農家に住んでいた。

山の反対側に、同じように「古い移住者」の一家、ジェニングス家が住んでいた。人々の記憶によれば、両家のあいだには、薪の束をめぐる取り合い以来、反目が続いていた。この争いで、ダブニー家の二人が入院し、ジェニングス家の三人はブタ箱にぶち込まれたのだった。両家の農地の境になる峰には小さな教会があり、両家とも通っていたが、ジェニングス家の人々はダブニー家の人とは一切口をきかなかった。みんなが食べ物や自家製ビールでごきげんになる合唱大会の日でさえそうだった。ダブニー家の誰一人として通路の左側には座らなかったし、ホリー・クリークで行なわれる洗礼式はジェニングス家とダブニー家の場合、日をかえて行なうことと伝道集会で決められた。僧籍のない伝道者ポージー・アドキンス師も、これを、残念ながらやむをえない状況と認めていた。そして、それがボールド・マウンテンの掟だった。ジョー・エド・ジェニングスとフローレラ・ダブニーが「駆け落ち」したある春の晩までは。

恋に落ちるほどの会う時間をどうやって作ったのか、両家の人々には見当がつかなかった。ジョー・エドはがっしりした体格の金髪の少年で、ギターを弾き、五十ヤード離れたところからクロネズミの目を射る射撃の腕前をもっていたが、それ以外にはどうということはなかった。フローレラがそんな取り柄のない男を相手にしたことに、誰もが驚かされた。彼女はオウルズ・ハロウの少年との婚約がま近だったのだ。

ある晩、森を走って行く二人の姿を目撃した猟師の一行は、フローレラは意思に反して連れ去られたのだと思った。彼女は迷い出た豚の行方を追って家を出たはずだった。だが、真夜中になっても戻らないので、父親のレイフ・ダブニーは彼女を探しに出かけ、猟師の一行と出くわした。そして彼は、直ちにライフルを取りに、キャビンに戻った。

レイフは意地悪げな小さな両目に殺意をたたえて、再び家を出た。すると突然、おびえた若者二人が、かしいだ門をくぐって入ってきた。一緒にいたのは、葬式用とも結婚式用ともつかない服装をしたアドキンス伝道師だった。聖書を抱えたその腕はふるえてはいたが、言葉はしっかりしていた。

「レイフ、この二人の若者は罪を犯した。だが、神はすでに二人をお許しなさっているはずだ。彼らは結婚しようとしている。だから、止めないでやってほしい」

それ以上言わず、彼はフローレラとジョー・エドに前庭にある大きなカシの木の下に立つよううながした。カシの木は荒れたキャビンの上にそびえ、月明かりの空に黒いシルエットを浮かべていた。幹の上方には、レイフは気づかなかったかもしれないが、JEJとFDのイニシャルのついたハートが彫られていた。

年老いた伝道師はおごそかに結婚の儀式を始めた。フローレラの父親はつっ立ったまま彼らを見つめていた。やせた顔は怒りでどす黒くなり、キッと結んだ口はひきつっている。

「汝、この男を……」という不滅の言葉が発せられるやいなや、彼はライフルを肩につけ、ジョー・エドめがけて撃った。少年は花嫁になるはずだった少女の小さな裸の足に崩れ落ち、息絶えた。

「おまえが私の目を盗んで、娘をかどわかしたんだ」レイフが叫んだ。「おまえみたいなロクでなしが！」

彼が言い終わらないうちに、二発目の銃声が静かな夜に響いた。レイフ・ダブニーはつっぷし、義理の息子になるはずだった少年の死体ににじり寄り、キャビンの裏手の森めがけて二発撃った。次の瞬間、あたりは大混乱となった。アドキンス師は、この争いを予期していたふしがあった。

誰かがジョー・エドの父親にニュースを知らせていたからだ。そして、クレム・ジェニングスもまた、結婚をやめさせようと現場に向かっていた。混乱を恐れた老伝道師は、警察に連絡していた。シェリフと急遽集められた自警団は、若きジョー・エドの死体とひれふして泣きじゃくる花嫁を前にして、レイフとクレムがたがいに発砲しあったそのさなかに、現場に到着した。ものの数分もしないうちに、自警団は双方の父親に手錠をかけ、留置所に連行した。

彼らの去ったあとには、悲劇的な情景が繰り広げられていた。年若いフローレラは恋人の遺体にすがりつき、そのうしろではアドキンス老人がぼう然と立ちつくしていた。二人の自警団員がジョー・エドの死体を動かす手伝いをするため現場に残っていた。だが、少女は涙を流しながら、伝道師に、その場ですぐに遺体を「私たちの木の下」に埋めてくれるよう頼んだ。ジョー・エドが彼女を初めてつかまえ、キスをしたのが、この場所だった。彼は自分の手で彼女の口をふさぎ、笑っていた。その時レイフは、十ヤードも離れていないところにいたのだ。ある晩、彼女が彼に初めて愛していると伝えたのもここだった。そして、彼女が、家族のせいで逢瀬もままならないため、オールド・ボールドリーの深く静かな森に彼と一緒に逃げると約束したのもここだった。

それから数カ月後、おびえためらいながら、彼に子供ができたことを伝えたのもここだった。残された道は自殺しかないと彼女にはわかっていた。恋人はジェニングス家の一員であり、彼女は彼に対して狂おしいほどの秘めたエクスタシーの時間以上のものを期待してはいなかったのだ。

だが、ジョー・エドの反応は彼女を驚かせた。すっかり彼女を守る気になっていた彼は、翌朝、ダブニー家の庭の木の下で、レイフの目前で、アドキンス師に結婚式を挙げてもらうと宣言したのだ。生まれてくる子供には自分の名を与える、と少年は誇らしげに、そしてやさしく語り、フローレラそっくりの子鹿のような目をした女の子を望んだ。

アドキンス伝道師は、若い二人が式を挙げるはずだったカシの木の下でジョー・エド・ジェニングスの墓を掘っている二人の団員に、これらすべてを話して聞かせた。フローレラはぼう然とたたずみ、その様子をながめていた。ワナにかかり、ついに自らの悲しい運命を受け入れた動物のように、彼女はもはや泣いていなかった。

だが、彼女を見ているうちに、老伝道師は突然、自分の学生時代に聞いた伝説を思い出した。彼は少女に歩みより、その手を静かにとって、木のところまで連れていった。そこでは、団員二人がジョー・エドの粗末な墓に最後のひと鍬の土をかけていた。

「娘よ」と老伝道師は呼びかけた。「その昔、女王たちが戦争で死んだ恋人の剣と結婚したという話を聞いたことがある。ジョー・エドは、おまえが彼の名を継ぐことを望んでいるはずだ。だから私はこれから、ここの、この木をジョー・エドとみなすことにする。彼がこの下で眠っていることでもあるのだから。それからあなた方二人」彼はおごそかに、二人の墓掘り人に声をかけた。「ここでジョー・エド・ジェニングスとフローレラ・ダブニーの結婚の証人となってもらいたい」そして、彼はかしこまって目を上げた。「私のやっていることが誤りなら、神よ、私を罰したまえ。正しいことならば、この式を祝福したまえ」

この月明りの夜に、老伝道師は、少女と木の奇妙な代理結婚式を司った。二名の自警団員はかたわらに立ち、アドキンス師が結婚式の常套句を繰り返すのを聞いて、びっくりして目を見開いた。フローレラが涙声で答えるのが聞こえた。それから……あれは頭上にそびえる大きな木が風で揺れた音だったのだろうか。それとも？ 二人の男はのちに、自分たちが耳にしたのは囁き声だと断言している。男の声、ジョー・エドの声が生い茂った葉の奥から聞こえてきたのだと。だが、（ヘッティがそっけなく言ったように）あの晩はひどく興奮した夜で、病的興奮は人間の感覚に奇妙な影響を及ぼすものなのだ。

「それから？ これで終わりってわけじゃないでしょ」車はホリー・クリークを横切る三本目の道に狂ったようによろめき入り、びしょ濡れになって再び飛び出た。「その少女はどうしたの？ 父親が刑務所では、誰が面倒みてるの。それに赤ん坊は大丈夫なのかしら」

「スピードを落としてよ、バカね」ヘッティは助手席側のドアにしがみつきながら、きつく言った。

「もちろん、赤ちゃんは元気よ。かわいい女の子。フローレラから陣痛が来たと連絡をもらったんで、福祉事務所にいって医者をやらせたの。彼女は父親のキャビンに住んでいて、ひとりぼっちでね。彼女の親戚もジョー・エドのほうも、怖がって寄りつかないのよ！」

私はまゆをひそめ、けげんそうな顔をした。

「どうして？」

「木のせいよ」ヘッティはさりげなく言った。

「あの木は呪われているって噂がたったの。ジョー・エドがあのカシの木に乗り移って……だから、あの木は生きているってね。感傷よね。あの木はもう木らしくなくなってしまったっていうわけ。私に言わせれば——ちょっと、岩に気をつけてよ！　車をダメにしたいの？——私に言わせれば、いくつかの出来事は、奇妙だわ、少なくとも」

私は渋々スピードをゆるめ、岩だらけの道で態勢を整えた。私の想像力をかきたてた話をヘッティに続けさせるためには、何だってやったろう。

「出来事って、どんなことよ」私は知りたがった。「誰だって風の音を声と間違える時だってあるでしょ。葉がザワザワいう音や、枝のこすれる音なんかをね」

「だけども、誰でもが生きていたウサギや枝に舞い降りたハトを木が捕まえるところを見られるってわけじゃないわ。そうでしょ」

「なんですって？」私はあっ気にとられた。

「そんなバカげた話は初めて聞いたわ」

笑ったつもりだったが、自分の耳にさえその声はうつろに響いた。「そんなことありえないわ……」

「私だってそう思うけど。とにかく聞いたところでは、あの大きなカシの木の下の方の枝が、フローレラに肉を用意してあげているそうよ。ウサギやハト、それにフクロネズミも一度あったって。みんな首をしめられてたの。小枝に首をはさまれてね。あとは料理すればいいって状態になっている肉が枝にぶらさがっているのをフローレラは発見するってわけよ。山に住む男たちは家族を養うためにそういったワナを使うでしょ。だから、彼女は信じるようになったの。彼が捕まえてくれたんだって。ジョー・エドは、猟師としてもワナを仕掛けるのもうまいって評判だったから」

「あきれちゃうわね！」私はもう一度、笑おうと努めた。「あなたの言ってることは……たしかに気の毒な娘だわ。だけど、ああいう経験をすれば当然精神的な影響を受けるでしょ。しかも、そこでたった独りで、赤ん坊を育てているわけなんだし」

「まだ、あるのよ」ヘッティは気軽に言った。

「ある秋のものすごく寒い日に、となりの女性が立ち寄ったんだって。せんさく好きなおばさんでね。フローレラに、赤ちゃんのことでイヤミを言いたかったのね。彼女が帰ろうとすると、あの……」ヘッティはくすくす笑った。「門のところまで下がっていた枝に彼女のコートがひっかかったらしいの。彼女に言わせると、枝が背後からコートをぐいっと引いたそうなの。叫びながら慌てて逃げ出した彼女は、ジョー・エドがフローレラのために自分のコートを取り上げたって言いふらしたのよ。少女がコートを返そうとしても、彼女は触ろうともしなかった。一番いいコートじゃないからいらないっていうのね。木と言い争ってもしょうがないと思ったんでしょ」

「たまんないわね」私は笑いながら頭を振った。さっきから背筋がゾクっとしているのだが、無視しようと努める。「彼らみたいに山に住んでる人たちって、迷信深いんでしょう？　その女の人には恐怖心があったから、当然そう思うようになったんじゃないの……」

「おそらくね」ヘッティはそっ気なく答えた。

「だけど、去年の春、あの木の下を歩いていた私の帽子がもっていかれたのは、恐怖心のせいじゃなくてよ。フローレラの様子を見にいったのよね。彼女、苦労していたから。すると大きな枝がサッと降りてきて、私の頭から帽子を取ったの。手を伸ばしても届かないし、フローレラも木に上って取り戻すことはできなかった。赤ん坊が生まれたばかりで、身体もまだ弱っていたから。彼女は面白がってしまってね。木に話しかけたんだけど、まるで人間相手のようだったわよ。すごく冷静なの。『ジョー・エドのいたずらっ子さん。ヘッティさんに今すぐ、帽子を返しなさい。私は派手な服はいらないのよ。私も赤ちゃんもうまくやっているんだから』って」ヘッテイは不安げに私を見た。「彼女のその言葉を聞いて、私は自分が身勝手な人間のように思えちゃったわ。第一、あんな帽子は、私みたいな細くとがった顔のおばさんにはかわいらしすぎたのよ。まったくショックだったわね。それから……」彼女は大きく息を吸い込んだ。

「それから、私が、フローレラに帽子をあげるというと、たちまち帽子が木から落ちたの。ポロって、しかも彼女の頭の上によ。とってもよく似合っていたわ。かわいそうに、帽子なんてかぶったの、あれが初めてだったみたい。レイフは風変わりな人でね。フローレラのお母さんはいつも、服を手作りしていたぐらいだもの」

私は道をのろのろ横切るアライグマを避けるため、ハンドルを切った。そして、ヘッティを見つめた。

「話を続けてくれない。木がどうやって薪を用意するのか知りたいものだわ。フローレラが切らなくてすむようにね」

ヘッティはくすくす笑った。「ちがうのよ。山男たちは、女房がラバのように働くのを当然だと思っているの。男たちがやるのは、家族を食べさせ、住まわせ、守ることだけ。それから時たま、気げんのいい時にものをあげたりするの。フローレラが木になった夫に期待しているのもそれだし、その通りになっているわ。精神科医はおそらく、妄想のおかげで彼女は安心感を抱き、自分で身を守れるようになってるんだって言うでしょうね。自信を持つにはきっかけが必要よ。たとえ身につけた幸運のコイン一つだとしてもね。それでも偶然と迷信だっていうの？」

「あのね……」私の友人はほほ笑んだ。「車に乗せてもらったことには感謝しているわよ。ダブニー家の近くに住む農夫のカービー・マーシュが誰かとけんかして、かなり痛めつけられて家にはい戻ったって連絡が入ったの。彼の妻は寝たきりなんで、彼がひどい怪我をしているのなら助けが必要なのよ。私を乗せてくれたあなたは、命の恩人というわけ。あっ、ここを曲がると」彼女は急に言葉を切り、目を輝かせて私に笑いかけた。「ダブニー家の農場はここを曲がってすぐよ」

私はスピードをゆるめた。カーブを曲がりながら、背筋が再びゾクゾクとするのを感じる。丸太作りの古いキャビンが道路から数ヤード上がった山腹に建っていた。庭にはありふれた井戸が、裏手にはありふれた小さな野菜園があった。大きなカシの木がたわんだ門の上にそびえ立っている。がっしりした幹はまるで何かから守っているかのように家の方に傾き、葉の生い茂った枝が玄関のポーチを陰にしている。

私は門の外に車を停めた。ヘッティが私の表情を見て、ニヤリと笑う。

「ここよ」彼女がそっ気なく言った。「ここに木と結婚した少女が住んでいるの。そして、あれがその木。あれが彼よ」

私はクーペから出て、用心深く門まで歩いた。ヘッティはぎこちなく車から出ると、ハスキーな声で叫んだ。

「こんにちは《ハロー》、こんにちは《ハロー・ザ・》、お家《ハウス》？」伝統的な山のスタイルだった。答えはなかった。だがすぐに、ヘッティが「彼」だと指し示したカシの木の下に広げられたキルトぶとんが目に入った。金髪の女の赤ちゃんがキルトに包まれ、のどを鳴らし、クックッと喜んでいる。見たところ二歳ぐらい、貧しい食事と厳しい暮らしにもかかわらず、山の子供の多くのようにがっしりと健康そうだ。

私は立ち止まってしばらく、その様子に見とれていた。それから、眉をひそめた。

「一人にしておくには、小さすぎるわね」私はつぶやいた。「母親はどこなの？」

「たぶんブラックベリーでも摘みに行っているのよ」ヘッティが肩をすくめた。「でもジョシーはだいじょうぶよ。父親が子守をしているんだから」彼女は、私の顔を見て、ちゃめっけたっぷりに笑ったかと思うと、再度声をかけた。「こんにちは！　フローレラはいないの？」

その時、ほっそりと愛らしい少女が家の脇から走り出てきた。裸足で、黒い髪をなびかせている。耳には月桂樹の小枝をはさみ、陽に焼けた指にはブラックベリーの果汁がしみを作っている。私は彼女を見つめた。まるでドリュアスのようだ。野生的で自由で、怖いもの知らずで。

「あら、こんにちは、ヘッティさん」彼女は私の友人を歓迎した。「入ってらして。一緒なのはどなた？　親戚の人？」

ヘッティは私を、学生時代の友人と紹介したが、超自然現象の話を書いて生計をたてていることは黙っていた。私たちは門をくぐった。ヘッティは屈んで赤ん坊をあやし、いつも持っているペパーミントを与えた。彼女はこれを決してきらしたことがないようだ。私は、このかわいらしい、ごく普通の様子をした若い母親と交わす言葉が見つからなくて、ヘッティの脇でソワソワしていた。ヘッティは私に、この少女は狂っていると言ったのだ。頭上にある木の枝が私の肩をはたき、スカーフをとろうとした。私は衝動的にスカーフをはずし、少女にあげた。彼女は恥ずかしげに微笑み、礼を言うと、嬉しそうにそれを首に結んだ。その瞬間、私はヘッティの視線をとらえた。彼女がニヤリと笑ってウィンクし、大きな木を見上げたのを見て、私は顔が赤くなるのを感じた。

それから彼女はフローレラの方を向いた。私のブルーのシフォンのスカーフをつけた彼女はさらにかわいらしく、狂気のかけらさえその顔にはうかがえなかった。

「カービー・マーシュがけんかで怪我したって聞いたんだけど」私の友人はうちとけた感じで話しかけた。「誰が奥さんと子供の面倒を見てるのかしら？　お医者さんが来て、カービーを病院に連れていったそうね。脳震とうと肩の捻挫ですって。けんかがあったんでしょう……」

ヘッティは急に話をやめた。少女が突如悔やむような表情を浮かべたのに気づいたのだ。フローレラは悲しそうな笑みをちらっと浮かべて、頭をひょいと下げた。

「そうなんです」彼女はあっさりと答えた。

「きのうの夜遅く、彼はここにやって来ました。そして私にからんだんです。いえ、カービーがひどい人だってわけじゃないんです」少女は隣人を弁護した。「酔っ払っているとき以外は。それで家に帰るように言いました」彼女は人妻という自分の立場をわきまえているといった調子でいい足した。「ジョー・エドがいやがるだろうと言ったんです。でも、彼は耳を貸しませんでした。それで私はジョー・エドのところへいったんです。彼はカービーに警告するため、ずっと屋根をたたいていたんですが、カービーは風だと思っていたようです」

私は大きく息を吸いこみ、友人に視線を投げかけた。

「それから?」ヘッティはやさしく、答えをうながした。「庭に走り出たの? そのあとをカービーが追っかけてきたのね。そして……」

「そして、ジョー・エドが、彼が、カービーの頭を勢いよく叩いたんです」彼女は語り終えた。弁解がましい反面、妻の名誉を守った夫について語るとき、どんな女性でもそうなように、誇らしげだった。

「彼はカービーの頭蓋骨を粉々にしようとしたんです。カービーが私にキスしようとしたのがいけなかったんです。そうでしょ、ヘッティさん。私は小さな娘のいる結婚した女ですよ」

「そうね、あなたの言うとおり」ヘッティはこれまで聞いたことのないようなやさしい声で答えた。「そうよ、ジョー・エドは正しかったわ。カービーの怪我はたいしたことないと思うけど、彼が入院中は家族の世話をする人が必要でしょ。きょうは、彼の奥さんに会いにいったの?」

「ええ」少女はもの静かに答えた。「でも、家に入れてくれないんです。彼らは怖がっているんですよ。ジョー・エドのことをね。でも、私や赤ん坊の邪魔をしないかぎり、彼は誰も傷つけたりはしません。彼は本当に心やさしいんです」

「そうね」私の友人が静かに言った。「わかっていますよ。それは気にしなくていいわ。カービーもよくわかったでしょうからね。今度のことで、彼もしばらくはしらふでいるんじゃないかしら」そう言って、彼女は笑った。

少女ははにかんでうなずくと、屈んで子供をだきあげようとした。だが、小さなジョシーは母親の手を離れて、よちよち歩きで大きな木のまわりをまわり、地面につきそうなほど低い枝のところまで行った。

「パパ！」子供はふっくらした腕を大きなカシの木に差し出しながら、突然声をたてた。

「たかいたかいして！　パパ！」

フローレラは笑った。軽く頭をふりながら、声をかける。「だめよ、ジョー・エド。赤ちゃんを落としてしまうのがおちよ！　やめて――」

ところが、私の目の前で、見えざる圧力がかかったかのように、その低い枝はさらに下がった。それをつかんだジョシーは、地面から三メートルほど放り上げられた。私はその光景に息をのんだ。まるで突風に枝が吹き上げられたようだ。枝は子供をすくい上げ、そして私たちの頭上高くで揺すり、それから、やさしく子供を降ろした。若い母親は笑いながらも、とがめるように再度かぶりを振った。

彼女のあまりに冷静な態度に、私はむずむずしていた。

「ジョー・エドはいつもああやってやるんです」彼女が嬉しそうに言う。「子供が好きですからね。あら、ヘッティさん」彼女は言葉を切り、門にむかってにじり去る私を見て不満そうな顔をした。「食事をしていってくださると思ったのに。ジョー・エドがウサギを捕えてくれたんで、それをこんがりおいしそうに焼いたところなんです。召しあがっていきませんか?」

しかしその頃には、私はすでに門を出て、車に乗り込んでいた。目立たないように頭を振って、ヘッティに合図する。どういうわけか——今後、私は頑として否定し続けるだろうが——私の歯はカスタネットのように音をたてていた。そして私は、小さな山のキャビンにたった二人きりで住む女性と子供とをあたかも包みこむように枝を広げた背の高いカシの木を、落ちつかなげに見上げた。

たった二人きり?

「気の毒でしょ」ヘッティはつぶやいた。車に乗り込んだ彼女は、フローレラ・ダブニー——あるいは福祉事務所のファイルに掲載されている「ジョゼフ・エドワード・ジェニングス夫人」にさよならと手を振った。

「つまり、あのかわいそうな少女と赤ちゃんの生活のことだけど。その日暮らしで、それにカービーみたいな男からちょっかい出されて。あの哀れな妄想がなければ、もっと寂しく恐ろしい思いをしたでしょうよ。そして、子供をもった今では、もう信じきっているのよ。子供があの木の上で揺られているのを見たでしょ。彼女は木を『パパ』って呼んでいたわ。あの重さの子供を持ち上げるんだから、すごく丈夫な枝だわね。風が吹き上げたんでしょうね。カービー・マーシュの頭をたたいた、あの晩と同じようにね。ここオールド・ボールドリーじゃ、風がものすごく強いから」

彼女は私の方をちらっと見た。唇をひきつらせている。

私は彼女をにらみつけ、アクセルを踏み込んだ。冷たい汗が額に吹き出るのがわかる。風など吹いていやしないのだ。その日はむし暑く、ひっそりとしていた。私が貧弱な農家のほうを振り返ると、かたわらで、ヘッティがくすくす笑っていた。

母親が見守るなかで、喜ぶ子供を再び空中に放り上げているあの枝、男の強い腕のようにやさしく持ち上げている、あの大きなカシの木の低い枝一本以外は、ごつごつした山腹では見渡すかぎり、葉一枚さえ動いていなかった。


（野間けい子＝訳）

黒い恐怖

ヘンリー・S・ホワイトヘッド

ホワイトヘッド　Whitehead, Henry St. Clair 1882–1932

二十世紀初頭の代表的な怪奇小説作家。聖職者として、ヴードゥー教の迷信がはびこる西インド諸島で得た体験が、この本来健康な精神の持ち主であるホワイトヘッドに霊感をもたらし、一九二〇年代を中心に多くの〈西インド諸島土着幻想譚〉を描かしめた。いわば、アメリカの中島敦といった位置にある作家である。ヴードゥーの呪いやゾンビ現象が跋扈《ばっこ》する貧困の島々で見る黒人たちの異様な暮らしは、しかしホワイトヘッドの目に、単に「迷信にとらわれた不幸な人々」として映るのではない。迷信の圧倒的な破壊力に、キリスト教の伝道師であるかれ自身がしばしば敗れ去る点に、ホワイトヘッド恐怖小説の本質的な迫力がある。収録した一編も、そうした事情を雄弁に伝える小さな名品と評してよい。

なにかひどく異常な、なにか恐るべきものに心を引き裂かれる鋭い感覚をおぼえて、わたしはクリスチャンステッドにある自宅の大きな黒檀製のベッドで目を覚ました。気をひきしめ、頭を振って目から睡気を追いはらい、蚊除けネットを押しのけた。胸がいくらか楽になった！　眠りのなかからわたしを追いかけてきた奇妙な恐怖の感覚は、いまうすらいでいた。

わたしはぼんやりと、夢――いや、今しがたまで体験していたもの――どうもそれは夢ではなさそうだった、何かそれ以外のものだった――を振りかえってみた。すると少しずつ、断片的に思いだすことができるようになった。どうやらわたしは、必死に耳を傾けて、高く鋭い耳ざわりな音を発する汽笛みたいな、長く尾をひき鼓膜に痛い音を、聞いていたようなのだ。しかしそれが汽笛なんかではないことは、確かだった。コロンブスが一四九三年の第二次航海でこの島を発見して以来、サンタ・クルス島にそんなものがあったためしはなかった。わたしは起きて、スリッパとモスリンの浴衣を引っかけたが、まだ合点がいかなかった。

それから急に音が止んだ。黒人たちが丘に建つ町のかなたから仲間の応答を得て、太鼓を叩くのをやめたみたいに、突然、ぷっつりととぎれた。

そのとき、ほんとうにそのとき、わたしの心をかき乱していた元凶の正体を知った。それは、悲鳴をあげている女だった。

下に走るコパグニー・ゲードという固い地面の街路ぎわにある自宅の、その正面にしつらえたバルコニーに出て、下をのぞいてみた。

粗末な衣をまとった早起きの黒人たちが下に集まっていた。しかも人の群れは一秒きざみに大きく膨らんでいく。男に女、そして小さな黒人の子どもたちが、家のすぐ前にはやばやと寄り集まって、押し合いへし合いのありさまだ。かれらが発する興奮したつぶやき声は、長ながと尾をひく悲鳴の独唱《ソロ》に対して、〃対位法的《コントラパントル》〃なバックコーラスをつくりあげていた。なぜなら、一座のまんなかに立った女は、新鮮な息を吸いこみ、今もういちど血も凍るような、絶望的で金切り声に近い、聞く者をひるませるほどの泣き声を、あげはじめたからだった。

黒人の群れからは、中央にいる女を触れようと前に出てくる者もいない。

わたしは不明瞭なクレオール語（ルイジアナ州の混血黒人たちが使う、なまりのはげしいフランス語）を聞いて、この騒ぎのみなもとが何なのか、理解の糸口を見つけようとした。そこここに、ひどい土着民なまりの単語がひとつ出てきたけれど、頭ではさっぱり理解できなかった。それから、ようやく手掛かりが浮かんだ。子どもじみた、頭に抜けるような高音《トレブル》の、くっきりした単語――ジャンビー

いま、騒ぎの内容がわかった。泣きさけぶ女は信じていた、彼女のまわりに集まった群衆は信じていた、ある邪悪な魔術が解き放たれ、効果をおよぼそうとしはじめていることを。敵意をいだく何者かが、人びとに恐れられる魔法医師――パパロワ――の力を借りうけ、さる戦慄すべき呪咀《カース》や呪術《チャーム》を、彼女に、あるいは彼女の血縁者の誰かに〃負わせた〃ことを。その事実のすべてを、〃ジャンビー〃という単語がはっきりとわたしに語っていた。

いったいこの成りゆきはどうなるのだろう、そう思ってわたしは目を凝《こ》らした。そのあいだ、どうして巡査がこのおおっぴらな集会を解散させに来ないのだろう、と疑問に思いつづけた。もちろん黒人である巡査は、群衆の誰にも劣らぬ好奇心に駆られるだろうけれど、なにはともあれ公僕としての義務だけは果たしてくれるはずだ、と思ったからだ。「黒人を追いはらう仕事は黒人にまかせろ！」この古いことわざは、西インド諸島が奴隷制下にあった遠い時代どころか、今でもまだ通用しているのだ。

女はいま体をけいれんさせ、まるで憑《つ》かれたように前後に揺れていた。その悲鳴がやっと小さくなって、純粋な恐怖は終止した。しかし、うす気味が悪かった。

やっと巡査が来た！　よく見ると二人のポリスだ。ひとりはクラフトじいさんと言って、もとはデンマーク守備隊の巡査部長だった男だ。クラフトはアフリカ人の血をわずかにひくとはいえ、ほぼ完全なコーカサス人種だったから、迷信と名のつくものはどんなものでも認めなかった。かれは威嚇をこめて警棒をふるい、粗い、吼えるような罵詈《ばり》を浴びせて、集会を解散するよう命令した。黒人グループがサンデーマーケットのある方向に、少しずつ戻りはじめた。クラフト巡査部長についた黒褐色の膚の巡査にともなわれて。

こうしてクラフトじいさんと、さっきまで泣いていた女だけが、街路の下でお互いにみつめあいながらその場に残った。老人の顔が、職業的で人を威圧するような険しい渋面から、はっきり人情味を漂わせた表情に変わるのを、わたしは見た。かれは低い声で女に話しかける。女は、気がすすまぬわけではなさそうだったが、他人に聞かれないように注意しいしい、ささやき声で返事した。

わたしはバルコニーから声をかけた。

「どうしたんだね、クラフトじいさん？　わたしに手伝えることでも？」

クラフトじいさんは目をあげ、わたしを見つけると、帽子に手をやった。

「ばかなことでさ！」と、クラフトじいさんは弁解がましく怒鳴ってきた。「あの女が、じつは――」クラフトじいさんはひと息おいて、突然、固く仰々しい身振りを示してから、何か言いたそうにこちらを見つめた。かれの目は、「洗いざらい話すことはできるのだが、今すぐ打ち明けることではない」という意味のことをほのめかしていた。

「ここに、その不運な女性を休ませてやれる椅子があるよ」わたしはかれにうなずきかけながら、そう指示をとばした。

「来な！」かれは女にそう言った。女は柔順にかれのあとに従って、外にあるバルコニーへ通じる階段をのぼった。わたしのほうもバルコニーを歩いてよこぎり、端にあった扉の錠をはずした。

今はすっかり正気を失い、片手で頭を押えたままの女を、わたしは自宅の椅子に運んだ。彼女はそこで、ぶつぶつとひとりごとをつぶやきながら、ゆっくりと前後に揺れた。それからわたしはクラフトを誘って家のなかにはいり、ダイニング・ルームに案内した。

そこのサイドボードで、クリスチャンステッド警察のわが友クラフト巡査部長に酒を一杯ふるまった。「半時間前に、あの女の悲鳴で起こされてね」巡査部長がすっかりくつろぎ、デンマーク式にわたしの目をじっとみつめて最後の〝スコール〟を叫んだところで、わたしは誘いかけるようにして話の口火を切った。

「うん、うん」クラフトは年輪を重ねた賢い頭をうなずかせて、そう応えた。「こんどはオビの呪術師《まじないし》（西インド諸島に流布する魔法宗教の術師）に目をつけられた、とあの女が言ってましてね！」

何やら面白そうな話になってきた。わたしは話のつづきに耳をそばだてた。

「だがね、いったい何のことやらわしにはわかりません」クラフトはふいに、巡査部長として当然心得ていなければならない職務上の守秘義務を思いだしたように、言葉をつづけた。

「よかったら――もういっぱい、紳士《ヘル》クラフト?」と、わたしが助け舟を出した。

巡査部長はそれに従い、もう一度〝スコール〟の儀式で締めくくった。思ったとおり、この一杯の見返りは満足すべきものだった。手っとりばやく話すために、クラフトの口調を省略してしまおう。かれが話してくれたことは、クリスチャンステッドから数マイル外れた中央工場《セントラル・ファクトリ》にほど近い管理村に小屋を持って暮らしている問題の女、エリザベス・アーガードに、コーネリス・マクビーンという一人息子があるという事実だった。その若者は土地の人びとに〝縛首台野郎《ギャロウズ・バード》〟と呼ばれていたが、要するに盗人で賭博好きで、手に負えない不良だった。この若者は、もう何度も罰を受けて留置場にぶちこまれたことがあり、クリスチャンズフォートの刑務所にはいったのも一、二度ではなかった。

ただ、クラフトの言葉を借りれば、かれが「今日のような苦境に立たされたのは、盗みのせいなんかじゃねえんで」ということだった。

驚いたことに！　若いコーネリス・マクビーンが自分の身分もわきまえずに、クリスチャンステッドの小路のひとつに店を構える裕福な黒人商人の娘エストレラ・コリンズを好きになったのが、原因なのだ。コリンズ老人は娘の結婚に頭から反対したが、その頑固な恋人であるマクビーンに何を言ってもいっこうに効きめないとわかって、マクビーンと別れさせるために結局パパロワの力を借りることにした、というわけだ。

「しかしね」と、わたしは反駁《はんばく》した。「コリンズ老人なら知っているし、やつみたいな若い無法者に娘を取られてたまるかと野蛮な手を打ちかねない人物であることも、まあわからないではないが――それにしても、あの老人みたいな比較的裕福な店の主人が、パパロワに声をかけたというのは――どうもね――」

「やつも黒人《ブラック》でさ！」クラフト巡査部長は、なにもかもはっきりしていると言わんばかりの、大げさではないけれど意味深長な身振りを示して、そう答えた。

「いったい何を」しばらく考えをめぐらしてから、わたしは言った。「いったいどんな特別な呪《オウ》物《アンガ》を、コリンズはやつに〝負わせた〟のかね？」

年老いた巡査部長は、その言葉を耳にしてわたしにすばやい視線を投げた。それは意味ぶかい言葉だった。ハイチ島では、ごく日常、口に出てくる言葉だ。オウアンガというのは護符と呪物の両方を意味する。つまり、それを持つ者を護ったり、魅きつけたり、排斥したりする物品のことなのだ。しかしここはサンタ・クルス島であって、この島の黒人が使う魔法は（想像するほど）際《きわ》だってはいないし、オウゴウン・バダガリスやダムバラや、遠い恐るべきギニアの蛇を祀《まつ》るヴードゥーの祭壇が何千も丘を埋めつくしたハイチ島でパパロワやホウガンが用いる魔法ほど、恐ろしくもなかった。しかし呪物《オウアンガ》の造りかたについてくどくどと説明するのは、やめておいたほうがよさそうだ。だいいち、説明などできる代物《しろもの》ではない。詳細は――

「たぶん〝汗の呪物《オウアンガ》〟でがしょう」クラフトじいさんはそうつぶやいて、もう地色になってしまった日焼けした象牙色の膚よりも明るい日陰に、体を移した。「あの女は言ってます」と、かれはつづけた。「息子は今日の午後に病気になり、死んじまうだろう、と。それで今朝こんなに早くから、町に降りてきてるんです。どうしようもないわけですな。彼女はああやって泣きわめきたいんでさ。混乱が彼女の頭にとり憑いちまって」

クラフトは、かれがつかんでいる情報を洗いざらい打ち明けてくれた。かれはその〝見返り〟を計算にいれていたのだ。わたしは三度サイドボードに近づいた。

「巡査部長、これで勘弁してくれよ。わたしには、少しばかり朝が早すぎる。まだまだ、『片足では歩けない』ってやつだからね！」

最後の目覚まし酒は何杯めでも正当化されてしまうことを皮肉ったこのサンタ・クルス島のことわざに、にやりと笑った巡査部長はこう返事した。

「その代わり、三本足なら――よく歩けますぜ！」早朝の気つけの数を当てこすったこの言葉のあとで、かれは最後の杯を受けとり、〝スコール〟を叫んで、もう一度巡査部長らしい態度に戻った。

「女を一緒に連れていきましょうかね、だんな？」エリザベス・アーガードがあいかわらず揺り椅子のなかで揺れて、うめき声をたて、憑かれたようにひとりごとをつぶやいているバルコニーまで来たとき、かれは訊《き》いた。

「いいからそっとしておきたまえ」と、わたしは答えた。「エスメレルダにそう言って、彼女になにか食べものでも持ってこさせるから」巡査部長は挨拶して出て行った。

「さよならね、だんな」不幸な女はそうつぶやいた。わたしは彼女をそこに置いて台所へ行き、年老いたコックの同情ぶかい耳もとに、ひとことふたことささやいた。それから、時間遅れのシャワーを浴びた。もうすぐ七時だった。

朝食が終わってから、エリザベス・アーガードのようすを尋ねた。彼女は食事をとり、最後にはエスメレルダやそのほかの召使いに悲しみのほどを話しだすほど打ちとけたようだ。エスメレルダの説明を聞いて、若いマクビーンが原始的な蛮族に知られている手段のうちで最も古く最も恐ろしい方法によって命を狙われていることが、はっきりした。そのことを知っているコーカサス人に訊けば誰でも言うことだが、これは恐怖の心理効果を唯一の武器にする方法だ。ジャングルと一族の聖なる者たちと、さらにヴードゥーの呪術師の支配とに反抗した数知れぬ世代を通して、かれらアフリカの精神を打ち砕いてきたのは、この魔術への恐怖だった。

アフリカ〝魔術〟を研究する者にはよく知られているとおり、人間の肉体の一部——たとえば髪の毛とか切った爪とか、あるいは長く膚につけていた衣服でもいい——は、その体自体とふかい関係を結んでおり、相応の影響をそれに与えるものだ。体にじかに着《つ》けられ、本人の汗をたくさん吸ったシャツの一部は、その人に害を与えようとする人間に対抗する護符やお守り（もちろん逆の目的にもなる）をつくるのに用いる、絶好の材料と考えられている。そのほかに血液なども、この不気味な護符の範囲に加えられている。

若いコーネリス・マクビーンの場合も、ちょうどこの手段が利用されたのだ。パパロワはコーネリスのシャツを一枚手に入れるのに成功した。かれはこれを、最近埋葬された年寄りの黒人に着せた。黒人はほんの数日前に老衰で死んだのだ。昼夜まるまる三日間棺のなかに置かれたあと、この衣服はたくみに掘り起こされ、コーネリスがそれを見つけてもう一度着るように細工されるはずだった。が、おそらく置きちがえられたとみえて、若いマクビーンはそれを母親の小屋で見つけ、そうとは知らずにまた身に着けていたというわけなのだ。

そしてこの方法は、もともと、自分が呪われたことを知ったとたんに恐ろしさのあまり死んでしまうほど効果のある方法だったが、効果をあげそこなった。しかし問題は、コーネリスの爪や、ひげ剃りあとの棄てられた石鹼泡から集めた一週間分のひげや、そのほかかれの体の外部から得た種々の材料からつくりあげた小さなオウアンガが、クリスチャンステッドのパパロワの手で〝固め〟られ、〝かれの代わりに埋葬され〟た事実を、葡萄蔓ルートと呼ばれる奇妙なアフリカ的伝達手段を通じて、母と息子の耳にはいってきた点だった。

これは、問題のオウアンガを見つけて掘りおこし、燃やしてしまわなければ、かれが今日の午後には死んでしまうことを意味した。ところが〝オウアンガの埋葬〟を知ったのが前日の夕方であり、しかもサンタ・クルス島は八十平方マイルの領域を誇っているのだから、かれが呪物を見つけてそれを掘りおこし、燃やして呪いを解いてしまえる確率なぞ、百兆分の一もなかった。かれの先祖たちが果てしない世代間にわたって、心理応用のこうした殺人法を頭から完全に信じこんできたことを勘定にいれると、黒い島の〝縛首台野郎〟と呼ばれ、アフリカの色濃い西インド諸島の身分制度にしたがうかれの階級をいささか跳びこえてひとりの若い黒人娘に熱烈に恋をした不良青年、コーネリス・マクビーンは、その日十二時の時報とともに生命を失うことになる運命を避けようもなかった。

これが、ほかにあれこれ細かい経緯《いきさつ》があるにもせよ、エリザベス・アーガードの物語の要点だった。

わたしはすわって、明けがた見せていたような泣きわめきの狂乱ぶりも今は忘れて、静かに、小心翼々としている彼女をみつめた。そうやって不幸な女をみつめ、石炭みたいに黒い顔に流れ落ちてゆく涙をぬぐおうともせず、おぼろなその眼に心配をかかえて声も出ない母親の悲しみを、目の前にしているうちに、わたしは彼女を救ってやりたい気持になった。これはとんでもない出来ごとだった。一般の人びとがおかすごくあたりまえな罪をはるかに超える邪悪さに翳《かげ》っていた。こうしてすわっていて、見たこともないマクビーンが金で雇われた良からぬパパロワの一存で殺されるのを見過ごしにするわけにはいかなかった。それもうわべだけは慇懃《いんぎん》なコリンズ老人が——おそらく十五ドル程度のはした金で魔法医師を抱きこみ——かれをこの世から抹殺する方法、つまり体から出た屑を集めてサンタ・クルスのどこかに埋葬することを決めこんだ、というだけの理由で。

わたしには、若い黒人が名状しがたい恐怖に血の気を失っているようすが、手にとるようにわかった。古い、伝統的な、不合理な恐怖の餌食《えじき》となり、港のそばの古い塔にあるクリスチャンズフォートの時計から十二時が打ちだされる三時間先に待っている運命に、その小暗い魂の底まで震えあがり、怯《おび》え、心を痛めているのが。たまたま褐色のエストレラ・コリンズと恋に落ちたために招いた恐るべき運命が近づくまで、かれは心のうちで絶望に苦悶するだろう。そして彼女の父は、褐色の膚をした口先のうまい父親は、毎日曜に礼拝所へ出かけては献金皿をもって通路を往き来しているのだ！

こうしてマクビーンをみつめながらすわっていると、どうもこの一件にはすべてがばかばかしく見えてくる要素があった。彼女は、もう今はすっかり希望を失い、ひとり息子の運命に従うようすを見せている。「かれも黒人でさ！」クラフトじいさんはそう説明していた。

コリンズ老人のずんぐりした、いかにも商店主らしい手に握られた献金皿のイメージが、ふとわたしにあることを思いつかせた。

「あんたの教会はどこだね、エリザベス？」わたしは唐突に質問を発した。

「イギリス国教会だがね、だんな――息子もおなじじゃ。あいつは大きな罪をおかしてるだ、賭博もやって、盗みもやったかもしれん。じゃが、あいつも昔は聖餐を受けたことがあるよ、だんな」

そのとき、わたしの頭にひとつのインスピレーションが湧いた。イギリス国教会の牧師仲間から、手を貸してくれそうな人物をひとり見つけられそうだった。事情がぎりぎりの状態にまで行き着くと、これはもう信仰の問題といえた。同じオウアンガを、わたしを〝呪うために〟埋めたとしても、わたしには何の害も加えられないだろう。そういう人殺しのやりかたはわたしにとって、ふくべの水に顔を映させたあとでそれを揺すって映像を壊すことによって人を殺そうという、あのポリネシア人の呪術殺人と同様、まったく愚かしさの極みでしかないからだ！　おそらく、もしエリザベスとその息子がわたしの話に乗ってきてくれれば……わたしはエリザベスに向かって、長ながと、しかも熱心に話をした。

アフリカの呪物のうちどんな強力なものも――あの恐るべき蛇さえも、神の優越した力には勝てないことを強調する話を終えたとき、エリザベスは、思ったとおり多少希望を取りもどし、重い腰をあげて小屋へ帰っていった。わたしは車に跳び乗るとイギリス国教会の牧師館がある丘へ直行した。

西インド諸島の生まれで説教師をしているリチャードスン神父が、ちょうど在宅していた。わたしはかれに出来ごとの一部始終を語った。その話が終わったところで――

「ケインヴィンさん、感謝いたしますよ」と神父は言った。「かれらがとにかく目を覚ましてくれたらと思います――つまり――あなたがその女性に言ったことに、という意味ですがね。実際、神のお力がかれらの信仰よりも強力なのだということさえわかってくれれば、と思います！　すぐにお伴しましょう。おそらく、これはほんとうの魂の救済になるかもしれません。そうすればかれらは、ココナツを一、二個盗まれた程度の事件も、われら牧師たちに持ちこんでくるようになります！」

リチャードスン神父はわたしをその場に残し、二分後に黒いカバンを持って戻ってきた。そうしてわたしたちは、輝きを放つ静かな青いカリブ海沿いの美しい海岸道を走って、エリザベス・

アーガードの小屋に向かった。

着いてみると、黒人の管理村は驚くほど静かだった。牧師がエリザベスの小屋に降りたつと、わたしは車を運転して道をはずれ、よく茂ったギニア草のなかに車を乗りいれた。長い黒色の法衣もおごそかに、威圧するような痩身長軀の影を見せるリチャードスン神父が、大股で小屋の扉へ近づくのが見えた。わたしもその後を追って、なんとかなかにもぐりこみ、奇怪な行動を目撃するのに間に合った。土気色をし恐怖にひどく打ちひしがれた黒人の若者は、小さな鉄製の寝台にいて、うすい毛布を頭からかぶって縮まっていた。牧師はかれの上に屈みこんで、そのまま身を寄せると、小さな鋭いナイフで若者の首から何かを切り取り、それをいかにも汚《けが》らわしそうに小屋の固い土間へ放りだした。そこまでが、ちょうどわたしがはいりこんだとき目撃した出来ごとだった。切り取られたものがわたしの足もとに落ちたので、好奇心に駆られるままにそれをみつめてみた。それは一種の木綿でできた小さな黒い袋で、なかには、輝かしい赤の紐で先端を何重にも結《ゆ》わえた黒い鶏の羽根が一束、はいっていた。全体が卵ぐらいの大きさだった。それを見て、わたしはすぐに護身用の呪物と判断した。

かれの歯がカチカチ鳴っていた。死の冷たい恐怖がかれにとり憑き、黒人の若者は聞き苦しいクレオール語でわめき散らした。牧師は重おもしく、それに答える。

「コーネリス、なま半かな方法なぞはないのだ。人間が神の力にすがる場合、かれはほかのすべてを棄てねばならん」同意のつぶやきが女の口から洩れた。彼女は小屋の片隅で、小テーブルにロウソクを立てる準備にかかっていた。

リチャードスン神父は黒いカバンから、上部にきり吹き装置のついた小さな瓶を取り出して、そこから何滴かの液体を、床に落ちたオウアンガの呪物にふりかけた。そのあとかれは、この聖なる水を小屋全体にまき散らした。あとでエリザベスとわたしが浄められ、最後にベッドにいる若者に水がかけられた。水が顔にかかると、若者は目に見えて身をひるませ、わなわなと震えた。そして突然わたしの心は、奇妙な雰囲気がここにあることを感じとった。おそらく、例の信仰の問題だったかもしれない。牧師がかれの首から取って汚らわしそうに投げすてた呪物に頼る「信仰としての護身」から一変して、キリスト教の処方箋に従うことは、どのみち漠とした心のありように照らして、この若者には目をみはるような経験だったにちがいない。

瓶がカバンに戻されると、次にリチャードスン神父が寝台のうえの若者に話しかけた。「神がきみのために力をふるってくださっている、そして——神の力は何よりも強い、見えるものも見えざるものも含めて、何よりもな。神はその聖なる御手にすべてを摑んでおられる。いま、神はきみの恐怖を追いはらってくださるだろう。きみの魂からかかる重荷を取り去り、きみが生きられるようにしてくださる。きみが神のお力によって強く生きたいと思うのなら、定められた役目を果たさなければならないよ。きみの魂を、ひたすら強化することだ。まず懺悔《ざんげ》をしなさい。それから——」

ようやく平静をとりもどしかけた若者は、首をうなずかせた。牧師がわたしに、そして母親にも、身振りで外に出るよう命じた。わたしは小屋の扉をあけて、エリザベス・アーガードにぴったり寄りつかれながら、外へ出た。小屋から二十歩はなれたところに、手を擦《す》りあわせ唇で祈りの言葉をつぶやく彼女を置いて、いっぽうわたしは車のそばへ行き、そこにすわりこんだ。

十分後、小屋の扉があいて、牧師がわたしたちを内部に招きいれた。若者はすでにぐっすりと眠っている。リチャードスン神父は黒いカバンに道具をしまいだしていた。かれはわたしを振りかえった。

「失礼しますよ、それから——あなたには感謝しています。ここへ連れてきていただいて申しわけありませんでした」

「でも——わたしと一緒に帰らないおつもりですか、神父さまは？」

「はい」——このひとことは考え深げだった。

「はい——この若者をずっと見てやらねばなりませんからな」かれは腕時計に目をやった。「もう十一時十五分です。あなたが言ってらした正午だ——」

「では、わたしもご一緒にここに残るとしましょう」わたしは言った。そして、小さな小屋の遠い隅にあった椅子にすわった。

牧師は寝台のそばに立って、黒人の若者を見おろしていた。かれもまたわたしをみつめ返した。あの女はおそらくはるか離れた別の隅で必死に祈りをあげているのだろう。牧師は腰をかがめて、その大きくて固い白い手で痩せおとった患者の手と手首を握り、腕時計をみつめながら脈搏を読んだ。それからかれはこちらへ来て、わたしのそばにすわった。

「三十分の辛抱です！」と、かれがささやいた。

黒人女エリザベスは、固い土間のすみに石のようにすわりこみ、黙って祈りをあげた。わたしたちは、ひとことも言わずに長い三十分をすわって過ごした。そのあいだ、小屋にみなぎった緊張が、わたしには刻一刻高まっていくようにみえた。

突然、若者の口がひらいた。牧師はかれに跳びかかって、鈍く黒光りする手を摑み、それをこすって暖めた。若者の頭が枕のうえで向きを変え、ふたたび口を閉じて、眼蓋《まぶた》をぴくぴく動かした。そのあとかすかな痙攣《けいれん》が全身を駆けぬけるのが、うすい掛けぶとんを通して見えた。それから深い吐息を二度三度ついて、かれは昏睡に似た眠りから目を覚ました。牧師はすでにかれのそばにいた。わたしは正午までに残された時間を測った。九――八――七――正午まで、すくなくとも三分ある。そう考えたとき、低い響きで読経をはじめる牧師の、深い、単調な声が聞こえた。それを聞きながら、かれがささやく言葉を切れぎれに理解した。その言葉が低く、そして印象的に流れでているあいだ、牧師は若者の手をしっかりと握りつづけた。

「……汝《な》が敵の繰りだす……汝が霊力に向けてのあらゆる攻撃に抗《あらが》い、それをば克服せんがために……しかして敵は、汝を押え世にあだなすこと能《あた》わず」

そして驚いたことに、かれはやがて口調を急に落としだし、いかにもイギリス国教会派にふさわしい牧師の声で、古い礼拝式の言葉をつぶやきはじめた。

「……そしてすべての空想と役に立たざるものとは逃げ去り……あるいは悪魔の策略がすべての汚れたる魂をだましとると汝ら誓う……」

牧師の熱意が高まるにつれて、いま言葉は、その音量を増しながら次つぎに転がりでる。もうまもなく正午がやってくることを知って、わたしは視線を腕時計から寝台へ引きもどし、寝台のうえの瘦せた体が何度も痙攣《けいれん》に揺すぶられるさまを見た。やがて、どこから吹きだしたのか一陣の突風が小屋そのものを揺らしはじめた。外では乾いた椰子《やし》の葉が前後に鞭《むち》のように揺れ、ヒューという風音が、建てつけのわるい扉の下を抜けていった。小さな窓についたモスリンのカーテンを、不意に帆のように膨らませた。と、だしぬけに若い黒人の耳ざわりな声が響いた。

「ダムバーラ!」はっきりと、唸りに近い声で、それは言った。

ダムバーラとはヴードゥー崇拝に語られる高等秘儀のひとつだ。わたしは思わず知らず悪寒に襲われた。

しかし今度は、さらに高くさらに威圧的なリチャードスン神父の声が響いた。積極的に、神の力を讃美する偉大な詠歌を唱えながら——弱よわしい黒人の若者と、かれを運命へ追い落とそうとする邪悪な力とのあいだに、今かれがそうしているのと同じように、割ってはいる経文を。牧師は、身をもだえ苦悶する体のうえに神秘な防護の外套をひろげているようだった。

母親は、いま、汚れた土間につっぷし、両腕を十字架みたいにひろげていた——人間が肉体的に表現し得る、最後の、そしてもっともみじめな嘆願の姿《ジェスチュア》だった。その彼女に視線を向けたとき、小さな部屋のいちばん遠い隅に、棄てられた衣服の山から突きでた奇妙なかたちのものをみとめた。

ちょうど正午だった。注意ぶかく腕時計をのぞきこんでいると、セント・ジョン教会の重おもしい鐘から打ちだされるアンジェラス(朝、正午、日没に鳴る鐘)の遠い時報が、朗々と響きでた。リチャードスン神父は詠唱をやめ、若者の手を掛けぶとんの上に降ろすと、アンジェラスの祈り（キリスト受胎を祝う祈り）を開始した。わたしはこの場に立って、かれの祈りが終わると、すぐに牧師の袖をひっぱった。奇妙なことに、風がすっかりやんだ。正午の太陽だけが、粗末な小屋の鉄板屋根に、むし暑く熱射をふりそそいでいた。リチャードスン神父は怪訝《けげん》そうにわたしを見た。わたしは、向こうの隅にある衣服の山に埋ずまっているものへ、指を向けた。かれは隅へ歩いていって、そこで身をかがめ、蛇のかたちをした粗けずりな木彫をつまみ出した。かれは、ふたたび腹這《ば》いになったエリザベスに、きつい視線を注いだ。

「それを持っていけ、エリザベス」リチャードスン神父が命令した。「二つに割って、戸口から外へ放り投げてしまいなさい」

女は隅のほうへ這っていき、それを持ちあげて二つに割り、そろそろと起きあがると、顔を恐怖に青ざめさせながら小屋の戸をひらき、破片を投げだした。わたしは寝台ぎわに戻った。寝ている若者もいまは静かに息づいている。牧師がかれを揺り動かすと、まるで酔っぱらいのようにもうろうとした眼を開いた。かれはぽかんとしてわたしたちを見た。

「きみは生きているよ——神のお恵みによってね」牧師はおごそかに言った。「さあ、起きなさい！　もう正午をだいぶまわったよ。ほら！　ケインヴィンさんが時計を見せてくれる。きみは死んではいない。これをきみの教訓にすることだ、神々がきみの知識から取りのぞいてくださったものを、もう思いださないためのね」若者はまだぼんやりとしながら、うすい毛布を掻《か》いこんで、寝台のふちにすわった。

「さあ、わたしたちも車で帰ったほうがよさそうだ」リチャードスン神父は事務的な身ぶりで黒いかばんをつまみあげると、そう言った。

わたしは管理村のすぐ外で車を右折させながら、村の方向を振り返った。エリザベス・アーガードの小屋にたくさんの黒人が集まっていた。そばでリチャードスン神父のやや単調な声が聞こえた。ひとりごとを言っているようだった。おそらく、声に出しながら考えごとをしているのだろう。

「見えるものも見えざるものも――万物《すべて》の――創造主」と。

町の境界と牧師館のあいだにたむろしているあひるやがちょうや小豚や、黒人の子どもたちやろばが引く荷車を避けて、わたしはゆっくりと車をすすめた。

「たいへんな経験でした」別れしなにかれの手を握って、わたしは言った。「その、何と言えばよいのか――」

「ええ――何と言えばいいでしょうな！　いや、いや、まったく！　わたし、心配ごとがありましてね――お許しください、ケインヴィンさん――この午後に、行ってやらねばならぬ病人がいるのです。副牧師がまだこのあいだのデング熱から回復しきっておりませんので、午後は仕事ずくめです。ですがいつでも結構、夕方の五時ごろお出かけくださいませんか、お茶でもご一緒に飲みたいものです」

わたしはゆっくりと家まで車を運転していった。西インド諸島の牧師！　あの一陣の風――小さな木彫りの蛇――黒人の若者の眼にあったみじめな恐怖の表情！　こうしたこともすべて、リチャードスン神父にとっては、やや不器用な大きくてごつい手で処理すべき――毎朝神の奇跡を運ぶあの手で処理すべき、一日の仕事のひとつに過ぎないのだ。ときどき、わたしは早起きして、平日の朝に教会へ出かけてみる。夜明け前のうす明かりのなかを泥道をたどって、やわらかい足音をたてる素足の黒人たち数十人と並んで。こんなに朝早くからかれらは教会へ歩いていく、この地に展開する神と悪魔――蛇――との永遠にわたる死闘をたたかう力と、強さとを得るために。あのハムが父のノアを笑いものにしたがため、父祖以来末裔に至るまですべての子孫が脅かされることになったこの原初の呪いに端を発する消え得ぬ恐怖に、ハムの子孫たちを震えさせつづけている、この土地で。

（荒俣宏＝訳）

寝室の怪

メアリ・W・フリーマン

フリーマン Freeman, Mary Eleanor Wilkins 1852-1930

マサチューセッツ州ランドルフに生まれた女流小説家。同郷のホーソーンと同じく植民地時代以来の古い地方アメリカの市民生活をテーマにした小説を数多く残した。また場所柄、ホーソーンと同じように多くの怪異談にも親しみ、みずからも伝統的な重厚さをもつ幽霊物語をつづった。その代表作品集に『薔薇の原をわたる風』(一九〇三)がある。

しかしフリーマンの嗜好は、宗教的苦悩の生んだ悪夢というに近いホーソーンとは違い、あきらかにポオ、ラヴクラフトに通じる心霊や超自然的恐怖へと向けられていた。本書収録の一編は、彼女の気質をもっとも明確に伝える傑作である。当時のアメリカには各地にこのような「怪異のおこる宿屋」が多かったのであろう。心霊術のメッカとなった十九世紀アメリカ東海岸の古都を彷彿させる作品である。

私の名はエリザベス・ヘニングス夫人。私は人から敬われる立場にいる。上流婦人と言えばよいだろうか、若い頃は大いに優越感を感じたものだ。育ちもよく、私立の女子校を卒業した。結婚相手にも恵まれた。夫は商人の中でも最も上品な類の、薬屋で、店はロックトンの目抜き通りの一角にあった。ロックトンは私の生まれた町であり、夫の死までそこに住んでいた。両親は、私の結婚後まもなく亡くなっていたので、私はこの世に一人残された形になった。だが、薬屋を継ぐ気にはならなかった。薬の知識はまったくなかったし、薬の代わりに毒を渡してしまうのではないかという恐怖心があったからだ。それで結局、店を安く手放すことにした。その代金、およそ五千ドルが私の全財産だった。多少なりとも快適な生活を送るには少なすぎる額だ。私は金を稼ぐ方法を考えた。まずは教壇に立つことを思いたったが、だいぶ年を取っていたし、私の学生時代とは教育方法も変わっていた。私が教えられることなどもう何もないだろう。ほかに思いつくことは一つだけ、下宿人をとることだった。だが、ロックトンでは、その商売も教職と同様、支障があった。下宿しようと思うものなどいなかったのだ。寝室のかなりある家を夫が借りていたので、私は下宿人募集の広告を出したのだが、誰も応募してこなかった。現金もついに底をつき、私は絶望的になった。それで、家具を荷作りし、この町に大きな家を借り、越してきたのだ。それは多くのリスクを負った冒険だった。まず第一に家賃が法外だったことがある。次にこの町では、私はまったく無名だった。だが、私は独創性と発明の才に恵まれ、時と場合によっては冒険心も備えていた。私は独自なやり方で宣伝をした。もっともそれで懐はすっからかんになってしまった。手持ちの現金がなくなったので、当初必要なものを買うためには元金を引き出さざるをえなかった。こんなことは初めてだった。だが、大きなリスクにはそれなりの結果も出た。新聞に広告が出た二日後に数人の希望者があり、二週間足らずで下宿は形が整い、成功を収めることになった。そして、これからお話しする奇妙な出来事がなければ、そのままうまくいっていただろう。私は今この家を出て、他を借りることを余儀なくされている。最初からの下宿人のうち何人かは私についてくるが、中にはひどく神経過敏になって、これからお話しする恐ろしい出来事とどんな形であれ関わりたくないという者もいた。この家での私の不幸が次の家までついてくるのか、ホール・ベッドルーム（廊下の突き当たりの寝部屋で、アパートのなかでもいちばん低ランクの部屋）で起きた怪事件によって私の幸福にはこれから一生暗い影がさすようになってしまうのか、それはこの先の行く末を待たないとわからない。この不思議な物語を私自身の言葉で語る代わりに、ここにジョージ・H・ウィートクロフト氏の日記を披露することにする。今年の一月十八日、彼がうちに下宿した日からの部分をお見せしよう。

一八八三年一月一八日　新しい下宿に落ち着いた。乏しい懐具合にふさわしく、私は三階の廊下の突き当たりの寝室を借りた。これまでホール・ベッドルームについてはいろいろ耳にしてきたし、この目で実際に見、中に入ったこともある。だが、実際に住むようになるまでは、ホール・

ベッドルームが恥ずべきものだとは理解していなかった。この部屋はそこに住む人間の不名誉を示していた。三十六にもなって（私の年齢）、ホール・ベッドルームに住もうなどという人間は、恥ずべき人間に違いなかった。これによって、私がレースからはるかに遅れたことはまちがいなかった。残りの人生をこのホール・ベッドルームで暮らしてはならない理由も見つからない。大家にきちんと家賃が払えればの話だが、それもできない相談ではなさそうだった。というのも、わずかばかりの資金を安全な投資にまわして、押えだけは打ってあったからだ。だが、すべてはあとの祭りだった。敗北や不運しか経験しない冒険心に富んだ人間を、遅かれ早かれ襲う急変を私は経験している。私は極端に走った。そして、すべてを失った。恋に破れ、金をなくし、昇進競争《レース》に敗れ、健康も体力も失った。私は今、わずかな収入でも暮らせるホール・ベッドルームに落ち着いた。できるならこの地のミネラル・ウォーターを飲んで健康を取り戻したい。でなければ、健康を害したままここに住み――というのも私の病いは必ずしも致命的なものではない――神がホール・ベッドルームから連れ出してくれるのを待つことにしよう。私にはどこに住みたいという希望もなかった。ミネラル・ウォーターがたとえ効かなくても、私がここから出ていくに充分な動機はない。だから、私はこのホール・ベッドルームにとどまるのだ。下宿の女主人は礼儀正しいし、必死に儲けようとする女性としては親切なほうだった。金の苦労は常に女性のよき性質をそこなう。彼女はそういうことをするにはデリケートすぎた。彼女はもとより金の発掘人ではなく、それゆえ金の苦労は彼女に苦痛を与えた。彼女は高い所から降りて、金をかき集めたり、掘り起こしたりした。だが、それも仕方ないことで、こうして性格が悪くなるのは大目に見るしかないのだ。不利な状況からくる苦労を考えると、彼女にできることといえば下宿屋の女主人がせいぜいだった。それにしても食事は良心的なほどよい。私の見るところ、利益を出さなければいけないのに、彼女は無理をして、下宿人に家賃にふさわしい食事を出しているようだ。しかし、それは私にとってたいして重要ではなかった。私の食事は制限されていたからだ。

私のように美食の喜びに関心のない人間でも、食事が制限されると腹立つとは奇妙だ。きょうのディナーにプディングが出た。食べたら罰金ものなのに、欲しくてたまらなかった。理由はただ一つ、これまで見たことのないようなプディングだったからで、私はそこに精神的な重要性を見た。奇妙に思われるかもしれないが、それを味わうことが何か新しい感覚を与えてくれ、その結果新しい見方を与えてくれるような気がしたのだ。ほんのささいなことが大きな結果をもたらすこともある。プディングによって新しい見方を得るのがいけないものか。目前に広がる人生は単調で、それを解消するものなら何にでもすがりたい。もっとも、文句も言わずに今の部屋に落ち着いたのだから、皮肉なものだ。それでも、人は生来の性質を克服したり、過激に変えることはできない。今、私は自らを冷静な目で見て、その性格と行動の基調を模索している。私はこれまで、何か新しい、未経験のもの、遠い地平線の広さ、海の向こうの海、思考の向こうの思考への過度の欲求を意識してきた。この性格が、私のすべての不幸の第一原因だった。私は探検家の魂を持っているが、これは九割がた破滅を招くものだ。資金と充分な支援があれば、私は北極を目ざす探検家の一人となっていただろう。私はまた、天文学を熱心に学んでいた。植物学もむさぼるように勉強し、世界中の未開の地にある新種の花を夢見た。動物学でも地質学でも同様だった。私は金持ちの権力と所有意識を知るために、富みにあこがれた。私は感情の可能性を発見するために、恋にあこがれた。私は人間が人間に対して抱く理想にあこがれていた。単に利己的な目的のためではなく、世の中の趨勢に対する飽くなき知識欲のせいだった。

だが、私には限界があった。私はその本質をあまり理解していなかった——自らの限界をよく理解している人などいるのだろうか。人間の知識こそがそれらの存在を妨げるのだから——が、その限界がある意味で私の進歩の障害となってきた。そして、ホール・ベッドルームに落ち着いた私は、運命のみぞに深く身をしずめすぎたため、ついに自分の限界さえ見失ってしまったのだ。今この時、これを書いている私の左側の限界、すなわち物理的限界は、安い壁紙におおわれた壁だ。壁紙は白と金を使ったあいまいな柄だった。自分の写真が数枚かかっていて、ベッドの頭側の広い壁には、女主人の持ち物である大きな油絵がかかっていた。さびた金色の大きな額に入ったその絵はここには似つかわしくないくらい、なかなかの作品だ。画家が誰だかはわからない。五十年ほど前に流行った形にはまった風景画で、着色石版刷りでよく複製画が作られるタイプ——まがりくねった川に、恋人の乗った小さなボート。右岸の木々のあいだにはコテージがあり、背景にはなだらかな丘と教会の尖塔があった——だが、それでもよくできていた。デザインにオリジナリティのかけらもないが、技術に秀れた画家という印象を与える。しかし、ある説明のつかない理由で、その絵は私をいらだたせた。私は自分の意志に反して、その絵を見つめていた。部屋の中にいちずな表情をした人間がいるかのように、その絵は私の注意を引いた。ヘニングス夫人にはずしてくれるように頼もう。そして代わりにトランクに入っている写真をかけることにしよう。

一月二六日　私は毎日きちんと日記をつけたりはしない。これまで一度もなかった。そうすべき理由がなかったのだ。そんなことに義務感を持つ人がいるなど考えられない。記録するに足る興味ある事柄が何もない日もあれば、身体の具合が悪かったり、気分がまったく乗らない日もあるというのに。この四日間というもの、これら三つの理由が合わさって、私は書かなかった。しかし、きょうはその気になったし、実際書くこともある。それに、これまでより気分もずっといい。おそらく、水が効いているのだろう。あるいは転地のせいか。もっと微妙なことかもしれない。私の心が何か新しいものに飛びつき、その発見が私の弱った身体に影響を与え、興奮剤の役目を果たしたのだ。私に分かっているのは、格段に気分がいいこと、そして日記を書くのに大変興味をもっていることで、それは最近の私には奇妙に思えた。私はこれまでどちらかというと無関心だったが、それは私の病いの結果ではなく、むしろ原因ではないだろうかと思うこともあった。私はずっと失望させられ続けたので、一種無気力状態に陥っていた。私は障害物に心地よさそうによりかかっていた。結局のところ、最悪の痛みは常に努力のなかにあるのだ。諦められれば、むしろ楽だ。むだな抵抗をしてばかをみることもない。しかしながら、ある理由で、ここ数日というもの、私は休止状態から目覚めているらしい。それは私にとって将来的なトラブルを意味するのだが、それまでは私は後悔はしない。それはあの絵から始まった——あの大きな油絵だ。きのう私は、ヘニングス夫人に頼みに行ったのだが、驚いたことに——というのもしごく簡単に片づく問題だと思ったからだ——彼女は絵をはずすことに反対した。理由は二つあった。両方とも単純で、もっともな理由であり、私には断固抵抗するつもりもなかったからなおさらだった。あの絵は彼女のものではないらしい。彼女が家を借りた時には、すでにここにかかっていたそうだ。はずしたら、色のはげ落ちた壁紙が露わになるが、彼女には新しく壁紙を張り替えるよう持ち主に要求するつもりはないという。持ち主は老人で、海外を旅していた。それに不動産屋はそっ気なく、彼女がこの家を借りてからまだわずかしかたっていなかった。彼女はまた家の中には絵をしまう場所がなく、ほかの部屋にはあれほど大きい絵を飾れるスペースはないとも言った。それで、私は絵を部屋に残すことにした。その結果、私の部屋には激しい変化が起こり、私は心を乱されることになった。考えてみればあれは結局、取るに足らないことだった。だが、私はトランクから私の写真を取りだし、大きな絵のまわりにかけておいた。壁は大部分が写真でおおわれている。きのうの午後、私は写真をかけ、昨晩もまた私はここに来て以来の奇妙な経験をした。それが経験と呼べる類のものなのか確信はもてないし、また白昼夢といった類のものでもなかった。だが、昨晩もそれが現われ、今や私にもわかっている。この部屋にはどこか不思議なところがあるのだ。私は大いに興味をそそられている。将来の参考のために、昨夜の出来事をここに記すことにしよう。この部屋で眠るようになって以来の出来事については、同じような性質のものであったとは言えるが、それらはあくまでも予備段階、昨夜の出来事のプロローグのようであった。

私はこのミネラル・ウォーターを病気の治療薬としては考えていない。症状は時としてかなり辛く、薬を飲まないかぎり始終苦痛に悩ませられる。私の用いている薬は、いわゆるドラッグと呼ばれるものではなく、これから書き記すことがそれに起因することは絶対ありえない。昨夜の、そしてこの部屋で寝るようになって以来の私の心は、まったく正常な状態にあった。ここに来る以前にかかっていた専門医が処方したこの薬を、私は四時間おきに飲んでいた。ぐっすり眠れるたちではなかったので、夜中も日中と同様の間隔で薬を飲むのに何ら不便を感じることはなかった。それで、ガス灯をつけずとも楽に手の届くところに薬瓶とスプーンを置いておくのが習慣になった。この部屋に住むようになって以来、ベッドの反対側の部屋の隅にあるドレッサーの上に薬瓶を置いておいた。手近に置かず、こういう形をとったのは、以前瓶をおしのけて中身の大半をこぼしたことがあったからだ。薬は高価なので、手軽に買い足すわけにもいかない。それで、万が一を考えてドレッサーの上に置くことにした。部屋の狭いこともあって、ドレッサーまではベッドから三、四歩で行ける。昨晩、私はいつものように目覚めた。眠りについたのが十一時だったので、おおよそ二時頃だろうとはわかっていた。時計のような正確さで目覚めるため、私には実際に時計を見る必要はない。

私はいつになくよく眠り、夢も見なかった。そして目覚めはすばやく、めずらしく爽快な気分だった。私はすぐにベッドを出て、薬瓶とスプーンを置いたドレッサーの方向に歩き出した。

ところが驚いたことに、部屋を横切るに充分な歩数を歩いたにもかかわらず、反対側には達しなかった。私はさらに数歩前進したが、伸ばした手に触れるものは何もなかった。私はいったん立ち止まり、再度歩き出した。まっすぐ歩いているのは確かだったし、そうでなくてもこの狭い部屋で、壁や家具にぶつかることなく前進し続けるのは不可能だった。私はためらいがちに歩き続けた。舞台の登場人物のように、一歩進み、それからしばらくためらい、今度はすべるように歩く。手を差し出していたが、何も触れなかった。私は再び立ち止まった。恐怖心も胆をつぶすような思いもまったくなかった。むしろ驚きでボーッとした感じだった。「どうなってるんだ?」という声が私の耳に響いていた。「いったいこれは何なんだ?」

部屋は真っ暗だった。かすかな明りもなかった。いわゆる暗室と呼ばれる部屋にさえある、壁や絵の額、鏡やそのほか白い物体からのおぼろげな明りもなかった。まったくの暗黒だった。この家は町の静かな地域にあった。木々がうっそうとし、街灯は十二時で消されていた。月も出ておらず、空は曇っていた。私には部屋に一つある窓さえ区別できなかった。いくら真っ暗な夜とはいえ、奇妙なことだ。とうとう私は、進む方向を変えることにし、向きをできるだけ正確に右側にとった。これでまもなく、窓の下にある書きもの机に届くはずだ。あるいはまったく反対方向に向かっていっているとしたら、廊下へ通じるドアにぶつかるはずだ。だが、どちらにも到達しなかった。私はありのままの真実を語っている。私は歩数を数えはじめ、歩幅を注意深く計った。それから私は、家具のない空間を少なくとも縦に六メートル、横に九メートル横切った――かなり広いアパートではないか。歩きながら、裸の足がこれまで経験したことのない感覚の何かを踏んでいることに気がついていた。一番近い表現でいえば、水か空気のように何か弾力のあるもの、私の重みでも沈まないものだった。浮力と刺激という奇妙な感覚を与えてくれた。と同時に、この表面は、表面という言葉がふさわしければの話だが、蒸気か液体のような冷たさを感じさせた。とうとう私は立ちつくしてしまった。最初の驚きは、ここにきてついに私を呆然とさせるまでになっていた。「いったいここはどこなんだ」私は考えた。「私はどうなるんだろうか」旅行者がベッドから連れ出され、見知らぬ危険な場所に運ばれたという話は耳にしたことがある。中世の宗教裁判の話が私の脳裏をよぎった。ありふれた小さな町のありふれたホール・ベッドルームで眠りについた男にとって、そういった推測はひどくばかげたものだとはわかっていたが、その現象を人間的に説明しないかぎり、理解するのは非常に難しい。その時も、そして今も、何にしろ超自然に関する説明よりは合理的に思える。ついに私は声をあげた。最初はかなりおとなしめだった。「いったいこれはどういうことなんだ」次に割と大きな声で、「ここはどこなんだ。誰がいるんだ。いったい誰の仕業なんだ。ばかげたことはやめたまえ。誰かいるなら返事をしろ」と叫んでいた。だが、あたりは静まり返っていた。それから突然、部屋の明り取り窓に光りがぱっと差した。誰かが、私の声を聞きつけたらしい――隣りの部屋の男だ。なかなかの好人物で、彼もまた治療でここに来ていた。彼は廊下のガス灯をつけて、私の名を呼んだ。「どうしたんです」興奮して震えぎみの声だった。神経質な男だ。

明り取り窓に光りが差すとすぐに、自分が見慣れたホール・ベッドルームにいるのがわかった。すべてがはっきりと目に入る。私の寝乱れたベッド、私の書きもの机、私のドレッサー、私の椅子、私の小さな洗面台、洋服掛けにぶらさがった私の服、壁の古い絵。明り取り窓からの明りで、絵は奇妙な鮮明さで光っていた。川は実際に流れ、さざ波を立てているようだ。ボートは流れにあわせて揺れていた。私は不安げな声に答えながら、魅せられたようにそれを見つめた。

「何でもありませんよ。どうかしましたか」と私は言った。

たんですよ」

「あなたの声が聞こえたような気がしたもので」と外の男は言った。「気分でも悪いのかと思っ

「私はだいじょうぶです。暗闇で薬を探していたんです。それだけですよ。あなたがガス灯をつけてくれたので、すぐわかりました」

「平気なんですね」

「ええ。起こしてすみませんね。おやすみなさい」

それから一分ほどして、男の部屋のドアが閉まる音が聞こえた。彼はどうにも納得できないようだった。私は薬瓶から一匙のみ、ベッドに入った。彼は廊下のガス灯をつけっ放しにしていた。私はしばらくのあいだ、目を覚ましていた。そして、眠りにつく寸前、誰かが、おそらくヘニングス夫人だろうが、廊下に出てきて、ガス灯を消した。今朝、目覚めると、部屋の中はすべていつも通りだった。今夜もあんな経験をするのだろうか、と私は考えた。

一月二七日　これがある結論を引き出すまでは、毎日日記をつけることにする。昨夜、私の不思議な経験は深刻さをまし、今後もさらにそうなると、何かが私に語っていた。私は早めに床に入った。十時十分頃だった。用心のためにベッドの脇の椅子の上にマッチ箱を置いておいた。昨晩のジレンマに陥らないためだった。私は寝るまえに薬を飲んだ。ということは、二時半には目覚めるはずだ。すぐには眠らなかったが、目覚めた時には夢も見ずにぐっすり三時間というもの眠っていた計算になった。私は数分間横になったまま、マッチをすって、薬瓶の置いてあるドレッ

サーまでの空間を照らすべきかどうか、ためらっていた。マッチをつけ、ドレッサーまで行き、薬を飲んで、静かにベッドに戻るほうが、妄想か現実かわからない見知らぬ場所でもがく危険を冒すよりは、ずっと楽なことに思えた。

しかし、常に私を支配してきた冒険心がここでもついに勝利を得た。私は立ち上がった。手にマッチ箱を持ち、ベッドから一・五メートルほどのドレッサーの方向と思われるほうへ進み出た。以前と同様、いくら歩いても、何にも到達しない。私は手探りで、一歩ずつ注意深く進んだが、足で踏みしめるある名状しがたい表面の床以外、触れるものはなにもなかった。ところが、それから突然、私は何かの存在を意識した。私の五感の一つが、迎え入れられたようだった。それは、奇妙にも臭覚だった。だが、今までとはまったく順序が違い、においはまるで私の心に最初に到達したようだった。通常のプロセスの逆だった。通常はこうだ。においはまず臭覚神経を襲う。それが情報を脳に送る。簡単に言うなら、私の鼻がバラと遭遇すると、次にその感覚に所属する神経が私の脳に、「これがバラだ」と信号を送るわけだ。ところが今回は、私の脳が「これがバラだ」と言い、それから私の臭覚がそれを認識したのだった。バラと言ったが、それはバラではなかった。これまで知っているどんなバラの香りとも違っていた。花の香りにはまちがいなく、バラの香りに一番近いようだった。私の脳がまずそれを、一瞬の狂喜とともに認識した。「この喜びは何なのだろうか」私は自らに尋ねた。それからうっとりするような香りが、私の臭覚を襲った。私はそれを吸い込んだ。すると、ある未知の飢餓感を満足させながら、それが私の思考に送り込まれたようだった。次にもう一歩前進すると、また別の香りが現われた。ユリの香りにたとえられるだろう。次いでスミレ、それからモクエイソウだった。この経験を言葉でうまく表現することなどできないが、まったくの喜び、昇華された歓喜だった。私はさらに手探りで進み、そのたびに香りの新しい波に出くわした。まるで、胸ほどの丈のある天国の花壇を分け進んでいるようだったが、そのあいだも手にはまったく何も触れなかった。ついに、突然のめまいが私を襲った。私はある未知の危険を冒しているのかもしれない。私は疑いようもなく恐れていた。マッチを一本すると、私はホール・ベッドルームのベッドとドレッサーの中間に立っていた。薬を飲み、ベッドに入り、しばらくして眠ってしまうと、朝まで目覚めなかった。

一月二八日　昨夜はいつもの薬を飲まなかった。薬が私の不思議な経験に何か関連あるのではないかと思いついたのだ。

薬は飲まなかったが、いつものようにドレッサーの上に薬瓶を載せた。習慣通りにしておかないと、眠ったままになってしまうのではないかと恐れたのだ。ベッド脇の椅子の上にはマッチ箱を置いた。私は十一時十五分くらいに眠りにつき、時計が二時を打った時点で目覚めた――いつもより早めだった。今回はためらわなかった。私はただちに立ち上がり、マッチ箱を取り上げ、以前と同様、前進した。何にもぶつかることなく、かなり広大と思われる空間を歩いた。昨夜のような素晴らしい香りがしてこないかと鼻をくんくんさせたが、におってはこなかった。その代わりに、私は突如、何かを、何かこれまでは未知の甘さのものを一口味わっていた。においの時と同様、通常とは逆の順序で、まず私の意識がそれを味わったような感じだった。それから、甘さが舌の裏を転がった。私は何とはなしに、聖書にある「蜂蜜やハチの巣より甘し」という言葉を思い浮かべた。旧訳聖書の神与の食物のことを思った。神聖な味が、飢えを感じていた私を満足させた。さらに進むと、新しい味が口の中に広がった。それが繰り返された。飽きのくることはなく、刺激的な甘さにもかかわらず、舌にぴりっとくることはほとんどなかった。それは物理的感覚と精神的なものの合体だった。私は自らに言った。「これまでの人生、私は常に空腹だったのだ」この素晴らしい食料が興奮剤と同じような影響をもたらし、私は頭が非常に素早く回転するのを感じた。それから突然、昨夜の経験が繰り返された。めまいがして、ばくぜんとした恐怖心を感じるようになった。私はマッチをすった。すると、ホール・ベッドルームに戻っていた。そして、ベッドに入り、まもなく眠ってしまった。薬は飲まなかった。これ以降、やめようと思った。気分がずっとよくなっていたのだ。

一月二九日　昨夜はいつものようにベッドに入り、マッチ箱もいつものところに置いた。十一時頃には眠ってしまい、一時半に目覚めた。半時を知らせる鐘の音が聞こえた。毎晩、早めに目覚めるようになっている。薬は飲まなかったが、いつものようにドレッサーの上に置いておいた。私は再びマッチ箱を手にして、部屋を横切りはじめた。そして、いつものように奇妙な空間を動いたが、これまで毎晩そうだったように、この夜の経験も今までとは違っていた。昨晩はにおいも味もしない代わりに、聞こえたのだ。神よ、私は聞いたのです！　最初に気づいた音は、川が集めては返すさざめきのようなもので、ベッドのうしろの古い絵の掛かっている壁から聞こえてくるようだった。自然の中で一時に進んだり戻ったりする印象を与えるのは川しかない。まちがえるはずがないのだ。うねるような波のさざめきが絶えず聞こえ、そして、遠くで消えていく。それから川のさざめきの上に、未知の言葉で歌われた歌が聞こえた。その言葉は未知のものにも関わらず、私には理解できた。だが、理解したのは私の脳で、言葉は翻訳されることはなかった。歌は私に関わりのあるものだったが、未知の未来にいる私だった。そこでの私は過去に比較できるイメージをもっていない。しかし、エクスタシーや幸福の予言といったものが私の意識全体を埋め尽くしていた。歌は決してやまなかったが、進むにつれて新しい音の波に出会った。水晶でできていると思われる鐘が響いていた。天国の門のためのものかもしれない。変わった楽器が奏でる音楽も聞こえた。素晴らしいハーモニーは囁き声のように心にしみ、将来の幸福に対する確信が私の中に広がった。

私はついに強力なオーケストラの中心にいるようだった。オーケストラは深まり、増え続け、ついに私の身体はやさしく、しかし力強く、海の波のような音の波の上へ、持ち上げられたようだった。すると再び、見慣れた景色に逃げ戻りたいという恐怖と衝動が私を襲った。私はマッチをすり、ホール・ベッドルームに戻っていた。こんな不思議を体験したあと、どうやれば眠れるのか見当もつかなかったが、とにかく私は眠れた。夢も見ず、今朝、陽が上るまで眠っていた。

一月三〇日　昨日、耳にしたホール・ベッドルームに関する話は、私に奇妙な影響を与えた。それが私を威嚇したのか、あまりの異常さで恐怖心を起こさせたのか、あるいはむしろ私の冒険心をあおったのか、何とも言いがたい。私が療養所のベランダに座り、ぼんやりとミネラル・ウォーターを飲んでいた時だった。誰かが私の名を呼んだ。「ウィートクロフトさんでいらっしゃいますか」とその声が尋ねた。丁重ではあるが、不審そうで、いくぶん弁解がましいところもあった。振り向くと紳士の姿が目に入った。私にはそれが誰だかすぐに分かった。私はめったに人の名や顔を忘れない。男はアディソン氏と言い、三年前、山間の小さな避暑用のホテルで会っていた。いわゆる行きずりの人だから、たいして重要な意味を持つ人物ではない。再会しなくとも、後悔することもないし、再会すればしたで、何のためらいもなくその出会いを受け入れられるだろう。どのみち、関係は消極的なものだった。だが、たった今、心細く孤独な思いをしていた私にとって、楽しい記憶を思い出させる人物の出現はむしろ喜ばしいことだった。私はこの男に会えてとても嬉しかった。彼は私の隣に腰かけた。彼もまた水の入ったコップを手にしていた。彼の病状は、私ほど悪くはなくとも、やはり問題が多そうだった。

アディソンはこの町に以前からしばしば来ていた。一時は住んでいたこともあった。療養所に入ってからは三年で、毎日水を飲んでいる。それで彼は、町のことならくまなく知っていた。もっともそれほど大きな町ではないのだが。どこに滞在しているのか聞かれたので、通りの名を言うと、彼はかなり興奮した様子で番地を尋ねてきた。私が二四〇番地だと言うと、彼は見た目にもびっくりし、鋭い一瞥を私にくれると、しばらく黙ったまま水を飲んでいた。私の住まいに関して、ある裏の知識があるのはまちがいない。それで私は質問をしてみた。

「プレゼント通り二四〇番地について何か知ってらっしゃるんですね」と私はきいた。

「いや、何も知りませんよ」はぐらかそうとしたのか、水を飲みながら彼は答えた。

しかし、それからしばらくして、彼はさりげない調子を装って、私がどの部屋を借りているのか尋ねてきた。

「私も昔、プレゼント通り二四〇番地に数週間ほど住んでいたんですよ」と彼は言った。

「あの家は昔から下宿屋をやっていましたからね」

「今の住人が借りるまでは、何年間か空き家になっていたそうです」と私は言い、それから彼の質問に答えた。「三階のホール・ベッドルームです。かなり狭いんですが、ホール・ベッドルームとしては住み心地充分といえます」

アディソン氏は答えを聞いて、見た目にもはっきりと驚いていた。その理由をしつこく尋ねると、彼はついに折れて、知っていることを話してくれた。彼がためらっていたのには二つの理由があった。一つには、私が彼の話を男らしくない迷信だと思いやしないかとひるんだからで、もう一つは、確証のないことで私に影響を与えるのを好まなかったのだ。

「それではお話ししましょうか、ウィートクロフトさん」と彼は言った。「手短に言って、私の知っているのは次のようなことです。一番最近、プレゼント通り二四〇番地の話を聞いた時、あの家は空き家でした。あそこで起きたと思われる犯罪のせいでした。もっとも何も証明はされませんでしたがね。これまでに二人が行方不明になっていて、いずれも今あなたが借りているホール・ベッドルームに住んでいたのです。最初に消えたのは、治療に来ていた美しい女性で、彼女は聞くところによると、失恋が引き金になったうつ病を患っていたそうです。彼女は二四〇番地に下宿し、二週間ほどホール・ベッドルームに滞在していました。それが、ある朝、まるでかき消えたように姿をくらましてしまったのです。身内に連絡しました。数えるほどしかいなくて、友人もとても少なかったんです。かわいそうに。くまなく捜索が行なわれたんですが、私の知るかぎり、彼女は現われませんでした。逮捕者が二、三人出ましたが、決め手になるような証拠は出ませんでした。これは私がここに来るまえの話ですが、二人目が行方不明になったのは、私があの家にいた時です。立派な若者でしたが、カレッジ時代、自活しなくてはならず、働き過ぎてしまったんですね。風邪を引き、腹痛になって、とうとう過労で危うく命を落とすところまでいったんです。それで、休養して、体力の回復をはかるため、一カ月間ここにやって来ていました。彼はあの部屋に二週間ほどいたあと、ある朝、姿を消していました。それから大騒ぎになりました。彼はあの部屋にはおかしなところがあると、それとなくほのめかしていたらしいんですが、警察はそれについてほとんど問題にしませんでした。警察はあちこちで逮捕者を出しましたが、若者は発見されず、逮捕されたものも釈放されました。もっともそのなかの何人かは、今でも疑惑を持たれているようですが。その後、下宿屋は閉鎖されました。六年前は誰もあそこに下宿しようとはしなかったでしょう。まして、ホール・ベッドルームなんてとんでもない。でも、今では新しい人たちが入ってきたので、この話もすたれたんですよ。私がこの話を持ち出したんで、今の下宿屋のご主人はさぞやありがた迷惑でしょうね」

私は何とも思わないからといって、彼を安心させた。彼は私を見つめると、あの部屋で何かおかしなこと、普通でないことを見なかったかと尋ねた。私は嘘がばれないように注意しながら、別におかしなものは見ていないと答えた。実際にこれまではそうだったが、そのうち見るかもしれない。いずれそうなるだろう、と私は感じていた。昨夜、私は、見もしなければ、聞きもせず、におうことも味わうこともなかった。だが、私は感じていた。昨夜、得体の知れない何かを再び探りはじめた私は、一歩も踏み出さないうちに、何かに触れた。最初に感じたのは、ある種の失望感だった。「これはドレッサーだ。今、私はドレッサーの端にいる」と思った。だが、私はまもなく、それが古い塗りのドレッサーではないことに気づいた。指で触った感じでは、何か翼のようなものが彫刻されているように思えた。たしかに、見事な唐草模様の上に長い曲線を描く翼が重なっていた。あのとき触った物体が何だったのか、私にはわからない。チェストだったのかもしれない。多少誇張しているように聞こえるかもしれないが、今まで触れたこともないような形だったことで、不思議さはさらに増していた。どんな素材だったのかもわからない。象牙のようになめらかだが、象牙の感じではなかった。炎天下に長く置かれていたような奇妙な暖かさがあった。私は手を動かし続け、ほかにもいくつかの物体に触れたが、それらは自分の知らない使い方をするものか、あるいは流行りの家具の一種だろうと思うようになっていた。それらはみんな不思議な形をしていた。ついに私は、明らかに開いている大きな窓のところに来た。暖かく穏やかで、しかも水晶のような爽やかな風が顔に吹きつけるのをはっきりと感じる。それは私のホール・ベッドルームの窓ではなかった。それはわかっていた。外を見ても、何も見えなかった。私には顔に吹きつける風しか感じられなかった。

それから突然、何の前ぶれもなく、手探りしていた両手が生き物に触れた。男と女に似た感じの生き物、服装からもそれとわかる生き物だった。私は柔らかい絹のような彼らの衣服に触れた。それは私にまとわりつき、蜘蛛の巣のような網目で私の身体半分を包み込んだような感じだった。彼らが誰だか、何だかはわからないが、私はこういう人たちの輪の中にいた。奇妙なことにこの目で実際に見ているわけではないのに、すれ違いながら、彼らの存在を強く認識していた。時折、私の知っている一つの手が優しく私の手に重ねられた。一度など、腕が私のまわりを過ぎていった。それから私は、このもの静かに動く群衆にそっと押されているような気分になった。彼らのフワフワとした衣類が私にからみつき、再び恐怖が私を襲った。マッチをすると、私はホール・ベッドルームに戻っていた。今夜は、ガス灯をつけたままにしたほうがいいだろうか。もっと大変なことが起こりはしないだろうか。ほかの人たち、この部屋に住んでいた男と女はどうなったのだろうか。これ以上深みに入らない方がいいのだろうか。

一月三一日　昨晩、私は見た。言葉で言えないようなものを見た。これまで本質が隠されていたあるものが私の前に示されたが、私は彼女の秘密を暴きすぎるようなことはしたくない。これだけは言っておこう。ドアや窓は外に開かれているが、その外というのは控えの間だった。それに川があった。あの絵に関しては何かおかしなことがあった。人が船で遠くまで行ける川があった。川はひっそりと流れていた。というのも、今夜は見ることしかできなかったのだ。前の晩に出会った人々の何人かに見覚えがあると私が考えたのは正しかった。もっともまったく知らない人もいたが。ホール・ベッドルームから消えた少女がとても美しいというのは本当だ。昨晩、私が見たものすべては、感じることのできたたった一つの感覚にとって、美しかった。五感すべてでそれが感じられたら、いったいどんな風になるのだろうか。今夜はガス灯をつけておいたほうがいいのだろうか。どうして——

ウィートクロフト氏がホール・ベッドルームに残していった日記は、ここで終わっている。最後の記録の翌朝に、彼は姿を消した。彼の友人のアディソン氏がやって来て、捜索が行なわれた。警察は絵の掛かった壁を破りもした。すると、無駄な部屋など作れないはずの下宿屋にしてはずいぶんと奇妙なものが見つかった。彼らはもう一つの部屋を発見したのだ。細長い部屋で、長さはホール・ベッドルームぐらいあるが、幅はもっと狭く、クローゼットほどの大きさしかなかった。窓もドアもなく、あたかも誰かが計算をしていたような数字のたくさん書かれた紙一枚だけがあった。警察はこの数字について議論し、五次元、それがどういうものであろうと、五次元が証明されたと主張したが、のちにその発言を翻した。彼らは次に、誰かが気の毒なウィートクロフト氏を殺害し、死体を隠したのだと主張し、気の毒なアディソン氏を逮捕した。ところが彼に不利な証拠は何も見つからなかった。それどころか警察は、アディソン氏があの日は一晩中療養所にいて、やれるはずがなかったと証明したのだ。警察はウィートクロフト氏の行方をつかめもせず、しかも今になって私が家を借りる前に同じ部屋から二人の人間が消えた話を持ち出した。

不動産屋がやって来て、警察が発見した新しい部屋をホール・ベッドルームに作り直し、壁紙からペンキまですべてを新しくすると約束した。彼は絵を取り外した。あの絵にはどこかおかしなところがあるとほのめかすものもいたが、私にはわからない。絵は問題ないように見えたが、おそらく不動産屋は焼いてしまったろう。彼は私がこのまま借りる気なら、家賃を上げないよう持ち主に交渉するといった。誰に言わせてもここの持ち主は風変わりな男らしい。私は彼が家賃を上げるつもりならここにはいられないと答えた。私自身は何も怖くはない。もっとも、ホール・ベッドルームを借りる人には必ずこれまでの出来事を話すつもりだった。下宿人たちは出ていくだろうし、もうこれからは借り手もつかないだろう。私は彼に、本物の幽霊が出てくれた方が、行方不明者が出るよりよほどましだと言った。私は引っ越した。前にも言ったように、私の不運が新しい家までついてきたかどうかは、これからを見ないとわからない。いずれにしろ、ここにはホール・ベッドルームはなかった。

（野間けい子＝訳）

邪眼

イーディス・ウォートン

ウォートン　Wharton, Edith 1862-1937

ニューヨークの上流家庭に生まれた女流作家。ヘンリー・ジェームズの影響のもと、理知や倫理、そして情欲とに引き裂かれる近代人の精神的葛藤をテーマにした小説を書きつづけた。当然、精神的狂乱のうちにあらわれる怪異や心霊現象へも自然な関心を示し、短編集『人間と幽霊の物語』(一九一〇)を残した。

収録した作品もこの作品集に収められた好編で、邪眼の恐怖を扱っているが、ここでも問題が人々の脅迫観念に結びつき、いわば現代社会生活の流行病としての「精神狂乱」へと話が展開していく点が、すぐれて現代的である。この系列の怪異談もアメリカ的土壌をもって最良とするようだ。ここにあげた短編集には、ウォートン幻想文学の最高作『あとになって』も収められており、編者も当初これを採ろうとしたが、あまりに多くアンソロジーに採録されているため、本書には新訳作品を選びあげた。

1

その晩、旧友のカルウィン邸で素敵な晩餐を楽しんだ後、いつしか雰囲気は幽霊譚に相応《ふさわ》しいものとなっていた。きっかけはフレッド・マーチャードの物語——奇妙な訪問者の物語であった。私たちが吹かすシガーの煙、そして石炭がくべられた暖炉の放つ物憂い光によって、樫材の壁とくすんだ色の古書が特徴的なカルウィンの書斎は、そういう話にうってつけの場所となっていた。マーチャードが口火を切ると、その後の話題は霊的な体験談に限られ、その場にいあわせた者がそれぞれ話を提供することになった。全部で八人が会席していたが、そのうちの七人が、ほぼ要求を満たした形で自分の割り当てを終えた。私たちを驚かせたのは、マーチャードと若きフィル・フレナムを除いて——彼の話が一番取るに足らないものだった——誰も自分たちの魂を見えざる世界で遊ばせる習慣を持っていないのに、いずれもがなんとか超自然の物語を語ることが出来た点だった。それゆえ、私たちが自分たちの七つの「展示品」を、概して誇りに思ったのはごく当然のことだと言えるだろう。そして、主人が八番目の物語を語ろうとは、誰も予測していなかったのである。

私たちの旧友アンドルー・カルウィン氏は、安楽椅子に深く腰掛け、煙の輪の中、賢明な老人らしく明るい寛容さをもって耳を傾け、時には目をしばたいた。彼は霊的な接触をする機会に恵まれているとは思えない人物だったが、それでも私たちを羨むことなく、ゲストの自慢気な話を楽しめるだけの想像力は持ち合わせていた。年齢と受けた教育により、頑固な実証主義者だった彼は、その思考法を形而下学と形而上学が華々しく闘争し合った時代に形作っていた。しかし本質的に彼は常に傍観者であり、この上なく混乱した人生の諸様相を、超然とユーモラスに観察する人でもあった。時には席を立って、しばし彼の家の裏手で繰り広げられる浮かれ騒ぎに顔を出すこともあったが、私たちの知る限り、決して舞台に立って自分も加わろうとする人ではなかったのである。

彼と同年輩の人々の間では、彼が遠い昔、とある恋愛沙汰で決闘し傷ついたという話が、おぼろげながら伝わっている。しかしその伝説も、母の「昔は素敵な目をした可愛らしい人だったわよ」という、今となっては全く信じられない証言と同様、私たち若年者が知る彼の性格とは、全く一致しなかった。

「昔の彼は、絶対に棒きれの束みたいだったはずさ」マーチャードはかつてそう言ったことがある。「いや、マッチ棒だよ」と誰かが訂正した。そして私たちは、それがずんぐりとした体軀で、目の代わりに赤い斑点の付いた樹皮を思わせるその顔を表すにはぴったりの表現だと思っていた。彼は自分の余暇を何よりも大切にし、考えなく動いて無駄使いすることはなかった。彼の大事に守られた時間は、知性の開拓と、選び抜かれた趣味にもっぱら費やされた。人間の生活につきものの煩雑な出来事は、一度たりとも彼の前には現れなかったようだ。それでも、彼の冷静な宇宙観は、その金のかかる実験について何ら異議を申し立てなかったし、その人間研究は、男はみな不要であり、女性は、誰かが料理しなければならないから存在しているだけだという結論に達しているらしかった。この結論に関して彼は絶対に譲ろうとせず、それゆえ、科学の中では美食学のみを教義として奉じていた。彼の供するちょっとした晩餐は——総てではないにせよ、友人の気持ちを図る尺度となっていただけでなく——この論を立証するための、強固な意思表示でもあることを忘れてはならない。

精神面で、彼の歓待はいくぶん魅力に欠けていたとはいえ、それ以上に刺激的だった。彼の心は広場のようなもの、でなければアイデアを交換し合うための、開かれた集会場のようなものだった。寒くて風が吹きつけるけれど、明るく広々としていて秩序立っている——葉がすべて落ちてしまったアカデミックな木立とでも言えばいいのだろうか。この特権的な環境で、十人ばかりの私たちの仲間は、筋肉を伸ばし、深く息をすることが出来た。さらに、あたかも私たちの持つ貴重な場という意識を高めるためがごとく、時折り新参者が一人二人と加えられた。

若きフィル・フレナムは一番新しいメンバーで、かつ一番興味深い存在だった。マーチャードの「我々の友人は瑞々しい男を好む」という、どこか病的な表現にぴったり当てはまる青年だったからだ。確かに、渇き切ったカルウィンは、若者の叙情的な資質を大いに気に入っていた。彼は生粋のエピキュリアンだったので、その庭に集まった魂の花を摘むような真似はせず、その友情も悪しき影響を与えるものではなかった。その反対に、若々しいアイデアを花開かせるような類のものだったのである。そして、フィル・フレナムのことを、彼はよい実験材料だと考えていた。フレナムは非常に知性的で、かつたっぷり火をかけられたピュア・ペーストのように健全な若者だった。カルウィンは彼を、退屈な家族から掬《すく》い上げ、ダリエンの頂にまで誘った。それでも、その冒険でこの若者は、微塵も損なわれなかった。畏敬の念を無くさせずに好奇心を刺激するカルウィンの手際は、マーチャードの怪物めいた比喩に対する、充分な答えに思えた。フレナムの開花に、何ら病的なところは見受けられなかったし、彼の年老いた友は、聖なる愚かさに、指一本も触れていないのだ。フレナムが変わらずカルウィンを尊敬しているという事実が、その何よりもの証拠と言えよう。

「あなたがたには見えない部分があの人にはあります。あの、決闘に関する話は本当だと僕は信じています！」と、彼は断言した。そしてこの信念の核となるものこそが、彼をして冗談混じりで、主人に向かって――ちょうど会が解散しようとしてい時に――

「今度はあなたの幽霊の話をする番ですよ！」と言わしめたのだろう。

すでにマーチャードや他の者は戸口を出た後だった。残っていたのはフレナムと私の二人きり。新鮮なソーダ水を持って来た、カルウィンの身の回り総てを取り仕切っている忠実な召使も、雰囲気を察して床に就いていた。

カルウィンは夜になると人付き合いのよくなる性で、深夜にはグループの核だけで集まるのを好んだ。しかしフレナムの発言は、彼をこっけいなまでに狼狽させ、廊下で別れを告げた後再び座り直した椅子からわざわざ立ち上がらせたくらいだった。

「私の幽霊？　友人がみんな衣装棚に魅力的な幽霊を飼っているというのに、わざわざ自分でも飼うなんて馬鹿な真似をするとでも思っているのかね？　シガーはどうだ？」私の方に体を回し、彼はそう言って笑った。

フレナムも笑いながら、その細身の長身をマントルピースの前に立たせ、背の低い、強い髪をした友人に向き合った。

「確かに」彼は言った。「本当にお気に入りの幽霊の話だったら、他人には知らせたくないでしょうね」

カルウィンは安楽椅子に身を落とし、使い古された革のくぼみにくしゃくしゃの頭を休めた。その小さな眼は、新しいシガーの光を受けて輝いていた。

「お気に入りだって？　そんなもんじゃない！」彼は唸り声を上げた。

「じゃあ、見たことがあるんですね！」それとほぼ同時にフレナムが、私に一瞬勝利の目付きを遣りながら、言葉を返した。しかし子鬼のようなカルウィンはクッションに身を埋め、シガーの煙で自分の姿を隠蔽しようとしているかのようだった。

「どうして隠すんです？　あなたはあらゆる物を見てきた人だ。だったら幽霊くらい見ていても不思議じゃない！」煙の雲に向かって、若き友人は物怖じせず繰り返した。「一度どころじゃない、二度見たことがあったっておかしくないんだ！」

この質問が、私たちの主人を刺激したらしい。時折り見せる亀に似た奇妙な動き方で煙の中から顔を出すと、フレナムに向かって同意の目付きで眼をしばたいた。

「その通りだ」そう言って彼は、私たちに痙攣したような笑いを浴びせかけた。「私は二度幽霊を見たことがあるんだ！」

あまりに意外な言葉だったので、その後には果てしなく沈黙が続くだけだった。その間、私たちはカルウィンの頭越しにお互いを見つめ合い、カルウィンは彼の幽霊を見つめていた。ついにフレナムは、一言も発することなく暖炉の反対側にある椅子に腰を下ろし、話を続けて欲しいと言う代わりに笑みを浮かべて身を乗り出した……

2

「いや、もちろんそいつらは派手な幽霊ではなかった――収集家にとっては取るに足らないものだろう……だからあまり期待しないで欲しいのだが、珍しかったのは、その数で、何と、二人いたんだ。話をくじくようで悪いが、医者に薬をもらうか、眼科で眼鏡を誂えてもらっていればその場でいなくなったのかもしれない。ただ、私には医者に行くべきか眼科に行くべきか判断出来なかったので――眼と消化器のどっちが悪いのやら見当がつかなかったんだ――そのまま興味深い二重生活を送らせていたんだ。時には、私の生活がたまらなく不快なものになることもあったが……

そう、不快にだ。君らは私がどれだけ不快な生活を嫌っているか、よく知っているだろう。ことが始まった時、たかが二人の幽霊ごときのせいで生活を乱されるはずがないという考えが、いかに不遜であるかがよく分かった――

と同時に、自分が病気だと考える根拠もまったく無かった。単に私は退屈しているだけだった。死ぬほど退屈していた。ただ、はっきり覚えているが、その退屈こそが、いつになく体調が良かったことの原因でもあったんだ。しかし、私には余った活力をどう使っていいやら見当がつかなかった。南アメリカとメキシコからの長い旅から戻って来たところで、ワシントン・アーヴィングの知り合いでN・P・ウィリスとも交流のあった年老いた伯母と一緒に、ニューヨーク近くで冬を過ごすつもりだった。彼女はアーヴィントンからそう遠くないところにある、湿ったゴシック風の屋敷に住んでいた。松が影を落とす、髪で作った記念の紋章そっくりの家だった。彼女自身もその家に相応しい風采で、ほとんど残っていなかった髪の毛は、紋章作りのために犠牲にされたのかもしれない。

私は激動の一年を終えようとしていたところで、金銭的にも感情的にもまだ精算し切れていない部分が多々あったから、当然、伯母の優しい歓待が、神経のみならず私の財布にも益をなしてくれるだろうと思っていたんだ。しかし実際は、自分が安全で守られていると分かった途端、活力が再びふつふつと湧いてきた。しかしそれも、記念の紋章の中では持て余すばかりだった。その頃の私は、その活力を知性にのみ注ぎ込むこともできるという幻想を抱いていた。それで、私は偉大な本を書こうと思い立った――何についての本だったかは忘れてしまったが。私の計画に感銘した伯母は、黒いクロース装の古典と色褪せた有名人のダゲレオタイプで一杯の、ゴシック調の書斎を明け渡してくれた。そして私は机に座り、彼らの著作に並ぶものを書き上げようとしていた。仕事が容易になるようにと、伯母は従姉妹を呼んで、私の原稿を書き写させていた。従姉妹は気立てのいい娘だった。私は、気立てのいい娘こそ、人間の性、そして何よりも私自身に対する信頼を取り戻す鍵になると考えていた。彼女は美しくもなければ、知的でもなかった――哀れなアリス・ノーウェル！――が、そんなにつまらないままでいて満足している女性というのが私の興味を引いた。彼女の満足感の秘密を知りたくてたまらなくなった。そうする際、私は事をあせりすぎて、まずいことに――いや、ちょっと待ってくれ！　君らにこういう話をするのは決して馬鹿気たことじゃあないんだ。あの哀れな娘は、従兄弟にしか会ったことがなかったのだから……

もちろん、私は自分のやったことを後悔したし、事態をどう収拾すればいいか、心を悩ませた。彼女は屋敷に泊まっていたが、ある晩伯母が床に就いた後で、間違って置いた本を取りに書斎へやって来た。後ろの棚の色々な本に出てくる、芸のないヒロインさながらにね。ピンクの鼻の彼女は、あわてふためいていた。その時突然、豊かで可愛らしい彼女の髪も、歳をとれば伯母のようになってしまうことに気づいた。それに気づいた自分が嬉しかった。おかげで自分のしようとしていることが正しいと判断できたからだ。そして、最初からなくしてなんかいなかった本を見つけると、私は彼女にその週ヨーロッパに発つと告げた。

その頃のヨーロッパと言えばはるか彼方の地だ。即座にアリスは私の言わんとするところを悟った。彼女の反応は、私の予想とはまったく違っていた。予想通りであれば、随分気が楽だったろうに。彼女は本をしっかり抱くと、机の上のランプを点けるために一瞬顔をそらし――ガラス製で、ブドウの蔦がからまるシェイドの端から、水滴がしたたっているような作りだった――それから私に手を差し出して〝さよなら〟と言った。そう言いながら彼女は、私の顔を正面から見つめ、キスした。この時のキスほど新鮮で恥じらいに満ち、しかも勇敢なものを私は他に知らない。どんな叱責よりも辛かったし、彼女から叱責されてしかるべき自分を恥じた。私は自分に〝彼女と結婚しよう。伯母が死ねば、この家を遺してくれるだろう。そうしたら、この机に座って本を書き続けるんだ。アリスは刺繍をしながら、今と同じく私を見守っている。そうやって、人生はずっと続いていくんだ〟と言い聞かせていた。その未来図は、一瞬私をゾッとさせたが、その時は何よりも彼女を傷つけるのが怖かった。十分後、彼女は私の認印付指輪をはめており、外国に行く時は一緒だという言質も得ていた。

なぜこの出来事について長々と話すのか、訝っていることだろう。それは実に、その晩、私がさきほど話した不思議なものを初めて見たからなのだ。その頃の私は因果関係を信じ切っていたから、伯母の書斎で起こったことと、その同じ夜、数時間後に起こることになる出来事との繋がりを見つけようと懸命だった。この二つの出来事が同時に起こったことの不思議が、常に心に留まっていた。

私は、ともすれば重くなる心を抱えて床に就いた。自分が初めて意識的に行なった善行の重さに、つぶされてしまいそうだった。若かったけれど、どれだけ深刻な局面を迎えたかは、よく分かっていた。だからと言って、それまでの私が破滅的な生活を送っていたとは思わないで欲しい。ただ単に、自分の好みだけを追い、摂理を無視していた罪のない若者だったのだ。そんな私が、突然全世界の道徳的秩序の推進者役を引き受けてしまったのだ。まるで、手品師に金時計を渡し、手品が終わった時にどんな形で戻ってくるのやら見当のつかない、だまされ易い観客のような気分だった……それでも、独善の光がいくらか恐怖を和らげてくれたし、服を脱ぎながら、いいことをするのに慣れてしまえば、最初の時のようにどぎまぎしなくても済むだろうと自分をなぐさめていた。床に就いて蠟燭を吹き消した時には、自分が本当に慣れつつあると思ったし、それは伯母の柔らかいウールのマットレスに寝る時の気分とさして違わないように思えた。

そんなことを考えながら、私は目を閉じた。再び目を開いたのは、かなり経ってからに違いない。部屋はすっかり寒くなっており、異様に静かだった。私が目を覚ましたのは、誰もが知っているあの奇妙な気持ち――眠りに落ちた時にはいなかった何かが部屋の中にいる、という気持ちに襲われたからだ。体を起こすと、私は闇に目を馴らせた。部屋の中は真っ暗で、最初は何も見えなかった。しかし、ベッドの下からのぼんやりとした光が徐々に形を整え、やがて私を睨む一対の眼となった。それがどういう顔についているかは分からなかったが、見ているうちに眼はどんどん輝きを増していった。その眼は自ら光を発していたのだ。

そんな風に見つめられている時の気持ちは決して愉快なものではなかったし、おそらく君らは、私がまずベッドから跳び起きて、その眼を持つ目に見えない存在につかみかかっていきたいという衝動にかられたと思うだろうね。しかしそうではなかった――私はただじっと横になっていただけだった……それが、幽霊の超自然的な性質によるものなのか――たとえつかみかかったとしても、そこには何もいなかっただろうから――それとも、その眼が持つ麻痺させるような力のせいだったのかどうかは分からない。それは私が見たうちで最も邪悪な眼だった。男の眼だったが、しかし何という男だろう！　最初に思ったのは、恐ろしく歳をとっているということだった。落ちくぼみ、厚ぼったい、赤く縁どられたまぶたが、紐の切れたブラインドのようにたれ下がっていた。片方のまぶたがもう片方よりも下がっており、そのせいで気味の悪い流し目を送っているように見えた。乏しいまつげは逆立ち、めのうで縁どられた一対のガラス板を思わせるその眼は、肉と肉の間で、ヒトデに囚われた水晶のようだった。

しかし、一番不快だったのはその眼の年齢ではない。私の気分を悪くしたのは眼の持ち主が、安全に悪徳をやってのけられそうな印象を与えたからだ。他にどう描写すればいいのだろう。その男は、人生で数々の悪行を重ねながら、自分は常に安全なところにいたようだった。臆病者の眼ではないが、しかし、危険を冒すには頭のよすぎる男の眼だった。その、卑劣なさまを見ていると、私は胸が悪くなった。しかし、それよりももっと酷《ひど》いことがあった。見つめあっているうちに、その眼にあざけりの色が浮かび、しかもそれは、私に向けられているように思えたのだ。

そうなるに及んで、私は怒りにとらわれ、立ち上がって見えざる者に殴りかかった。しかしそこには勿論誰もいず、私の拳はむなしく空を切った。恥ずかしさと寒さで、私はマッチを手探りし、蠟燭に火を点けた。部屋は予想通り、いつもと変わらなかった。私はベッドに入ると火を吹き消した。

暗くなると同時に、眼が再び姿を現した。そして私は、その現象を科学的に説明しようとした。まず、煙突の残り火によるものではないかと考えた。しかし暖炉はベッドの反対側で、部屋にあった唯一の鏡である化粧室の鏡には反射しない位置にあった。その次に、磨かれた木もしくは金属に残り火が反射したのではないかと考え、見えるところにそういった類のものは一切なかったにも関わらず、私は再び起き出して暖炉まで手探りで歩き、残っていた火を消した。しかしベッドに戻ると、眼は足元で輝いていた。

幻なのだ。それは明らかだった。しかし外的な要因によるものではないと分かっても、その不快さに変わりはなかった。それが私の内なる意識の投影だとしたら、じゃあ私の脳は一体どうしてしまったんだ？　頭脳の神秘については病理学である程度かじっていたから、何かを求める心が深夜の警告を受ける場合もあることは知っていた。しかしそれを今の場合に当てはめることはできなかった。精神的にも肉体的にもまったく正常だったし、唯一変わったことがあるとすれば、それは気立てのよい女の子の幸せを約束してやったことだったが、それにしても不浄の霊を枕元に呼び集めるような類のことではないはずだ。しかし、その眼は相変わらず私を見つめている……

私は眼を閉じ、アリス・ノーウェルの眼を思い浮かべようとした。決して目立つものではなかったが、新鮮な水のように健やかで、彼女がもう少し想像力を持っていたなら――でなければもう少しまつげが長かったら――きっと興味深い表情を見せていたことだろう。結局その試みは効果的とは言えず、すぐに足元の眼の像に取って変わられてしまった。閉じたまぶたを通して見ると、実際に見るよりもさらに不快感が増し、そこで私は再び目を開くと、憎悪にみちた視線を正面から見つめた……

　そのままの状態が一晩中続いた。その夜がどんなものだったか、どれだけ長く続いたかを口で言い表すことはできない。君らは目が冴えたままベッドに横たわり、必死で目を閉じようとしたことがあるかね？　しかも、目をあけると何か恐ろしい、嫌悪すべきものが見えることが分かった上で。聞けば簡単に思えるかもしれないが、やるとなるとこの上なく大変なことだ。あの眼はそこに留まり、私を引きつけた。底知れぬ穴に落ちてゆく時のような目まいを覚えた。その赤いまぶたは奈落との境界線だった……神経が痛くなるような時間は、以前にも過ごしたことがあった。首すじに危険の風を感じるような時間を。が、こういう緊張は初めてだった。その眼が恐ろしかったのではない。それには闇の力が持つ威厳が欠けていた。しかし、その代わりに――何と言えばいいのだろう？――悪臭と同等の現実的な効果を持っていたのだ。ナメクジが歩いた後の、べとついた感じがあった。そして私には、その眼が私に何の用があるのか、さっぱり分からなかった。そして私は、それを見極めようと、じっと凝視し続けていた……

　その眼がどんな力を私におよぼそうとしたのかは分からない。しかし確かにそのせいで、私は荷物をまとめ、次の日の朝早く街へ逃げ出した。伯母には病気になったので医者へ行くと書き置きしておいた。実際、たとえようもなく気分が悪かった。あの夜が私の体から血の気を全部抜いてしまったようだった。しかし街に着いても医者には行かなかった。友人の家を訪ね、ベッドに体を投げ出すと、十時間眠りを貪ったのだ。目を覚ますと真夜中だった。何が自分を待ち受けているかを思うと背筋が寒くなった。震えながら体を起こし、闇の中を見つめた。しかし闇の表面にほつれはなく、眼が現れないことを確かめた私は、再び長い眠りに入った。

家を出た時、アリスには何も告げなかった。次の朝には戻るつもりだったからだ。しかし翌朝の私は疲労し切っていた。普通の不眠症の時のように和らぐのではなく、時間が経つにつれて疲労感は増していった。眼の効果は蓄積していくものらしい。そして再びあの眼を見るのではと思うと耐えられなくなった。二日間に渡って、私は恐怖と闘った。三日目の夜、私は勇気を振るい起こし、次の朝戻ることに決めた。一度決めてしまうと心が急に軽くなった。私が急にいなくなって便りも寄越さないことに、可哀そうなアリスはさぞかし消沈していることだろうと心配していたからだ。私は浮き浮きした気分で床に就き、すぐに眠ってしまった。しかし夜中に目を覚ますと、またあの眼が現れたのだ……

私にはとても立ち向かう気力はなかった。伯母の所へ戻る代わりに、私は僅かばかりの荷物をトランクに詰め、イギリスに行く朝一番の船に飛び乗った。乗船した時の私は疲れ切っており、寝台まで這って行く有り様だった。道中はほとんど眠って過ごした。泥のような眠りから目覚め、もう眼が現れないことを知って臆せず闇を見つめた時の喜びは、とても口で表現できるものじゃなかった……

私は船上に一年、さらにもう一年滞在した。その間は、気配すらしなかった。たとえ離れ小島にいたとしても、私は滞在を延ばしていただろう。延長したもう一つの理由は、言うまでもなく、航海していくうちに、自分がアリス・ノーウェルと結婚するのは全く不可能だと思い至ったからだ。それに気づくまでこんなに時間がかかってしまったことが私を苛立たせたが、その理由を考えてみる気はなかった。眼から逃げ切ったこと、そしてその他の面倒から解放されたことが、私の自由に途方もない活力を与えた。そしてそれは味わえば味わうほど、美味になっていった。

眼は私の意識に大きな焼けこげ穴を作った。長い間、私はあの幻の性質について思い悩み、また戻って来ることがあるのだろうかと考えた。しかし時が経つにつれて恐怖感は消え、そのイメージだけが残り、やがてはそれすらも消え去ってしまった。

二年目に私はローマに落ち着き、そこで新たに偉大な著作――イタリアの芸術にエトルリアが与えた影響に関する、決定的な書物をしたためようと考えていた。いずれにせよ、そういう名目で私はピアッツァ・ディ・スパーノの日当たりのいいアパートを借り、フォルムロマーノムをうろついていた。ある朝、魅力的な若者が、私のところにやって来た。暖かい光の中に立つ、細身でヒイヤシンスのように可憐なこの青年は、廃墟の祭壇――たとえばアンティオキアの祭壇から現れたとしても不思議はなかった。しかし実際はニューヨークからやって来たのであり、加えて、こともあろうにアリス・ノーウェルからの手紙を携えていたのだった。その手紙――私たちが別れてから初めての手紙は、自分の若い従兄弟ギルバート・ノイエスを紹介し、よろしくお付き合い願いたいとだけ書いてあった。このいたいけな青年には「才能があり」「文筆で身を立てたいと考えている」らしかった。頭の固い家族は、その文才を複式簿記で生かすことを主張したが、アリスの主張によって半年の猶予が与えられ、彼はわずかばかりの資金を持って洋行した。そして彼は、その間自分のペンでそれを何とか増やし、自分の才能を証明しなければならなかった。

その風変わりな条件が、まず私の注意を引いた。私には、中世の「試罪法」並みに厳しいものと思えた。次いで彼女が私のもとにこの青年を遣ったことに心が動かされた。彼女が許してくれなくても、自分で自分が許せるよう、何か彼女の役に立つことをしたいとずっと思っていたのだ。これはもってこいの機会だった。

一般論として、生まれついての天才は、春の光を浴びたフォルムロマーノムに、そこから追放された神のような見てくれで現れるものではない。とにかく哀れなノイエスは生まれついての天才ではなかった。しかし美しい青年だったし、僚友としては魅力的だった。失望したのは、彼が文学について語り始めた時だ。私はこの手のタイプをよく知っていた。自分には才能があるのに、周りは認めようとしない、と思い込んでいるのだ。結局、そこが一番の別れ目なのだが、彼は常に——まるで機械の法則でもあるかのごとく、正確に、まごうことなく——間違ったものに感動していた。彼がどんな間違った選択をするかを正確に予見するのが、私にとっては楽しみとすらなっていった。しかも、このゲームにおける私の技量は、驚くべきものだった……

最悪なのは、その愚鈍さがすぐに悟られるものではなかった点だ。ピクニックで彼と同席した婦人などは、彼のことを知的な若者だと思ってしまう。晩餐の席ですら、頭が切れる男で通っていた。顕微鏡で彼を覗いていたも同然の私は、折りにふれて彼がその貧弱な才能を伸ばし、何か自分にできることを見つけ、幸せになってくれれば、と願った。結局、それこそが私の関心事ではなかったか？　相変わらず魅力的で——彼はずっと魅力的であり続けた——私からは、全幅の助力を得ることができた。それに最初の数ヵ月は、私自身彼にもチャンスはある、と信じていたのだ……

その何ヵ月かは楽しいものだった。ノイエスはいつも私と一緒で、会えば会うほど彼のことが好ましくなった。その愚かさは、生来の徳だった――実際、彼のまつげと同じくらい美しかったのだ。陽気で、愛情深く、私といて本当に幸せそうだった。それゆえ、彼に真実を教えるのは、おとなしい動物の喉を引き裂くのと同じくらい辛いことだっただろう。最初のうち、私はこの輝くような青年の頭に、その中には脳があるなどという憎むべき戯言がどうして吹き込まれたのかと不思議に思ったが、やがてそれが、単に身を守るためのポーズに過ぎないことが分かってきた。家庭生活と事務所の机から逃れるための、本能的な行為だったのだ。ギルバートが――可愛い子だ！――自分を信じていなかったのではない。彼の中には偽善などこれっぽっちもなかった。彼は文学が自分の天職であると信じていたが、私にしてみれば、天職などではありえない事こそが、彼の置かれた状況の唯一の救いであり、ちょっとしたお金と暇、そして楽しみさえあれば罪のない遊び人になっていたことだろう。しかし、不運なことにお金のあてはなく、目の前に事務机を突きつけられた彼は、文学にすがるしかなかったのだ。彼の作品は哀れむべきもので、今にして思えばそれは最初から分かっていたことだった。しかし、最初の試みでその将来を決めつけてしまうのは、あまりに乱暴だし、才能を花開かせるには陽光が必要だという理由で、私は彼を励ましすらした。

とにかく、私はそんな調子で彼に接し続け、それどころか見習い期間を延長したほどだった。私がローマを離れる時には彼も従い、私たちはカプリとヴェニスでのんびりと夏を過ごした。私は自分に〝彼が何かを持っているとすれば、それが開花するのは今をおいてない〟と言い聞かせていた。そして、確かに開花したのだ。これほど魅惑的で、かつ魅せられている彼を見るのは初めてだった。旅の途中、彼の呟く言葉の中には美しさが見え隠れしていた。しかし、それを一度文字にすると、途端に色褪せてしまうのだった……

いよいよ結論を出す時が来た。それを告げられるのは私しかいない。それは自分でも分かっていた。ローマに戻ると、私は彼を自分の部屋に泊まらせた。野心を捨て去らなければならない彼を、一人きりにしておきたくなかったのだ。もちろん、文学を諦めるよう忠告する際に、自分一人の判断に頼ったわけではない。彼の作品は、色々な人々――編集者や評論家たちのところに送ってあった。返ってくる返事は、いずれも何とも言いようがないという、冷たいものばかりだった。実際、彼の作品はコメントできるようなものではなかった――

ギルバートに真実を伝えようと決めた日ほど自分がひどい男に思えたことはない。この哀れな青年の希望を粉々に砕くのが自分の義務だということはよく分かっていたけれど、いかに善意とは言え、こんな残酷な宣告に際して、それは言い訳にしかならない。私は常に宣告する側になるのを避けてきた。そうしなければならなくなった時、それが全てを否定するよう聞こえることだけは、避けたいと思った。それに、たとえ一年間見守っていた末の結論とはいえ、哀れなギルバートは本当のところ才能があるのかもしれないではないか。それを判断する資格が自分にはあるのだろうか？

自分が演じると決めた役割のことを思えば思うほど、ますます嫌になってきた。ギルバートが私の正面に座り、ちょうど今のフィルのように、その顔がランプの光で照らされた時には、もう嫌で嫌でたまらなかった……私は彼の最新の原稿を読んだところで、彼は自分の将来が私の一言次第であることを知っていた。暗黙のうちに、私たちはそういう了解に達していたのだ。原稿は私たちの間のテーブルに載っていた。彼の最初の長編小説だ。小説と呼んでよければの話だが！彼は手を伸ばして原稿の上に置き、生命がかかっている時のような顔つきで私を見上げた。立ち上がると、私は彼の顔と原稿から目を避けるようにして、咳払いした。

〝はっきり言おう、ギルバート――〟

彼が瞬時に青ざめるのが見えた。顔を上げたままで、私をじっと見据えていた。

〝いや、そんなに深刻にならないでください。そんなに傷ついてるわけじゃないんですから〟彼はすっくと立ち上がり、私の肩を抱いて笑った。その陽気さから彼が一生の傷を負ったことが察せられ、まるで脇腹をナイフで刺されたような気持ちになった。

彼は美しいほどに勇敢で、それゆえ私も自分の義務をごまかすことはできなかった。突然、彼を傷つけることで、私が同時に他の人たちをも傷つけていることに思い至った。まず、私自身。彼を故郷に帰らせるのは、彼を失うことを意味するからだ。しかし何よりも、あれだけ役に立ちたいと思っていたアリス・ノーウェルを傷つけてしまった。ギルバートを悲しませるのは、彼女を二度悲しませるのも同然と思えた――

しかし私の直観力は、水平線に落ちる稲妻にも似て、瞬時にもし真実を伝えなかったらどうなっていたかも考えていた。きっと一生彼と暮らしていただろう。男であれ女であれ、そんな風に思ったのは彼が初めてだった。結局、この自己中心的な衝動に、私は負けた。恥ずべきことだが、私はギルバートの腕の中に飛び込んだのだ。

〝君は誤解しているよ。立派な作品じゃないか！〟私は彼に向かって叫んだ。彼も私を抱き返し、私は笑いながらその抱擁の中で揺れた。瞬時、これこそが正しいことなんだという自己満足感を覚えた。何にせよ、人を幸福にしてあげることには、それなりの魅力があるのだから——

もちろんギルバートは、自分の解放された気持ちを大いに祝いたがったが、私は彼に一人で感情をさらけ出すに任せておいて、私自身は自分の感情の昂りを抑えるために眠ろうとした。服を脱ぎながら、この後どうなるのだろう、と考えた。いつまでもこのままではいられない。しかし後悔はなかった。たとえちょっと味が悪くても、私は最後までボトルを飲み尽くすことに決めたのだ。

床に就いた後も、私は彼の眼——恍惚とした眼を思いだしながら、長いこと微笑んでいた……それから眠りに落ち、目を覚ますと部屋は死ぬほど寒かった。私は痙攣したように体を起こし——そして、再び眼を見た……

最後に見たのが三年前だったが、その後もしばしばそのことを考えていたので、まさか不意を襲われるとは思ってもいなかった。冷笑を浴びせる赤い眼を見ながら、私は必ずいつか戻って来ることを知っていた自分に気づいた。そして、その時もやはり何らなす術はないだろうということを……前回と同じく、何より恐ろしかったのは、その登場の唐突さだった。こんな時に私の前に現れるとは、一体何が目的なのか？　眼をみてからの私は、かなり気儘な暮らしを続けていたが、いかに軽率であったにせよ、こんな、悪魔のような視線にさらされるような真似はしなかったはずだ。しかしその時の私は、聖寵を受けているような状態だった。だからこそ、余計に恐ろしさが増したのだが、いくら喋ったところで分かってはもらえまい……

その眼は以前通りどころか、それ以上に禍々しかった。前に見た時から人生の経験を積んだ分だけ、経験を広めたことをその眼が知っている分だけ、余計に禍々しかった。かつては見えなかったことが、今の私には見えた。その眼はまるで珊瑚礁のように、年々卑しい行為を蓄積していって、少しずつその忌まわしさを増してゆくのだ。そのゆっくりとした歩みこそが、私にとって何よりも堪らない点だった……

眼は暗闇に浮かんでいた。膨らんだまぶたが、眼窩の中でぶらぶらしている小さな湿った目玉にかぶさり、肉のこぶが濁った影を落とす——その視線が私の動きにつれて移動するものだから、まるでお互いが暗黙のうちに深いところで分かり合っているようにも思え、それが最初の、未知のものを見た時のショックよりもずっと大きなショックだった。眼を理解できたわけではない。しかし、眼を見ていると、いつかは必ず理解するはずだという気にさせられた……そう、何よりもそれが耐え難かった。しかしその気持ちは、眼が戻ってくるたびに強くなっていった……

忌まわしいことに、この眼はその後もずっと現れた。若い生き血を好む吸血鬼さながらに。ただ、この眼は生き血の代わりに良心を好むようだった。一ヵ月の間、眼は私という御馳走を求めて毎晩姿を現した。ギルバートを幸せにしてやった私に、眼は容赦なく襲いかかった。ただの偶然だとは分かっていても、この眼のせいで、ギルバートを嫌いになりそうだった。ずいぶんと頭を悩ませたが、もしかしたらアリス・ノーウェルと関係があるのかもしれないということ以外、何ら手掛かりはつかめなかった。しかしあの時は、私がアリスを捨てた瞬間に姿を消してしまったのだから、捨てられた女性の怨念とは思えないし、さらにあのアリスが復讐のために霊をけしかけているさまなど、とても想像できない。私は考えた。ギルバートを捨てれば、もう現れなくなるのだろうか。その誘惑には抗しがたいものがあったが、私は耐えた。こんな悪魔の犠牲にするには、あまりに魅力的な存在だったのだ。それゆえ、結局のところ、私にはその目的が何だったのか、未だに分からないままなのだ……

3

暖炉の火が崩れて光り、白髪混じりの髭を生やした話し手のゴツゴツした顔は、その瞬間安堵の表情を浮かべた。椅子に深く押しつけられたその顔は、黄みがかった赤石の、眼の部分にはエナメルをしこんだ浮き彫りのように見えた。そこで火が落ち、再びレンブラントの絵のように不鮮明な像に戻った。

暖炉の反対側にある低い椅子に座っていたフィル・フレナムは、その長い腕の片方を後ろのテーブルに置き、もう片方で後ろに反らした頭を支えていた。その眼は年老いた友人に釘づけになっており、話が始まった時から微動たりともしていなかった。カルウィンが話し終えた後も、彼は沈黙したまま動こうとせず、それゆえ急に終わってしまった物語にかすかな不満を覚えていた私が、結局は最初に口を開いたのだった。「その眼は、いつまで現れ続けたんです?」

あまりに深く腰掛けているため、服だけが脱け殻のように見えるカルウィンは、私の質問に驚いたかのように体をピクリとさせた。まるで、自分の喋ったことを忘れてしまったみたいだった。「いつまでかって？　ああ、冬の間じゅう出たり出なかったり。地獄だったよ。決して慣れることはできない。実にいやな気持ちにされるんだ」

フレナムは姿勢を変えようとして、その際、後ろのテーブルに立っていたブロンズ・フレームの鏡に肘がぶつかってしまった。彼は振り返り、鏡の角度を少し動かした。それから元の姿勢に戻り、黒髪の頭を手のひらで支えながら、眼はじっとカルウィンを見つめていた。彼のもの言わぬ凝視に私は不安めいたものを覚え、そこから注意を逸らす意味もあって新たな問いを発した。

「ノイエスを犠牲にしようとは思わなかったんですか？」

「いやいや、実のところそうする必要はなかった。彼が代わりにやってくれたんだよ」

「代わりっていうと、どういうことでしょう？」

「彼は私を疲れ果てさせた――私だけじゃない。ありとあらゆる人をだ。彼は哀れむべき駄文を書き続け、それについてあちこちで、吹聴したせいで、みんな姿を見ると逃げ出すようになってしまった。私は何とか彼に文筆の道を諦めさせようとした。いや、もちろん婉曲にね。人当たりのいい人たちと付き合わせて、自分の真価がどこにあるか気づかせようとした。最初からこの解決法が一番だと思っていたんだ。一度文学者の雰囲気を味わいつくせば、後は魅力的な寄生虫の位置に落ち着くだろう。ずっとケルビーノでいるようなものさ。古い社会では、いつもそういう人間のために席が空けられていたし、婦人のスカートの影が隠れ家になっていた。彼が〝詩人〟の役割――詩を書かない詩人の役割を受け入れてくれれば、と思っていたんだ。どこの上流社会にも、必ずそういうタイプがいるものだろう？　そうやって生きていくのに、金は大してかからない――私の頭の中ではそういう計画が出来ていて、ちょっとした助力があれば、数年のうちに彼もそこに落ち着けるだろうと考えていた。その間に、きっと結婚することだろう。私としては、よい料理人と管理の行き届いた家に住む、かなり年長の未亡人がよいと思っていた。実際、未亡人には目を配っていたんだ……一方で、私は彼をうまく変身させられるよう心を砕いていた。金を貸し与えて良心を鈍らせ、可愛い女の子を紹介して当初の誓いを忘れさせようとした。しかし、どれも無益に終わった。あの美しい、頑固な頭にはたった一つの考えしかなかったのだ。彼が望んだのは月冠樹であり、薔薇ではなかった。ゴーティエの金言を始終唱え、その貧弱な散文と格闘を続けていた。ついには何百ページとも知れぬ長大なものになったよ。時折り、彼は樽いっぱいほどの原稿を出版社に送ったが、もちろんいつも送り返されてきた。

最初のうちはさしたる問題ではなかった。彼は自分が〝理解されていない〟と思っていたんだ。自分が天才だと思い続け、作品が戻るとまた新しいものを書いていた。それから彼は絶望に囚われ始め、騙されたなどと言って私を罵るようになった。私は怒り、自分で自分を騙していたんだろうと言ってやった。私のところへやって来た時、彼はもう作家になりたいという決心を固めていたのだし、私としては出来る限りの助力をしてきたのだ。私に罪があるとすれば、それが実は彼のためではなく、彼の従姉妹のためだったということぐらいだ。

どうやら私の言い分は核心を突いたらしい。しばらく彼は、黙ったままだった。それから〝時間もお金ももうありません。どうするのがいいと思いますか？〟と聞いてきた。

〝間抜けなことはしないことだ〟そう私は答えた。

〝間抜けなことというのは、どういうことです？〟

私は机から一通の手紙を出し、それを彼に手渡した。

〝つまり、このエリンガー夫人の申し出を断るということだよ。彼女は秘書を募集中だ。給料は五千ドル。いや、もしかしたらそれ以上かもしれない〟

彼は荒々しく手紙を私の手もとからもぎ取った。

〝どんな内容かは読まなくても分かります！〟その時の彼は、怒りで髪まで真っ赤にしていた。

〝分かっているんだったら、君の答えが聞きたい〟

彼は何も言わずにきびすを返すと、戸口の方へゆっくりと歩いて行った。戸に手を掛けたところで立ち止まり、聞こえるか聞こえないかの声で〝じゃあ、あなたも僕の作品は駄目だと思っているんですね？〟と言った。

すっかり疲れきっていた私は、そこで笑い声を上げてしまった。間の悪いことだったが、それを自己弁護するつもりはない。ただ言っておきたいのは、この青年が愚か者であり、しかも私は彼のために最善を尽くしていたということだ——心から。

部屋を出た彼は、そっと後ろ手で戸を閉めた。その日の午後、私は友人と約束していたので、フラスカティに出掛けて休日を過ごした。ギルバートから解放されたのは嬉しかったし、その晩分かったことだが、それは同時にあの眼からも解放されることだったのだ。眼を見る以前のように、私は惰眠を貪った。次の朝、樫の樹の上にある静かな部屋で目を覚ますと、こういう眠りの後にはいつも決まって感じていた疲れと深い安堵とを覚えた。私はフラスカティで素晴らしい夜を二晩過ごし、そしてローマの自室に戻ると、ギルバートは姿を消していた……いや、悲劇的な事件がおこったわけじゃない——この話はそこまで深刻にはならないんだ。彼は単に原稿を詰めてアメリカに——彼の家族とウォール街の机の下に戻ったのさ。彼は自分の決心を伝える、礼儀正しい手紙を残していた。愚か者は愚かなりに、一番いい方法をとったんだ……

4

カルウィンは再び口をつぐみ、フレナムは相変わらず不動のままだった。彼の頭の輪郭が、うす暗く後ろの鏡に映っていた。

「その後、ノイエスはどうなったんでしょう?」まだ何かが足らない、この物語の平行な線を繋ぐ糸が必要だという思いに駆られ、私は尋ねた。

カルウィンは、肩をピクリと震わせた。

「いや、どうにもなってはいないよ——大した人物にはなれなかったのだから。だからどうなるもこうなるもない。仕事はうまくいったようで、やがて領事館の職員になり、中国で結婚したんじゃないかな。悲惨なものだったようだが。何年か経ってから、香港で彼の姿を見かけたことがある。すっかり太って、髭も剃っていなかった。酒に溺れていると聞いたよ。私のことすら分からなかった」

話が途切れると、再びフレナムの沈黙が耐え難くなり、私は聞いた。「で、あの眼は?」

影の向こうにいるカルウィンは、あごを撫で、思いに耽る様子で目をしばたいた。「最後にギルバートと話した時以来見ていない。この二つを結びつけたければ、それは君の勝手だ。私にはどうにも繋がりが見えないがね」

そう言うと彼は、ポケットに手を入れて立ち上がり、まだ残っている飲み物が置かれたテーブルに向かってゆっくりと歩いて行った。

「こういう話の後は喉が乾いたろう。好きに飲《や》ってくれ。どうだい、フィル――」彼は暖炉を振り返った。

フレナムは主人の歓待の言葉に、何ら反応を示さなかった。低い椅子に座ったまま動こうともしない。しかしカルウィンが近づくと、二人の眼が遠目で合った。その時突然、フレナムは顔をそらし、テーブルに腕を投げ出すとその上につっぷした。

突然の動きにカルウィンは足を止め、顔を紅潮させた。

「フィル、一体どうしたんだ? 眼の話が怖かったのか? いや、自分にこれだけ文学的才能があったとは!」

この冗談に彼は自分で笑った。そして、ポケットに手を入れたまま暖炉の絨毯に立ち、若者の伏せられた頭を見ていた。フレナムがそれでも答えないので、彼はさらに一歩、二歩と近づいた。

「どうしたんだフィル! もう最後にあの眼を見てから随分になる。最近は混沌の中からあの眼を呼び出すような真似など一切してはいない。今の話のせいでお前にも見えたというのなら話は別だが、いくらなんでもそんな酷い仕打ちはするまいし」

彼の冗談じみた元気づけは、不安気な笑い声に変わっていった。さらに彼は近づき、フレナムに被さるようにして、その痛風を病む手を若者の肩の上に置いた。

「フィル、どうして答えないんだ？　お前もあの眼を見たのかい？」

フレナムの顔は隠れたままだった。二人の後ろに立つ私には、カルウィンがあたかもこの奇妙な態度に拒絶されたかのごとく、ゆっくりとその友人から離れて行くのが見えた。その最中に、テーブルのランプの光が彼の充血した顔を正面からとらえ、フレナムの頭の向こうにある鏡にその像が映し出された。

カルウィンもまた、その像を見た。そして足を止め、鏡と同じ高さに顔を動かした。そこに映っているのが自分の顔だということが分かっていないようにも思えた。しかし覗き込んでいるうちにその表情は少しずつ変わり、かなりの時間、彼と鏡に映った像とは、ゆっくりと憎悪の光をたたえながら、お互いに向き合っていた。そこでカルウィンはフレナムの肩から手を離し、もう一歩後に下がった……

フレナムはやはり顔を隠したままで、ぴくりとも動かなかった。

（奥田祐士＝訳）

ハルピン・フレーザーの死

アンブロワーズ・ビアス

ビアス　Bierce, Ambrose Gwinnetf 1842–1914?

オハイオ州生まれのジャーナリスト、作家。きわめて貧しい農家に生まれついたことが、かれの家庭嫌悪、両親嫌悪、そして社会や農村への嫌悪にあらわれている。ビアスはその嫌悪を新聞記者として記事にぶつけることで成功し、戦争や反乱など生死の境が現出する異常事態における人間の心理や行動に対して深い関心を示した。晩年メキシコ動乱に身を投じて行方不明となったことは、ビアスにふさわしい幕切れだった。したがってかれの恐怖小説は、おおむね、異常事態下の人間が体験する恐怖のリアリティを主題としている。傑作『人間と蛇』(一八九一)は、毒蛇に狙われた人の恐怖を、また『アウルクリーク橋の一事件』は刑死の一瞬に脱走する兵士の恐怖を、おのおの描いている。かれの方法が、たとえば芥川龍之介のような日本人文学者にも影響を与えたことは興味ぶかい。

本書収録の『ハルビン・フレーザーの死』は、すでに述べたビアスのあらゆる資質が一点に凝縮した異常作であり、生と死の境の問題を端的に扱った名作といえよう。

1

死が作り出す変化ほど、大きな変化を示したものはない。一般に肉体を離れた霊魂は時にのぞんで立ち帰り、往々にして生者によって目撃される(元の肉体を備えていた形で現われる)ものであるが、しかるに霊魂の宿らざるまことの死体が歩きまわることも間々あった。こうして生き返ってきた亡骸《むくろ》は生来の愛情もなければ、なんの記憶もなく、ただ憎しみのみがあるということは、それについて語るべく生き長らえて出会った人々の証言するところである。さらにまた、この世において穏和だった霊魂の中には、死によって悪そのものになることも知られている。

――ハーリ

真夏のある闇夜、一人の男が森の中で夢も見ない眠りからさめると、地面から頭をもたげた。そして、しばし闇を見つめて、「キャサリン・ラルー」といった。それっきり何もいわなかった。

それだけのことをなぜロにしたのか、男にも理由はわからなかった。

その男は、ハルピン・フレーザーといった。以前はセント・ヘリーナに住んでいたのだが、いまはどこに住んでいるのか定かでない。なぜなら、彼は死んでいるからだ。彼の下には枯葉と湿った地面しかなく、彼の上には葉の落ちた木の枝と、ぽっかりとそこから大地がぬけ落ちた空しかない森の中で常に眠りをとる者には、長命を望むことはできない。フレーザーはすでに三十二という年に達していたのである。世の中には、この年齢を大変な老年と見るものが何百万人もいる。中でもとりわけもっとも善良な者たちがそうだ。それは子供たちである。人生の航海を、その出で立つ港から眺める者たちには、相当な距離を航海した船が、もうすでに遠いかなたの岸のすぐ近くまできていると見えるものなのだ。しかしながら、ハルピン・フレーザーが野ざらしになって死にいたったということは定かでない。

彼は一日中、ナパ河流域の西にある丘陵にはいりこみ、鳩だとか、そういった季節の小さな獲物をさがしまわっていた。午後おそくなって空には雲があつくたれこめ、彼は方角を見失ってしまった。終始丘を下っていきさえすればよかったのだが――何処であろうと、道に迷った時には、それが安全な方法というものだ――踏み分け道がなかったためにひどく手間取って、まだ森から出ないうちに夜がきてしまった。真っ暗闇の中でくまこけももだの、その他の下生えの茂みを突っ切っていくこともならず、まったく途方に暮れ、疲労困憊しきって、ついに大きなマドローニャの木の根近くに横になると、そのまま夢も見ない眠りに落ちこんでしまった。それから数刻して、折りしもちょうど真夜中に、神の神秘な使者の一人が、数えきれぬほどの仲間の大群の先頭にしたのだが、誰の名だかも男は知らなかった。
っている男の耳に目ざめよという言葉を唱えた。男は起き直ると、なぜだかわからずその名を口をきり、一条の曙の光が現われそめると同時に、西へ向かってすべるようにかすめ去った時、眠

ハルピン・フレーザーは別にたいした哲学者でもなければ、科学者でもなかった。森の中で夜中に深い眠りから目がさめて、自分の記憶にもなければ、ほとんど気にもとめたことのない名前を口にしたからといって、この奇妙な現象を調べてみたいという好奇心がかきたてられることもなかった。奇妙なことだとは思ったが、夜は冷えこむという季節的な推定におとなしく従うかのように、お義理にちょっと身ぶるいをすると、また横になって眠りこんだ。ところが、こんどはもはや夢も見ない眠りではなかった。

夏の夜の濃くなっていく闇の中に白く浮かぶ、ほこりっぽい道を歩いていると思った。その道がどこからどこへ通じているのか、またなぜその道を旅しているのか、彼にはわからなかった。といっても、夢ではよくあるように、すべては単純で自然に思えた。なぜなら、「寝床の彼方の国」では、驚きは心配を停止させ、判断が休止するからである。やがて彼は分かれ道にきた。街道から分かれている道は旅人も少いらしく、いや、事実は、絶えて久しく見棄てられているように見えたが、それはきっと何か悪へ通じる道のせいだと彼は思った。それでも、なんの躊躇もなく、何か一刻の猶予もならぬ必要にかり立てられるかのように、彼はその道へはいりこんでいった。

先をいそいで進むにつれ、どんなやつかはっきりと想像はできないが、目に見えぬ存在がこの

道につきまとっているのがわかってきた。道の両側の木々のあいだから、とぎれとぎれの、とりとめもないささやき声が聞こえてきた。それは知らない言葉だが、それでも部分的にはわかった。彼にはそのささやきが、自分の肉体と魂に対してたくらむ非道な陰謀をきれぎれにいっているように思えた。

夜になってから、もう長い時間がたっていた。それでも、彼が旅している果てしもない森は、ちらちら明滅する青白い光で照らし出されていたが、それは少しも四方に光をまき散らしていなかった。その神秘な光を浴びても、何の影も作り出していなかったからだ。古い車輪の跡の溝のようなくぼみに、最近の雨でたまったらしい浅い水のたまりが、真っ赤な光を放って彼の目をとらえた。彼はしゃがみこんで、片手を水たまりに突っこんだ。指が真っ赤にそまった。血だったのだ！　気がつくと、あたり一面、血だらけだった。道ばたにびっしりと生い茂っている雑草も、その大きな葉には斑点やしぶきとなって血がとびちっていた。二つのわだちの間の、乾いた土のところどころに、真赤な雨でも降ったように、赤いあばたや、はねができていた。木々の幹は、大きな鮮血の斑点でよごれ、葉むらからは露のように血がしたたっていた。

以上のことを彼は、当然予期していた通りのことになったという思いと少しも矛盾しないような恐怖の念で、観察した。それもすべては、自分が罪を犯した意識はあっても、どうにもしかとは思い出せぬ犯罪の償いであるかのように思えた。威嚇とも、謎ともとれる周囲の不気味な光景に加えて、罪を犯した意識はさらに恐ろしかった。彼は記憶の中で過去の生活をたどってみて、罪を犯した時を再現してみようとしたが、むだだった。さまざまな場面や出来事が騒然とひしめき合って心に浮かんできた。一つの場面が現われて別の場面をぬぐい消したり、それとごっちゃに重なり合ったりして混乱し、曖昧になるばかりで、どこにも彼がさがし求める光景の片鱗すらつかめなかった。できないとわかると、恐怖はさらにつのった。相手が何者かもわからず、理由もわからずに殺人をした者のような気がした。状況は、まさに身の毛もよだつようだった――無言の恐しい威嚇をこめて燃えている光、毒々しい植物、誰が見ても一目でわかる陰欝な、悪意にみちた性格をおびている木々、それらが目の前で公々然と彼の平安を破壊しようと企んでいる。頭上からも、前後左右からも、はっきりと聞き取れる、ぎょっとなるささやき声と、明らかにこの世の生きものとは思えぬものの姿が迫ってくる――彼はもう恐ろしさに耐えきれなくなった。声も立てられず、身動きもできぬように自分の全機能を金縛りにしている邪悪な呪文を打ち破ろうと必死の努力で、声を限りに叫んだ。のどが張りさけんばかりに出た声は、まるで無数の聞きなれぬ音になって、どもりながら片言のおしゃべりをして森の遠くの果てへと流れていき、やがて消えて静かになった。すると、あたりはまた元と同じになった。だが、彼は抵抗を開始すると、気力がわいてきた。彼はいった。

「このおれがおめおめと黙って引き下がってなるものか。この呪われた道を旅する者の中には、悪意のないおおぜいの人がいるはずだ。おれはその人たちに証拠を書き残して訴えてやる。こんなひどい目にあったことを、おれが耐えているこの迫害を、伝えてやるぞ――このおれが、ただの無力な人間、悔悟者、なんの害もしない一介の詩人がだ！」ハルピン・フレーザーは悔悟者になった時だけ詩人であった。夢の中でのことだが。

服のポケットから、小さな赤皮の紙入れを取り出した。その半分にはメモ用の紙がとじこんであった。だが、鉛筆がはいっていないのに気がついた。茂みから小枝を折り取って、それを血だまりの中にひたすと、手早く書きしるした。だが、小枝の先が紙にふれたと思った瞬間、低い、気違いじみた笑い声が測り知れぬ遠いかなたから湧き上がり、刻々に大きくなり、刻々に近づいてくるように思えた。生気もなく、冷酷で、陰にこもった笑い声、深夜の湖畔にぽつんと一羽のアビが鳴く声を思わせた。笑い声は最後にすぐ近くで、この世のものとも思えぬ絶叫となり、やがて次第に小さくなって消えていった。それはまるで笑い声を上げたその忌わしいものが、そいつのやってきたあの世へ引き下がっていったかのようだった。だが、男にはそうは感じられなかった――まだ近くに、動かずにいると思った。

異様な感じが、彼の心身にゆっくりとひろがっていた。自分のどの感覚が影響されているのか――もしそんなことがあるとすればの話だが――彼自身にもわからなかったろう。感覚というよりもむしろ意識と思われた――何か圧倒的な力を持ったものがいるという確信に似た、神秘的な精神の働き――周囲に群れをなしてうごめいている目には見えぬものとも類を異にし、力においても優っている、何か超自然的な悪意があると確信した。そいつが、あのぞっとする笑い声を上げたのだとわかった。そいつが今度は近づいてくるようだった。どの方角からくるのかわからなかった――見当をつける気にもなれなかった。これまでの恐れはいっぺんに忘れ去ってしまったか、あるいは彼を金縛りにしていた巨大な恐怖感に溶けこんでしまった。それとは別に、いまはただ一つの考えしかなかった。亡霊のうろつくこの森を通りぬける善良な人々への訴えを書き上げておくということだ。もし万に一つも死滅の呪いを受けずにすんだら、その人たちがいつか自分を救い出してくれるかも知れないからだった。彼はすさまじい速さで書きまくった。手にした小枝は血をしたたらせ、あらたに血だまりにつける必要もなかった。ところが、途中まで書き進んだ時、はたと手が思うままに動かなくなったと思うと、両腕がだらりと脇にたれ、紙入れが地面にぱたりと落ちた。動こうとしても、叫ぼうとしても力がぬけてしまい、ふと気がつくと、自分の母親のはげしくひきつった顔と、うつろな、死人のような目をじっと見つめていた。母親が死装束の姿で、青ざめ黙って立っていたのだ！

2

青年のころ、ハルピン・フレーザーは、テネシー州ナッシュビル市で両親と共に暮らしていた。フレーザー家は、南北戦争がもたらした破壊にも持ちこたえたといった社会の上層の地位にある富裕な一家だった。子供たちは、その時代と土地にふさわしい社交的、教育的な機会に恵まれ、快い行儀作法、教養あるものの考えかたを身につけて、りっぱな社交と教育に応えていた。ハルピンは末っ子だったし、それほど丈夫でもなかったから、おそらくいささか甘やかされたのであろう。彼は母親の過保護と父親の放任という二重の不利な目にあった。父のフレーザーは南部の資産家が一人としてならざるはないもの、つまり政治家であった。彼の属している地方、というよりは彼の住む地域と州は、横暴なまでに彼の時間と注意を要求したので、家族のそれらに対しては、政界のボスどもの耳も聾せんばかりの熱弁や、彼自身のもふくめた絶叫などのためにいささかつんぼになった耳を、かしてやるのが関の山だった。

若いハルピンは夢見がちの怠惰、というよりロマンチックな傾向があり、彼がそれを職業とするべく育てられてきた法律よりも、いささか文学に熱中していた。現代的な遺伝学上の信念を口にする親戚連中のあいだでは、母方の曾祖父である故マイアロン・ベーンが、月下の地上に再来した（シェクスピア「ハムレット」のせりふ）かのように、彼は曾祖父の性格に似ているとよくいわれていた——ベーンは在世中、月の軌道をさまよって大いに植民地時代のかなり著名な詩人気取りでいたのである。この先祖の「詩集」（自費で印刷はしたものの、冷遇した市場からとうの昔に引上げてしまったが）の豪華本の誇らしげな所有者にならなかったフレーザー家の人間は、たしかにフレーザー家の一員としては珍らしかったにしても、精神的後継者の身でありながら、どうも理屈に合わぬ話だが、そのりっぱな故人を尊敬したがらぬということは、特に気をつけて見なくとも、容易にわかった。ハルピンは、いつなんどき、詩歌でめえめえやり出して、おとなしい白い羊の群に恥をかかすかわからない黒い羊のような、知的厄介者として、かなりみんなから非難されていた。テネシー州のフレーザー家といえば実際派であった——あさましい営利に血道を上げるという俗な意味での実際派ではなく、政治という健全な職業には不向きな男の性質を頑固なまでに軽蔑するという一家であった。

若きハルピンのために公平を期して一言しておくなら、歴史と一家の伝統から見て元をただせば、植民地時代のその有名な詩人のものともいうべき精神的、道徳的特徴の大部分がかなり忠実にハルピンの中に再現されているとはいっても、その天賦の才能や能力を彼が受けついでいたという説は、まったくの推測によるものであったといえよう。彼は詩の女神の愛をかち取ることなど夢にも知らなかったばかりか、実は、「賢者をも悩殺する者」からわが身を守るため、ただの一行の韻文さえ正確に作ることはできなかったろう。それでも、眠っている才能がいつなんどき目ざめて、七絃琴の調べをかなでるか、それは神ならぬ身、知る由もなかった。

さて、とにかくこの若者はだらしのないやつだった。彼と母親とのあいだには、この上もない完全な共感があった。というのも、内心ひそかにこの婦人はみずから、いまは亡き大マイアロン・ベーンの熱烈な弟子をもって任じていたからである。といっても、女性として極めて一般に、また当然に賞讃される如才のなさ（これは本質的にはずるさと同じだと主張するわからず屋の中傷家がいたのであるが）を以て、あらゆる人の目からおのれの弱点をかくすように常に気をつけていた。だが、同じ弱点を持つ息子に対してだけは別だった。そのことについての二人の共通したうしろめたさが、二人を結ぶ絆をいっそう強くした。もしハルピンの少年時代に、母親が彼を甘やかしてだめにしたというなら、甘やかされるのに彼自身も一役買ったことはまちがいない。選挙の結果がどうなるか、そんなことなど気にもかけない南部人がおとなになったらどうなるか、そんなおとなにハルピンが成長するにつれ、この美しい母親――幼いころから、彼はこの母親をケイティと呼んでいた――とのあいだの愛情は、年ごとに強くなり、こまやかになっていった。この二人のロマンチックな性質には、一つの徴候として、世間一般が軽視している現象、すなわちこの世のあらゆる人間関係にある性的要素の支配、が現われていたのだが、これは血族の関係をさえ強く、やさしく、美しくするものである。二人はほとんど分かちがたく、他人が二人のようすを見ていると、しばしば恋人同士とまちがえることさえあった。

ある日、ハルピン・フレーザーは母親の私室に入ると、母の額にキスして、止めていたピンからほつれていた黒髪のふさをしばしもてあそんでいたが、明らかに気を落ちつけようと努めながら、きり出した。

「ねえ、ケイティ、もしぼくが二、三週間、用事でカリフォルニアへ出かけていったら、とても気になる?」

その問いには、ケイティが口で答えるまでもなかった。かくそうとしても、彼女のほほがたちまち答えの代りをしていたからだ。明らかに彼女はとても気になるし、しかも、その確たる証拠に大きなとび色の目から涙があふれ出てきた。

「ああ、やっぱり」と、彼女は無限のやさしさをこめて、息子の顔をじっと見上げていった。

「いつかはこんなことになると覚悟してなくちゃいけなかったのね。あたしがほとんど夜通し泣き明かしたことがあったでしょう。夜中に、ベーンお祖父さまが夢まくらに立って、ご自分の肖像画のそばにいらして——あの肖像画のように若くて、おきれいだったわ——そして同じ壁にかかってるお前の肖像画を指さしていらしたからだったわ。あたしが眺めると、なんだかお前の顔がはっきり見えないみたいなのよ。なぜって、お前の顔にきれがかぶせて描いてあったからよ。死んだ人にかぶせるようなきれが。お父さまはあたしをお笑いになったけど、でも、お前とあたしには、その夢がただごとじゃないってわかったわね。そして、そのきれの端の下の方の、お前ののどに指のあとが見えたのよ――こんなことといって、ごめんなさいね。だって、あたしたち二人は、こういうことをお互いにかくすなんて、これまでしたことがないんですものね。きっとお前にはまた別の解釈があることでしょう。きっと、それはお前がカリフォルニアにいくことを指《さ》してないのかも知れないわ。それとも、あたしも一緒につれていってくれるのかしら?」

たったいま知ったことに照らしておこなったこの巧みな夢の解釈は、息子のより論理的な頭にはかならずしも全部が全部、気に入ったわけではないことだけは、はっきりさせておかなければならぬ。少くとも一瞬間、太平洋岸への旅よりももっと単純で、さし迫った――たとえ悲劇的ではないにしても――災いの虫の知らせだと、彼は確信した。自分はいずれ生れ故郷で絞殺される運命なのだというのが、ハルピン・フレーザーの抱いた印象だった。

「カリフォルニアには病気にきく温泉はないのかしらね」フレーザー夫人は、息子が夢の本当の解釈を説明するいとまもないうちに、またいいだした。「リューマチや神経痛の人がよくなる温泉だけどね。ほら、見てちょうだい――この指がとてもこわばってる感じがするのよ。眠ってるあいだ、とても痛くてしょうがない気がするんだけど」

彼女は両手をさし出して息子に見せた。息子にしてみれば笑顔を見せてかくすのが最善の策と考えたかも知れない、この母親の症状について、筆者は史実家としてはいかなる診断も下せぬが、しかし以下のようなことぐらいは一言しておかざるを得ないだろう。それほどこわばったようすもなく、ほんのかすかな痛みの証拠さえ見られない指なら、目新しい風景の処方を望むいかに美人の患者であろうと、医者の診察を受けたことなど、まずあったためしがないのである。

さて、事の成りゆきやいかにというと、二人そろって変わった義務感を持つ、この二人の変わった人物は、一方は依頼人の利害関係の必要上、カリフォルニアへおもむき、他方は、彼女の夫が客もてなしのことは、さっぱりわからないからという願いに従って、家にとどまることになった。

サンフランシスコに滞在中、ハルピン・フレーザーは、ある闇夜、市の海岸沿いの通りを散歩していた時、自分でもあっけにとられ、わけがわからなかったほど唐突に、船乗りになってしまった。実をいうと、酒に酔いつぶされ、それこそごりっぱな船につれこまれ、むりやり水夫にさせられ、遠い遠い異国へ向けて出帆したのである。彼の不運はこの航海でおわらなかった。船が南太平洋のある島に打ち上げられたからだ。生き残った連中が冒険好きのスクーナー型の貿易船に引き取られ、サンフランシスコにつれ戻されたのは、それから六年もたった後のことだった。

懐中はとぼしかったが、フレーザーはいまはもう何十年も昔のことに思えるその六年間の時と少しも変わりなく気位だけは高かった。他人からの助けを受けることなどいさぎよしとしなかった。そして、生き残りの一人の仲間とセント・ヘリーナの町近くで、わが家からの便りと送金を待って暮らしていた時のこと、彼は銃を持って猟に、そして夢を見に、出かけたのであった。

3

物の怪のうろつく森の中で、この夢を見ている男に相対している亡霊――母親にそっくりだが、しかも似ても似つかぬもの――は、ぞっとするほど恐ろしかった！　それは彼の心にもはや愛情も、思慕の思いもかきたてなかった。それはすばらしかった過去の快い思い出も伴わずにやってきた――いかなる感傷をも呼びさまさず、さらに美しい感動もすべて恐怖の中にのみこまれてしまった。彼は身をひるがえして、そいつの前から逃げ出そうとした。だが、足は鉛のように重かった。地面から足を上げることもできなかった。両の腕はだらりと横にたれ下がったままだった。目だけが、まだ意志のままになったが、その目を、亡霊の光のない眼球からそらそうとはしなかった。その亡霊こそは、肉体を失った霊魂ではなくて、この物の怪に取りつかれた森を荒すあらゆるものの中で、最も恐ろしいものだとわかった――霊魂のない肉体なのだ！　そのじっと見すえるうつろな目つきには、愛情もなく、憐憫もなく、知性もなかった――そんなものに慈悲を訴え求めても、何になろう。「控訴は成立しないだろう」と、彼は意味もなくかつての職業用語を使って考えると、まるで葉巻の火が墓を照らし出したかのように、事態はいっそう恐ろしく見えてきた。

しばしの間、しかもそれは世のすべての人々が老齢と罪のために白髪になったほどにも長く感じられ、そして、物の怪の森が、この途方もない恐怖の頂点に達してその目的を果すと同時に、彼の意識からさまざまの形や音と一緒に消え去ってしまったと感じられたのに、亡霊だけは一歩と離れていないところに突っ立って、野獣さながらの知性のない兇悪な目つきで彼をじっと見つめていた。と、亡霊はいきなり両手を突き出したと思うと、身のすくむような兇悪な形相で彼に跳びかかってきた！　その行為は彼のからだの精力を解き放ったが、金縛りになっている意志はそのままだった。思考は依然として呪縛されていたが、力強い体と敏捷な四肢は、それ自体の感覚を失った盲目的な生命を与えられ、頑強によく抵抗した。一瞬、彼にはまるで自分が見物人として、死んだ知性と呼吸している機械装置との間で争っている、この不自然な試合を見ているような気がした——夢では、そんな幻想がよくあるものだ。やがて彼は、まるで一挙に自分の体内に跳びこんできたかのように、本来の自己を取り戻した。そして、懸命になった自動人形は、その兇悪な敵にまさるとも劣らぬほど敏活、狂暴な意志を働かした。

だが、どんな人間が、夢の中の生き物に対抗できようか。ありもしない敵をつくり出す想像力は、すでに敗北しているのである。闘いの結果は、闘いの原因でもある。必死に闘ったにもかかわらず——徒労におわったとも思えるほど力強く活躍したにもかかわらず、冷たい指がのどをしめつけてくるのがわかった。地面におしたおされると、自分の手の幅もないすぐ上に、死人のひきつった顔が見えた。と、すべては暗闇になった。遠くで太鼓をたたいているような音——むらがり集まるさまざまな声のつぶやき、みんなに黙れと合図するような、遠くのひときわ鋭い叫び声。こうして、ハルピン・フレーザーは自分が死んだ夢を見たのである。

4

暑い、澄んだ夜が明けると、ぐっしょりとぬれるような霧のひどい朝になった。前日の午後も半ばごろ、うっすらとした一吹きのもや——ほんの大気が濃くなったような、わずかばかりの淡い雲――が、セント・ヘリーナ山の西側、山頂近い不毛の高い付近に沿ってへばりついているのが見られた。それはまことにうすく、透明で、気のせいで見えるようにしか思えなかったから、「早く見ろよ！　すぐに消えてしまうぞ」と、見た人がいたらそういったかも知れない。

ところが、たちまちのうちに、それは大きくひろがり、濃くなっていくのがわかった。一端は山にへばりついているのに、他の一端は、低い斜面の上空へと、どんどんひろがっていった。と同時に、それは南北へとひろがって、まったく同じ高さの山腹から、吸収されるのを知って企んでいたかのように湧き出してきたらしい小さな霧のかたまりをつぎつぎにのみこんでいった。こうして、霧はどんどん大きくなって、ついに谷から山頂の眺めを閉ざした。やがて、谷の上空も、どんよりした灰色の空におおわれていった。谷の奥近くの、山すそにあるカリストーガの町では、星の見えない夜から、太陽の見えない朝を迎えた。霧は、谷の中にまで下りてきて、牧場をつぎつぎにのみこみ、南の方へのびひろがり、ついに九マイルもはなれたセント・ヘリーナの町までおおいかくしてしまった。道の土ぼこりは舞い上がらず、木々は水滴をたらし、鳥は雨覆羽《あまおおいばね》に身をつつんで声も立てずじっとしていた。朝の光は、色彩も輝きもなく、青ざめ、生気もなかった。

二人の男が夜の明けそめるころにセント・ヘリーナの町を出て、カリストーガへ向かって谷を登る道を北へ歩いていた。二人は銃をかついでいたが、こういうことに知識のある者なら誰も、二人を鳥や獣のハンターとまちがえることはあり得なかった。彼らは、一人はナパ郡の保安官代理、一人はサンフランシスコの探偵であった――名前はそれぞれ、ホーカーとジャラルソンといった。二人の仕事は人間狩りだった。

「どれくらいあるんだね」二人が大またで歩いている時、ホーカーがきいた。二人の足は、道のしめった表面の下から土ぼこりを白っぽく舞い上げていた。

「白い教会かね？　ほんの半マイル先だよ」と、相手が答えた。「ついでだが」と、彼はいいそえた。「そいつは白くもなければ、教会でもないんだよ。そいつは廃校になった校舎で、長いこと放ったままなんでねずみ色になってるよ。そりゃあ、ひところは礼拝などもそこでやっていたさ――白かったころはね。それに、詩人のよろこびそうな教会墓地もあるよ。どうしてわざわざあんたを迎えにやって、武装してくるように伝えたのか、見当がつくかね」

「おいおい、おれはそんなことであんたを困らしたことなんか、いっぺんもないぞ。あんたはいつだって、ころ合いを見て、ちゃんと打ち明けてくれてたじゃないかね。だけど、まあ一つ当てずっぽうにいってやるか。その教会墓地の死体のどれかを逮捕する手伝いをしてほしいってとこだろう」

「ブランスコムをおぼえてるだろう？」と、ジャラルソンは連れの機知を適当にいなしてきいた。「てめえの女房ののど首をかき切った野郎だね。忘れてたまるか。あいつのおかげで、おれは一週間むだ働きして、おまけに、手弁当で苦労させられたんだからな。いまは五百ドルの賞金がかかっているが、誰もあいつの影も形も見た者はいないんだ。まさか、あんた、その野郎のことを――」

「そうさ、そいつのことさ。やつは始めっからずっと、あんたたちのすぐ鼻っ先にいたのさ。夜になると、白い教会の古い墓地にやってくるんだ」

「畜生め！　そこは、やつの女房が埋葬してあるとこじゃないか」

「まあ、あんたたちは、やつがいつかは女房の墓に舞い戻ってくるんじゃないかと、それくらいのことを疑ってみる勘がなかったもんかねえ」

「まさかあんなとこ、やつが舞い戻ってくるなんて、誰にも思いつくはずはないからなあ」

「だけど、あんたたちは、ほかの所はしらみつぶしに当ったじゃないか。それが失敗だとわかって、おれはあすこにあみを張ったのさ」

「で、やつを見つけたのか」

「それがいまいましいじゃねえか！　やつの方がおれを見つけやがったのさ。あの悪党めが先に銃を突きつけやがったんだ――とことんおれをホールドアップさせて、さんざんに歩きまわらせやがったのさ、やつがおれをぶちぬかなかったのは、まったく天のお情けだ。まあ、したたかもんだよ、あいつは。なんなら、あの賞金の半分でもおれには結構なんだよ、もしあんたが困ってるんなら」

ホーカーは気さくに笑って、自分の債権者たちはそれほどうるさくせがみ立てないのだと説明した。

「おれはただ、あんたにその場所を見せて、一緒に計画をねりたかっただけさ」と、探偵は説明した。「それに、たとえ白昼でも、武装しとく方が安全だと思ったのさ」

「あの男はきっと気が狂ってるんじゃないかね」保安官代理はいった。「賞金は、やつを逮捕して、有罪の判決が出たばあいだよ。やつが狂っていれば、有罪にならんかも知れんだろう」

ホーカー氏はそういう裁判の敗けもあり得ることを考えると、心底から不安になり、思わず道の真ん中で立ち止まったが、すぐにまた歩き出したものの、熱意はいくらかさめていた。

「そういえば、そうも見えるな」と、ジャラルソンも相づちを打った。「まあ、大昔の天下に名だたる浮浪者どもならいざ知らず、あれほどひげぼうぼうの、髪もぼうぼうの、着ているものもきたならしい、何もかもみじめったらしいやつは、まず見たことがないね。これだけはみとめざるを得ないな。しかし、おれはいままであいつに血道を上げてきたんだ。見逃してやる気にはなれんね。とにかく、われわれにとっちゃ、これは大手柄じゃないか。他のやつは誰一人、まさかあいつが『月の山脈』（アパラチアン山系中のホワイト山脈の別称）のこっち側にいようとは知らんからな」

「わかった」ホーカーはいった。「とにかく行って、その場所をたしかめてみよう」それから、ひところ、好んで墓碑銘に使われていた文句を借用していいそえた。「『やがてそなたの横たわる所』をね――つまり、あのブランスコムが、あんたと、あんたの余計なお節介にうんざりしてるかどうかをさ。ところで、こないだ聞いた話だが、ブランスコムというのは、あいつの本名じゃないってね」

「なんていうんだね？」

「それが思い出せないんだよ。あの野郎にはもうすっかり興味をなくしてしまってたんでね。それに、記憶にしっかりとめておかなかったしね――パーディとか何とかいったかな。あいつがのどを切るなんて悪趣味なことをやった、その相手の女は、やつが出会った時は後家さんだった。女は親戚か何かを探しに、カリフォルニアにやって来てたんだな――時々、そんなことをやる人間がいるものさ。だけど、これはあんたも知ってるさね」

「当り前だ」

「だけど、正しい名前も知らずに、どんなラッキーな霊感で正しい墓を見つけ出したんだね。あいつの本名を教えてくれた男の話じゃ、墓標には本名が刻みつけてあったそうだけどな」

「本人の墓は知らないんだが」ジャラルソンは、彼の計画でかんじんの点についてまったく無知だったことをいささか不承不承にみとめたふうだった。「大体のところは、いつも注意して見ていたよ。けさのわれわれの仕事の一つは、その墓の正体を確かめることになるだろうな。さあ、白い教会についたぞ」

それまで道は長いあいだ、両側が野原になっていたのだが、いまは、左側には、樫や、マドローニャの木や、霧の中から下の方だけがぼんやりとお化けのように見える、巨大なもみの木の森があった。下生えがところどころ密生していたが、一歩たりと足のふみ入れられるところはどこにもなかった。しばしのあいだ、ホーカーには建物らしいものは何も見えなかった。だが、二人が道をそれて森の中へ入りこむと、霧をすかして灰色のぼんやりした輪郭が、大きく、はるかなたに姿を現わしてきた。数歩進むと、手をのばせば届きそうなところに、はっきりと、霧にぬれてどす黒く見えてきた。大きさも大したものではなかった。ありきたりの田舎の校舎の格好をしていた――荷箱型の建築といった類いである。土台には石をすえ、屋根はこけむし、窓がぽっくり口をあけ、窓ガラスも、窓わくも、とうの昔にはずれてしまっていた。それは廃墟のようになっていたが、廃墟ではなかった――よその土地のガイドブック業者に「過去の記念碑」として知られているものの代用物、カリフォルニアの典型的なものだったからだ。このおもしろくもない建物にはろくに目もくれず、ジャラルソンはしずくのぽたぽたたれる前方の下生えの中に入りこんでいった。

「やつがどこでおれに銃を突きつけたか、教えてやろう」と、彼はいった。「ここが墓地だ」

茂みの中のここかしこに、いくつかの墓を、時にはただ一つだけの墓を中にして、小さな囲いがあった。それらが墓だとわかったのは、きたならしく汚れた石や、いろんな方向にかしいだり、中には完全に倒れ、そして上下が朽ちかけている板だの、それらを囲んでいるこわれた杭垣《くいがき》だの、あるいは数は少いが、落ち葉のあいだから砂利をのぞかせている土まんじゅうなどのせいだった。多くのばあい、哀れな人間の痕跡――それは「大きな輪をなして悲しむ友人たち」を置きざりにし、今度は彼らから置きざりにされた者たち――が横たわっていた場所を示すものは何もなかった。ただあるとすれば、喪に服した人々の心の沈みこんだ歎きよりも永続した、地面に沈みこんだくぼみくらいのものだった。小道は、たとえ小道がかつてあったにしても、とうの昔に消えていた。かなり大きな木々が墓から生い育つことができた根や枝で、囲いの柵を押しのけていた。あたり一面に、忘れさられた死者の村にこれほどふさわしく、これほど意味ありげに見えるところはどこにもないような、あの顧みられず、朽ち果てている空気が立ちこめていた。

ジャラルソンが先に立ち、二人が若木の茂みをかき分けて進んでいた時、このすこぶる冒険心に富んだ男が突然立ち止まると、散弾銃を胸にかまえ、そっと警告の合図をして、じっと突っ立ったまま、前方の何ものかに目をこらしていた。連れは、茂みにじゃまされて何も見えなかったが、精いっぱい相手の姿勢にならい、じっと立ったまま、不測の事態に備えていた。だがすぐにジャラルソンは用心深く進んでいき、連れもあとに続いた。

もみの巨木の枝の下に、一人の男の死体が横たわっていた。二人は無言のままそばに立って、まっ先に注意をひく特徴を調べるように見下ろした——顔、姿勢、服装など、すべては、口にこそ出さないが、同情と好奇心の入りまじった疑問に対して、即座に、明白に答えていた。

死体はあおむけに、両足をひろげてたおれていた。片方の腕は上へ突き出し、他の片方は横に突き出していた。だが、後者は鋭角的にまげて、手はのど元近くにあった。両手ともしっかりにぎりしめられていた。姿勢全体は、必死ではあるが無益の抵抗を示していた——だが、何に抵抗したのか？

近くに散弾銃と獲物袋がころがっていた。獲物袋のあみの目から、獲物の鳥の羽根がのぞいていた。そこらじゅうに、はげしい格闘の跡が残っていた。つたうるしの小さな若枝がへしまげられ、葉も皮もはぎ取られていた。朽ちた落ち葉が死体の足の両側に、死体の足とは違う足でうず高く長くつみ上げられていた。腰の近くには、まぎれもなく人間が両ひざをついた跡がついていた。

格闘がどんなものであったか、死人ののどと顔を見れば一目瞭然であった。胸や両手は白いのに、のどと顔は紫色、いや、どす黒いといってよかった。肩は低い土まんじゅうの上にのっていた。頭は、ほかには考えられないような角度でのけぞっていた。かっと見開いた目はひきつって、足の方とは反対の方角をうつろににらんでいた。開けた口いっぱいのあぶくから、黒くふくれ上がった舌がだらりと突き出ていた。のどは、すさまじい打身の跡を示していた。単に指の跡だけではなく、やわらかな肉の中に食いこんでいったにちがいなく、しかも死んでからも長いあいだ力まかせにしめつけていたままの強力な二本の手で作られたあざや裂傷までついていた。胸、のど、顔はぬれていたし、衣服もぐっしょりぬれていた。霧が集まってできた水滴が、髪や口ひげに点々とついていた。

以上のことを、二人の男は口もきかずに、ほとんど一目で見て取った。やがて、ホーカーがいった。

「可哀そうに！　ひどい目にあったんだな」

ジャラルソンは油断なくまわりの森を見張っていた。散弾銃を両手に持ち、撃鉄を起こし、引金に指をかけていた。

「こいつは狂人のしわざだ」彼はまわりの森から目をはなさずにいった。「やったのはブランスコムだ――パーディだよ」

地面のふみつぶされた落ち葉に半ばかくれて見えない何ものかが、ホーカーの注意を引いた。それは赤皮の紙入れだった。ホーカーはそれをひろい上げて、開けてみた。中にメモ用の白紙の束がはいっていた。最初のページに「ハルピン・フレーザー」という名が記してあった。そのあとの数ページに赤でしたためた――まるであわててなぐり書きしたかのように、やっと判読できた――以下のような詩があった。それをホーカーは声を出して読み上げた。その間も、彼の連れは、二人だけの狭い世界のうす暗い付近を警戒しつづけ、重たげなあらゆる枝からしたたり落ちるしずくの音を耳にしながら気になるものに聞き入っていた。

不可解な魔力に呪縛され、わたしは
魔法の森のほの暗い中にたたずむ
　森のいとすぎと桃金嬢《てんにんか》はたがいに枝をからませていた
意味ありげに、不吉な兄弟同士のごとく

思いに沈む柳は水松《いちい》にささやきかけていた
下には、莨菪《おめきぐさ》と芸香《へんるうだ》とが
　奇怪な、陰欝な形に織りなした不凋花と
おぞましい刺草《いらくさ》と共に生い茂っていた

小鳥の歌声もなく、蜜蜂のうなりもない
若葉一つすこやかなる微風にもそよがず
　空気は澱みきっていた。静寂だけが
木々の間で息づく生きものだった。

陰に企む霊はおぼろ夜にささやき

墓場のしめやかな密誦が半ば聞こえてくる
　木々はすべて血を滴らし、木の葉は
あざやかに朱に輝く魔女の光をあびてきらめいていた
わたしは大きく叫んだ！――しかも呪文は解けず
わが気力と意志にのしかかり
　精もなく、根《こん》もなく、希望もなく見棄てられて
わたしは怪異な凶兆と闘った
　ついに目に見えぬ――

ホーカーは読むのをやめた。もはや読むべきものがなかったからだ。原稿は行の途中で途切れていた。

「ベーンを思わせる調子だな」と、ジャラルソンはいった。この男は彼なりにいささか学があったのである。警戒心はすでにうすらいでいて、死体をじっと見やっていた。

「ベーンて何者だね」ホーカーはさして好奇心もなくたずねた。

「マイアロン・ベーン、わが国の初期のころに華やかな名声を得たやつだ――百年以上も前にな。おそろしく陰気なものを書いてたね。おれはそいつの作品集を持ってるけどね。この詩は、作品

集には入ってないが、きっと何かのまちがいで落とされたんかも知れんな」

「寒いなあ」ホーカーはいった。「引き上げようや。ナパから検死官に来てもらわなくちゃならんね」

ジャラルソンは何もいわずに、同意して歩き出した。死人の頭と肩がのっている土が少し盛り上がった端を通りかかった時、森の朽ち葉の下にかくれた何か固い物に、片足がぶつかった。彼はわざわざそれを蹴とばして、見えるようにした。それは倒れ落ちた墓標で、かろうじて判読できる文字で「キャサリン・ラルー」とペンキで書いてあった。

「ラルー、ラルーだ！」ホーカーが突然活気づいて叫んだ。「そうだ、これがブランスコムの本名だよ――パーディじゃない。それに――こりゃ変だぞ！　いま急に思い出したが――殺された女の名前は、元はフレーザーっていったんだよ！」

「こいつは何だかよからぬ秘密があるぞ」と、ジャラルソン探偵はいった。「こういう手合いのやつは、おれは大嫌いだよ」

霧の中から――どうやら大変な遠くから――笑い声が、二人のとこまで聞こえてきた。低い、ゆっくりとした、生気のない笑い、獲物を求めて夜の砂漠をうろつきまわるハイエナのそれにも劣らぬ、ぞっとするような声だった。笑いはゆっくりと高まっていき、刻一刻大きくなり、さらにはっきりと、さらに明瞭になり、恐ろしくなり、ついに二人の狭い視野のすぐ外にまで迫っているように思えた。余りにも不自然で、非人間的で、悪魔めいた笑いだったので、さすがに図太い、この二人の人間狩りの男たちも、何ともいいようのない恐怖感でいっぱいになった。二人は銃をかまえるどころか、銃のことすら考えつかなかった。この恐ろしい声の威嚇は、銃などで対抗できるしろものではなかった。それは静寂から生じてきたように、また静寂の中に消えていった。まるで二人のすぐ耳もとで起ったかのような極限の叫び声から、次第に遠のいていって、ついに、最後まで生気のない機械的な調子を保ちながら弱まっていき、無限に遠い静寂の中に消えていった。

（飯島淳秀＝訳）

悪魔に首を賭けるな

教訓のある話

エドガー・アラン・ポオ

ポオ Poe, Edgar Allan 1809–1849

フランス象徴主義の主たる霊感源のひとつとなったポオは、アメリカ人作家でありながら大陸での文化情況とも深くかかわった人物である。役者の子としてボストンに生まれ、詩人、編集者、批評家としても知られた。五年間イギリスで教育を受けたのち帰国。ヴァージニア大学、ウエスト・ポイント・コレッジに学んだが放校された。学生としては理数科に強い天才であり、文学に代数学や帰納法に通じる方法論をもちこんだ最初の成功者といえる。

その実作の一例が、ポオにおける独自の幻想文学であり、大陸のゴシック・ロマンスの影響を受けながら、代数的方法によっては天上界の美を宿す象徴文学へ、また帰納法や分析術を駆使してはSFや推理小説へと、このジャンルを拡大させた。かれ最高の傑作に、海洋綺譚『アーサー・ゴードン・ピムの冒険』(一八三八)、『アッシャー家の崩壊』、『陥穽と振子』(一八四二)などがあるが、本書では比較的人口に膾炙していない奇談『悪魔に首を賭けるな』を採りあげた。ヨーロッパの妖精伝承がアメリカに伝わらなかった半面、悪魔への恐怖だけはなぜか濃厚に伝わった事情の意味をさぐる上で、この小品は貴重な暗示を与えてくれる。本編は一八四一年九月に『グレアムズ・レディーズ&ジェントルマンズ・マガジン』に載った、ポオ晩年の短編の一つである。

トーレスのドン・トマスは、その著『艶笑詩集』の序文の中でいっている――"Con tal que las costumbres de un autor sean puras y castas, importo muy poco que no sean igualmente severas sus obras" これを平明な言葉に翻訳すると、もしも著者の人間が道徳的に純潔であるならば、その著作が道徳的にどうあろうと、そんなことは問題でない、ということである。こんなことを揚言したのだから、今頃ドン・トマスは、おそらく煉獄にいることであろう。彼の『艶笑詩集』が絶版になるか、もしくは、読者がなくなって、文字通り棚上げされるまで、彼を煉獄に止めおくのは、信賞必罰という意味で、賢明な策であるかもしれぬ。およそ文学作品たるもの、教訓を持つべきが至当であるが、更に有難いことに、批評家たちが、すべての文学作品が、事実、教訓を持っていることを発見してくれている。フィリップ・メランヒトン（十六世紀のドイツ宗教改革者）は、先般、「蛙と鼠の合戦《バトラコミオマキア》」（ギリシアの叙事詩の一つ）に関する論文を発表して、この詩人の目的は、暴動に対する嫌悪の情を喚起するにあったことを証明したし、ピエール・ラ・セーヌは、更に一歩を進め、作者の意図が、青年たちに飲食を節することをすすめるにあったことを証している。同様に、ジャコブス・フゴは、ホーマーの描いたユウニスにはジョン・カルヴィンをあてこする意図がひめられていたと主張すると共に、アンティノウスはマルティン・ルーテルを、ロートパゴス人（オデッセイに出てくる。はすを食っている人種）は新教徒一般を、ハーピー（オデッセイに出てくる。ギリシア神話の強欲な怪物）はオランダ人を、それぞれあてこすったものと称して疑わない。より近世の注釈者たちも、眼光の鋭さにおいてはひけをとらぬ。彼らは、「太古の人々《アンティディルーヴィアン》」の中にひめられた意味を立証し、「パウハタン」の中に寓話を読みとり、「コック・ロビン」の中に新思想を見、「一寸法師《ホプ・オ・マイ・サム》」（シャルル・ペローの仙女物語の主人公）の中に超絶思想《トランセンデンタリズム》を発見する。要するに、人間、机に向かって物を書けば、必ずそこには、実に深遠な意図がもりこまれるということが証明されたのである。これによって、一般に、文筆家の労が大いに軽減された。たとえば、小説家である。彼はもはや、教訓などというものを顧慮する必要がなくなった。だって、教訓は、そこに――つまり、どこかに――ちゃんとあるのだから。そして、その教訓と批評家が、自分たちだけで、うまく処置してくれるのだから。しかるべき時が来れば、筆者が意図したことも、それから意図しなかったことも、全部、彼が意図すべきであったこと、あきらかに意図するつもりであったにちがいないことといっしょに、何もかもそっくりダイアル誌（エマスンが主筆をつとめた超絶主義の機関誌）やダウン・イースター誌などの紙上であきらかにされる――かくて、最後には、万事きちんと結着がつくというものだ。

だからして、私が、これまでに教訓譚を書かなかった――より厳密にいえば、教訓をもった話を書かなかった――といって、無知蒙昧のやからは攻撃するが、この攻撃には正当な根拠がないわけである。彼らは、私の作品を世に紹介して、そこから秘められた私の教訓をとり出してみせるように運命づけられた批評家ではないのだ――秘密はそこにあるのである。そのうち、「季刊・北米平凡」が、彼らにその無知を思い知らせてくれるだろう。それまでの間、私の処刑を中止してもらい、私の量刑を軽減してもらうために、以下の悲しい物語を私は追加提出するものである。この物語にあきらかな教訓があることは疑問の余地があるまい。なにしろ、はっきり文字にそう書いて、標題にかかげておいたのだから、一目瞭然なはずである。このやり方に関しては私にほめてもらう資格があると思う――ラ・フォンテーヌ（フランスの詩人・寓話作家）その他の人々の、いいたいことは最後の最後までいわずにおいてからに、寓話のどんづまりになって、こっそり挿入するという、あのやり方にくらべたら、どれほど賢明か分らない。

「死者をはずかしむべからず」とは十二銅表の中の一箇条であり、「善きことにあらざれば死者については何事も語るなかれ」とは、これまたすぐれた禁制である――たとえ、その生命《いのち》を失ったというものが、生気の失せた薄ビールの場合であってもだ。だからして、今はなき友トービー・ダミット（ダミットはダムイット！ つまり、いまいましい！ 畜生！ のもじり）を、今更どやしつけるのは、私の本意ではない。たしかに、彼は、「この犬め！」と罵られても仕方のない男であり、彼の死は、まさに犬死であったけれど、彼の持った悪徳の数々は彼自身のせいではない。それらは彼の母親の肉体的欠陥からうまれたものだ。彼女は彼が嬰児の時分に最善をつくしてひっぱたいたのである――というのは、よく調整された彼女の心の命ずるところに従うのは常に快いことだったし、子供というものは、しわがたい肉の切り身や近年のギリシアのオリーブの木と同じようなもので、叩けば叩くほど良くなるにきまっている――ところが、悲しいかな、この女は運悪く左ききだったのである。左ききでひっぱたくくらいなら、子供は、きかないままに放っておいた方がいい。地球は右から左へ廻転する。だから、子供を左から右へひっぱたいたって甲斐ないこと。正しい方向に加えられる打擲《ちょうちゃく》が、ひと打ちごとに悪い性質を叩き出すものならば、逆の方向に加えられる折檻《せっかん》は、その度毎によこしまな性分を叩き込むことになる勘定であろう。トービーがおしおきされる現場に、私もよく居合せたことがあるけれど、彼が足をあげてひとを蹴る、その蹴飛ばしかたひとつを見ても、日毎に悪くなっていきつつあるのが、よく分った。そのうちに、このあくたれ小僧はもはや救いようがないということが、涙にうるむ私の眼にも、はっきりと見てとれるようになった。そういうある日のことである。さんざん撲りつけられたものだから、彼の顔が、黒あざだらけになって、まるでアフリカの土人の子供とみまごうまでになったにもかかわらず、打擲の効果は一向にあらわれないで、ただ、彼が身をもがいて逆上するばかりなのを見ると、私はもうとても我慢できなくなって、いきなりがばとひざまずき、声はりあげて彼の破滅を予言したのであった。

実際、悪徳に関する彼の早熟ぶりには、おそるべきものがあったのである。生後五ヵ月にして、早くも、激情のあまり口ごもるようになったし、六ヵ月目には、彼が一組のトランプにかじりついているところを、私はこの眼でしかと見た。七ヵ月目には、女の赤ん坊を見るとつかまえて接吻する癖がついたし、八ヵ月目には、禁酒の誓約書に署名をさせようとしても、頑として承知しなかったものである。こうして、彼の非道は月とともにつのり、やがて満一歳という時分には、どうしても口ひげをはやすといいはってきかぬばかりでなく、何かというと悪態をつく癖ができ、自分の意見を強調するさいに、なになにを賭けてもいい、と賭を持ち出す習慣までが身についてしまった。

紳士たるものにはまことにふさわしからぬこの最後の習慣のおかげで、トービー・ダミットは、私が予言した通り、ついには身の破滅を招くことになったのだけれど、この習慣は、彼の年とともに育ち、彼の力とともに強まっていったので、大人になった時分には、賭の縁語をまじえぬことには、ひとことも物がいえぬまでになってしまった。といっても、彼が、実際に賭をやったというのではない。彼という男は、胡麻をすることはあっても賭をするような男ではない、と、この点はっきりおことわりしておかないことには、この私の友人のためにあいすまぬ。彼の場合、賭うんぬんは、言葉の上のきまり文句――それ以上のなにものでもない。実質的な意味なんかなにもない。無色透明とまではいわないが、単純きわまる一種の付けたり――文章の体裁をかざる形だけの装飾なのである。「おれは君とこれこれの賭をしてもいい」と、彼がいったとする。その場合、その賭の相手になってやろうなどと考えた者は、これまで一人もいなかったけれど、それでも、私は、そんなことを彼にやらせないようにするのが自分の義務だと思わぬわけにいかなかった。そんなことをやるのは野卑なことだ――そう信じてくれと、私は、彼に頼みこんだ。それは社会の顰蹙《ひんしゅく》するところなのだ――うそでもなんでもない。国家の法律でも禁止されているのだ――うそをいうつもりなんか、さらさらあるものか。そういって、私は忠告したのだけれど、その甲斐はなかった。私は例をあげて証明した――しかし、ききめはなかった。私は懇願した――すると、彼は微笑した。私は哀訴した――すると、彼は嘲笑した。私は説諭した――すると、彼は憫笑《びんしょう》した。私は脅迫した――すると、彼は罵倒した。私は彼を蹴とばした――すると、彼は警官を呼んだ。私は彼の鼻をひっぱった――すると、彼は鼻嵐をふき、悪魔に首を賭けても、二度と私にそういう真似はさせぬといい出した。

いまひとつ、ダミットの母親が、彼女の息子に遺した、彼女固有の具体的欠点――それは貧乏ということであった。彼は全くいやになるくらい貧乏であった。彼が賭うんぬんの付け足し文句を吐く場合、それが決して金銭的色彩を帯びなかったのは、ひとえにここに原因があったにちがいない。彼が、「一ドル賭けてもいい」などという言いまわしをするのは、私は一度も聞いたためしがないのだ。彼のは、たいてい、「君の好きなものを賭けてもいいが」とか、「君が賭けるものを賭けてもいいが」とか、「ちょっくら賭けてもいいが」とか、さもなければ、もっと深刻に、「悪魔にこの首を賭けてもいいが」と、いうのであった。

この最後のいい方、これが一番彼に気にいっていたらしい――おそらく、このいい方に一番危険がすくなかったからであろう。なにしろ、ダミットは、おっそろしくけちな男になっていたのだ。万一誰かが彼の賭に応じたにしても、彼の首は小さかったし、従って、彼の損失も少くてすむという勘定なのであろう。もっとも、これはあくまで私自身の推測であって、彼もまちがいなくそう思っていたのだなどと、断言する自信はない。とにかく、このいい方は、日増しに彼の心をとらえていった。それにしても、人間が、紙幣かなんぞのように自分の首を賭けるとあっては、すこぶる穏当を欠いた話だけれど、そこが、頑冥固陋なこの私の友人には、どうしても納得できないのである。そのうちに、彼は、他のいい方は全部すてて、もっぱら「悪魔にこの首を賭けてもいいが」ばかりを、頑固一徹、ひたすらに愛用するようになった。私は、驚くよりも、むしろ不愉快になったくらいである。私は、自分で納得のいかないものにぶつかると、きまって不愉快になる男なのだ。大体、不可解なものは、人間を思考にひきずり込み、従って健康を害するものであるが、実をいうと、ダミット氏が罵言を吐く場合の、その吐き具合に、なんというか、――

今は、他に適切な言葉がないので「妙な」といわせてもらうけれど――この、妙なところがあったのである。はじめのうちは面白いと思っていたが、そのうちに、だんだん、私はそれがとても気がかりになってきた。コールリジ氏（イギリスの詩人・哲学者）ならば、神秘的と形容したにちがいない。カント氏ならば、汎神論的と称したことであろう。カーライル氏ならば、旋回的と呼んだかもしれぬ。そしてエマスン氏ならば、おそらく超幻妖的といったのではないだろうか。私は、そのうちに、この感じがいやでたまらなくなり出した。ダミット氏の魂は危機に瀕している。弁舌の限りをつくしてこれを救ってやろう、そう私は決心した。アイルランド伝説の中で、聖パトリックが蛙につくしてやったといわれているようなつくし方を、私も彼のためにやってやろう――つまり「彼の目をひらいて、自分のありのままの姿が見えるようにしてやろう」――そう私は、心の中で誓った。もう一度、私は、彼に忠告を行なった。あらゆる力を再び結集して、私は、彼に最後の訓戒を試みたのである。

私が語り終るや、彼は、なんともあやしげな素振《そぶ》りを見せはじめた。しばらくの間は、黙って、私の顔を、しげしげと見つめているだけだったけれど、そのうちに、頭を片方にぐいと曲げると同時に両の眉を思いきり高くあげてみせた。それから両の掌をひらいて肩をすくめ、次には右の眼でウィンクしてみせたかと思うと、今度は同じことを左の眼で繰り返し、はては両眼ともに堅くとざしておいて、それからパッと、実に大きく瞠《みひら》いたものだから、私は、どうなることかと、本当にびっくりしてしまった。それから、彼は、親指を鼻の頭にあてがい、あとの指で何ともいいようのない動作をすることを至当と考えた。そして、最後には、両手を腰にあて、肩肱はった恰好で、仕方がないから答えてやるといいたげに、口を開いたのである。

このときの彼の講釈の、要点だけしか、私は覚えていない。私にむかい、君の話なんか願い下げだといった。私の忠告なんかききたくないという。ひとのことを遠廻しにあてこすったり、いやらしいったらありゃしない。まだ自分を嬰児《あかご》のダミットだと思っているのか？ 自分の性質にけちをつけるつもりか？ 自分を侮辱するつもりか？ 君の母親は、君が、要するに、住居を離れているということを知らないのではないか、というのである。そして、これを尋ねるのは、君を正直な男とみなして尋ねるのだから、君の返事をそのまま信じることは誓ってもよろしい。もう一度、あらためて尋ねるけれど、君の母親は、君が他出していることを承知しているのか、どうか？ 狼狽しているところを見ると、返事は聞かなくても、もう分っている。悪魔にこの首を賭けてもいいが、君の母親は知らないに違いない――と、こう彼はいったのである。

ダミット氏は、私に答えるひまも与えず、いきなりくるりとくびすを返すと、そのまま、あたふたと、小人物のせわしなさをむき出しに、私の前を去っていった。しかし、その方が、彼のためにはよかったのである。私はひどく感情を傷つけられていたのだから。そして胸の中は怒りにもえてもいたのだから。この時だけは、私も、失敬きわまる彼の賭に応じてやろうかと思ったのだ。やればおそらく、悪魔に賭けたダミット氏の小ちゃな頭をもらいうけることになったろう。だって、私の母は、私が一時うちを留守にしていることを、事実、百も承知だったのだ。

しかし、マホメット教徒が、ひとに足をふまれたときのせりふではないが、*Khoda shefa midêhed*――天はゆるしを与え給う。私が侮辱を受けたのも、私が義務を遂行したればこそ、そう思って私は、この侮辱を男らしく甘受した。けれども同時にこの気の毒な人間に対しては、私も、これで為すべきことはすべてしつくしたという気がしてきた。それで、もうこれ以上忠告などして彼をなやますことなく、彼のことは、彼と彼の良心にまかせておこうと決心した。しかし、さし出がましい忠告をすることはさしひかえたものの、彼との交際を完全にたちきる気には、どうしてもなれなかった。のみならず、彼の罪のないきまぐれには、なにかと調子を合わせるようにさえ努めたのだ。だから、時々、からしをほめる美食家のように、眼に涙をためながら彼の皮肉をほめていたりすることがある。全く、涙がにじむほど深く、彼の毒舌は、私を悲しませたのだ。

うららかに晴れたある日のことであった。腕を組んでぶらぶらとそぞろ歩いていた私たちは、足の向くままに歩いていったところ、一筋の河の前に出た。そこには橋がかかっていたので、私たちは、それを渡ることにした。橋には、風雨を防ぐためにすっぽりと屋根がかかっていた。そして、そのトンネルのような形をした橋の壁には、ほとんど窓というものがなかったので、中は、気味が悪いほど暗かった。入ったとたんに、私は、表の明るさにくらべて、中があまりに暗かったので、すっかり気がめいってしまった。しかし、不幸にも、ダミットの方は平気なもので、私のことを、ふさぎの虫にとりつかれたにちがいない、悪魔にこの首を賭けてもいい、などとひやかすのである。そういう彼の方は、いつになく機嫌がいい。そして、いやにはしゃぐのだ――あんまりはしゃぐので、私は、なんとなく不安になった。なにしろ、超絶思想とかいうものにやられたのでないかと思えなくもない状態なのだ。もっとも、この病気の症状については、私も、よくは知らないので、そうと断言するわけにはいかない。それに、ダイアル誌（前出）につとめている私の友人も、運わるく、その場には一人も居あわせなかった。ではあるけれど、やはり、私にはそんな気がして仕方がないのだ。だって、楽天病の中でも悪質のやつが、この気の毒な私の友達にとりついたとしか思われず、そのために彼がすっかりおめでたくなってしまったのに違いないのである。何かにぶつかる度毎に、身をくねらせながら、そのまわりを跳ねまわらぬことには承知しない。そして、妙なたわいもないことを、舌の廻りもあやしげにしゃべったり、いやに威勢のいいことを大声にどなったりしながら、その間も、顔だけは、世にもきまじめな表情を崩さないのだ。実際、蹴とばしていいのか、それとも同情すべきなのか、私には分らなかった。そのうちに、橋の中程まで来たかしらと思う時分である。歩道がつきて、そこにいい加減の高さの廻転木戸が設けてあり、それを通らなければ、先へ進めないようになっていた。私は、いつもの通り、その木戸を押して、おとなしくそこを通りぬけた。ところが、ダミット氏は、そんな具合に木戸を押しただけでは気がすまない。どうしても、その上を跳んでみせるといってきかないのだ。しかも、とび越すときに、空中で、両脚をパッと合わせる派手な芸当をやってみせるという。正直いうと、私には、彼にそれができるとは思えなかった。どんなスタイルの芸当にせよ、一番上手にやってのけるのは私の友人のカーライル氏（イギリスの文人カーライルのスタイル、すなわち文体をひやかしたもの）であるが、そのカーライル氏にだって、これは不可能なことが分っていたから、まして、トービー・ダミットになんぞ、できるはずはなかったのだ。だから、私は、彼に、そんなことをいうのは空威張《からいば》りにすぎない、口でいってもできはしない旨を、こんこんと説ききかしたのである。後になって思ったのだが、実は、これがいけなかった。というのは、その私の言葉をきくと、すかさず彼は、いや、できる、悪魔にこの首を賭けてもいい、といったのである。

そういう言葉を口にする彼の不穏当な態度をいさめることはよそうと、かねて決心した私ではあったけれど、このときは、その決意を破って口をひらこうとした。が、そのとたん、私のすぐ傍で、「エヘン！」といったような、軽い咳払いが聞えたのだ。私はぎくりとした。そして、驚いてあたりを見廻した。その私の視線が、最後に、橋のわく組みの奥をのぞきこんだとき、そこに、人品いやしからぬ顔付きの、一人の小柄なちんばの老人の姿をみとめたのである。これ以上に高貴な風采の人物は、ちょっと見つかるまい。黒の礼服をきちんと着こんでいるばかりでなく、ワイシャツには毛筋ほどのしみもない。襟は、まっ白なネクタイの上に、きちんと折り返され、頭の毛は、女のように、まん中からきれいに分けてあった。そして、黙想にふけってでもいるのであろうか、両手を胸に組み、脳天を見つめているような上目《うわめ》使い。

なおも仔細に観察した私は、彼が、その細身の半ズボンの上に、黒絹の前掛けをしめていることに気がついた。これは、なんとしても、頗る異様なことである。そう思った私が、そのことを口に出そうとしたとたん、彼は、またもや「エヘン！」といって、私の言葉をさえぎった。

そういわれても、私は、すぐにはそれに応じることができなかった。実際、こうした簡潔きわまる言葉には、たいてい、答えることができないものだ。私は、『季刊評論』（イギリス保守党の機関誌）が、ひとこと「愚劣！」といわれて返す言葉を知らなかったことを承知している。だから、恥じることなく告白するのだけれど、私はそのとき、応援を求めてダミット氏の方をふり向いたのだ。

「ダミット」私はいった。「君は何をしているんだ? 聞えないのか? こちらの方が『エヘン!』とおっしゃるのだぜ」そういいながら、私は、友にきびしい顔を向けた。だって、実をいうと、このとき私は、常ならぬ困惑を感じていたからである。人間、常ならぬ困惑を感じた場合には、眉根を寄せて険悪な表情を浮かべないわけにいかないものだ。さもないと、馬鹿みたいに見えるにきまっている。

「ダミット」と、私はいった——この私の友人の名が、悪罵を浴びせるときに英米人がよく使う“Damn it”という言葉そっくりなものだから、この私の言葉も、まるで罵倒の言葉を放っているように聞えたけれど、そんな意図が私にさらさらなかったことは、いうまでもない。「ダミット、こちらの方が『エヘン!』といっておられるのだよ」と、私はいった。

私は、このとき私が口にした言葉を、深遠だなどというつもりはない。第一、口にした当人の私が、深遠だなんて、思ってもいないのだから。それなのに、「ダミット、君は何をしているんだ? 聞えないのか? こちらの方が『エヘン!』とおっしゃるのだぜ」と、単純きわまる言葉をかけられたときの、ダミットの困惑ぶり、ペクサン将軍の発明にかかる銃弾で、身体を蜂の巣のようにうちぬかれようと、あるいは『米国詩華選』で頭をどやされようと、あれ以上の困惑ぶりを示しはしないだろうと思う。

軍艦に追いかけられた海賊船が、次から次と、いろんな旗をかかげるように、千変万化、顔色を変えたあげくのはて、「本当かね?」と、彼は息をはずませながらいうのである。「そちらの人が『エヘン!』といったことに間違いはないね? よし、そんなら、おれが相手にならずばなるまい。平気な顔して押し切った方がいいだろう。よし、やろう――エヘン！」

これを聞くと、件《くだん》の小柄な老紳士は、どういうわけか知らないが、いともうれしそうな様子を見せた。そして、いままで坐っていた橋の骨組みの蔭を離れると、身のこなしも美しく前へ躍り出て、ダミットの手をとり、真心こめて握りしめながら、人間の頭で思い描ける限りの純粋なやさしさを漂わせて、相手の顔をまっすぐに見上げた。

「あなたが勝つことは、私にももう分りきっているんですがね、ダミットさん」少しの曇りもない微笑を浮かべながら、彼はいった。「しかし、まあ、一応、やるだけはやっておきましょう、単なる形式としてですな」

「エヘン！」と、私の友人は答えた。そして、深い溜息をつきながら、上着をぬぎ、ハンケチで腰をしばり、眼をつり上げ口をへの字に結び、なんとも解しかねる妙な表情を浮かべて「エヘン！」といった。それから、ちょっと間をおいて、また「エヘン！」といった。そして、それっきり、うんともすんとも口を開かなかった。そこで、私は、口にこそ出さなかったけれど、考えたのである――「ほ、ほう。トービーともあろうものが、こんなに黙りこむとは珍しい。この間、あんまりしゃべりまくったから、こんなことになったんだな。極端は極端を招くからな。ぼくが最後の説諭をやったあの日には、答えることのできない質問を、べらべら、べらべら、いっぱい尋ねたくせに、あれは一体どこへいってしまったのだろう。それにしても、とにかく、超絶病は治ったと見える」

「エヘン！」と、このときトービーは、まるで私の胸中を読みとっていたみたいに、そういった。

見ると、老羊が瞑想にふけってでもいるような様子である。
やがて、件《くだん》の老紳士は、トービーの腕をとると、影深い橋の中程に引っぱり出した——例の廻転木戸から数歩てまえのあたりである。「あのね」と、彼はいった。「このくらいの助走距離をみとめぬことには、私の良心がゆるしませんからな。あなたは、ここで待っていて下さい。私は、あの木戸のところに陣取って、あなたが、見事に——この、超絶的にですな——あの上を跳びこえなさるかどうか、拝見いたしましょう。空中で、両脚をパッと合わせる、あの派手な芸当を省略してはなりませんぞ。しかし、まあ、これは単に体裁を整えるだけにすぎません。私が『一、二、三、はじめ』といいますからね。いいですか、その『はじめ』という言葉を合図に駈け出して下さい」そういうと、彼は、例の木戸のそばに位置をしめた。そして、しばらく、深い瞑想にでも沈んでいるようにじっとしていたが、やおら顔をあげると、かすかに微笑を浮かべたようだった。それから前掛の紐をしめ直し、続いてダミットを長いこと凝視していたが、やがて、しめし合わせた例の言葉を口にしたのだ。

一——二——三——はじめ！

その「はじめ」の合図とともに、気の毒なわが友ダミットは、猛然と力一杯かけ出した。木戸《スタイル》はさして高くはなかった。ロード氏（アメリカの詩人。ポオはその詩を酷評した）の文体《スタイル》のように。しかし、また、さして低くもなかった、ロード氏を批評する批評家たちの文体《スタイル》のように。いずれにしろ、私は、ダミットがその木戸をきれいにとび越えることには疑問の余地がないと思った。が、万一、とび越えられなかったら、どうする？——そこが問題であった——万が一にも、とび越えられなかったらどうするか？「一体、あの老紳士、なんの権利があって、他人に跳躍なんぞをやらせようとするのだ？　おいぼれのそつなし居士め！　あいつは一体なに者だろう？　ぼくなら、跳んでくれと頼まれたって、断然ごめん蒙る。かまうもんか、どこの悪魔だって、あの野郎が……」ところで、繰り返すけれど、その橋には、すっぽりと実に奇妙な恰好にアーチ型の蔽いがかかっていた。だもんだからして、何をいっても、まことに不気味なこだまが返ってくるのである——いま私がいった最後の十字「悪魔だって、あの野郎が」という文句が、こだまを返してきたとき、今更のように私もはっきりとそれに気がついた。

しかし、私がいったことも、考えたことも、はたまた聞いたことも、一瞬のうちに消えてしまった。気の毒なわが友トービーは、走り出してから五秒とたたないうちに、もうひらりとばかり身をひるがえしていたのである。勢いよく駈け出していった彼が、橋の床から見事に躍り上り、躍り上りざま、すばらしい脚芸を見せたのを、私はこの目でちゃんとみとどけた。空中高く跳び上った彼が、木戸のちょうど上のところで、見事な脚芸を見せたのを、私はたしかに見てとったのである。だから、そこまで行った彼の身体が、そのまま先へ進まなかったのが、いかにも奇態でしかたなかった。しかし、その跳躍は一瞬の間のできごとで、私が深く考える暇もないうちに、ダミット氏は、ばったりと仰向けざま、いま彼が駈け出していったと同じ、木戸の手前の側に墜落したのである。その瞬間、あの老紳士が、あの廻転木戸の真上の暗がりの中から彼の前掛の中へ、どさりと落ちてきたものを、そのまま手早く包みこむと、全速力で駆け去ってゆくのが目にとまった。なにもかも、全く意外なことばかり。しかし、私には、考えてなんかいるひまはなかった。倒れたまま、じっとしているダミットの様子が尋常でないのだ。これは、よっぽど屈辱を感じているにちがいない、私の助けを必要としているのだ、そう思って、私は、彼の傍へ駆け寄った。と、どうだろう、彼は重傷といわねばならぬ傷を受けていたではないか。あからさまにいってしまえば、首をもぎとられていたのである。私は、その首を、そこら中、綿密に探しまわったけれど、どこにも見つからなかった。そこで私は、彼をうちに連れて帰り、同種療法《ホミオパシー》の医者たちを呼ぼうと決心した。そのうちに、ある考えがひらめいて、私は、もよりの橋の窓を一つ、さっとばかりに引き開けた。とたんに、いたましい真相があきらかになった。あの廻転木戸の真上五フィートばかりのところに、歩道の上を横切って、ひらたい鉄の棒が一本、支柱として、アーチの端から端まで横一文字にわたしてあった。これは、同じような支柱が、橋の入口から出口までの間に、何本も張られていて、それでもってこのアーチを補強する仕組みになっている、その中の一本だったわけだ。私の友人は、運悪く、この支柱のふちに、まともにその首をぶつけてしまったものと見える。

なにしろ、大事なものをなくしてしまったのだから、間もなく、彼は、息をひきとった。同種療法の医者たちも、この友人には、ほどこすすべとてほとんどなく、形ばかり施した彼らの治療も、患者は、はかばかしく受けつけなかった。そんなわけで、彼の病状は、ますます悪化するばかり、しまいには、放埒な生活をしている人間全体に身をもって教訓を示しながら、とうとうこの世を去ったのである。私は、涙で彼の墓碑をぬらし、彼の家の紋章に、左上から右下にかけて、斜線を一本引いた（庶子のしるし）。それから、葬礼の費用総額に対して、きわめて内輪に見つもった計算書を、超絶主義者たちに提出したのだが、やくざぞろいの彼らは、その支払いをことわってきた。そこで、私は、早速ダミット氏の墓をあばかせ、犬の肉として、彼の身体を売りはらってしまった。

（野崎孝＝訳）

死の半途《なかば》に

ベン・ヘクト

ヘクト Hecht, Ben 1894-1964

ニューヨーク市生まれ。シナリオ作家、編集者としても知られ、『シカゴ・リテラリー・タイムズ』（一九二三年創刊）の設立者ともなった。アメリカン・ジャーナリズムの英雄の一人といえる。

ヘクトは純粋な怪奇作家ではないが、折りにふれて独得な恐怖編や異常作を書いており、ニューヨークのポップな都会派の先駆をなす作品といえる。エロチックな悪夢の世界を描いた都市的サイケデリック小説『悪魔の殿堂』（一九二四）などは力のこもった話題作であるが、本書収録作のごとき傑作短編もかなり書き残している。一九二〇年代ニューヨークの裏町生活を彷彿とさせる本作品は、まさしくアメリカの怪談と銘うつにふさわしく、編者が最も愛する一編である。

気のきいた作品がめったに書かれることのない分野があって、ここにわたしがまた、その空白の歴史に、説得力に欠ける、たわいもない、亡霊の国の記録をひとつ加えるとすれば、報告者としてのわが力量のほどを、哀れにもさらけ出すことになろう。

ところで、つい最近免れた経験を書き留めるまえに、この無味乾燥な世の中でいたずら好きな小鬼や狼男や幽霊のささやきに突然心をとらえられたことのある読者ならだれしも抱くであろう疑問に、まずお答えしておこう。すなわち、わたしは、死体が墓穴から地上に迷い出るとか、呪いが死後も生き残るとかいったロマンチックな考えは、いささかも頭の奥にしまいこんではいないのだ。生きものが死んだのちも生きつづけるなどとは信じられぬ。木であろうと、犬であろうと、猫であろうと、けがらわしい老守銭奴であろうと。死者の出ることを泣いて知らせるという妖精やら、しなびた老人の姿をした小鬼やら、吸血鬼やら、肉体から離脱して泣きわめきながら闇のなかをさまよう霊魂があるとしても、わたしはそういう手合いにお目にかかったこともなければ、霊的に交わったこともない。

だが、わたしは、ブーズー教の崇拝者が暗黒のジャングルに捜し求める世界にも劣らぬ不吉で異常な世界の存在を信じているのだ――というよりは、そのような世界で数ヵ月すごしてきたのだ。死なずにその世界から逃れ出られたのは、理性が不条理に打ち勝ったためというよりは、運がよかったからだと思う。

この話をはじめるにあたって、わたし自身については、物書きであるとだけ言っておこう。わたしは本を一冊書きあげる計画を立て、その本の性質上、わたし自身の身柄と愛用の所持品とを、ニューヨーク市内の、あまり人に知られていない妙な地域へと移したのであった。すなわち、イースト・サイドの、打ちひしがれて辛うじて余命を保っているチェリー街に、一軒の家を借りたのである。

この通りをもって、マンハッタン島は悲惨にもみすぼらしい最期をとげる。アパートなどといった類いのものはない。住宅というよりはむしろ荷造り用の木枠に似た、分解しかかった家々が並んでいる。ごみ捨て場に使われている空き地がいくつかあるが、これ以上捨てる余地はほとんどない。かしいだ倉庫が少しばかり建っている。ガラスはあらかたこわれ、塀は倒れかけている。この街にしがみついている一握りほどの謎めいた連中は、この界隈に似つかわしく、現代のニューヨークの住民というよりは、空き地から残飯をほじくりだしてかつがつに生きていた、過ぎし時代の生き残りのように見える。

西へ数街区《ブロック》行くと、スラムと特殊部落の喧噪がはじまる。だが、老いさらばえて閑散としたチェリー通りは、その仲間ではない。あたりに漂う騒音にもかかわらず、眠っているかのようにとろんとしており、さながら西部の荒野に点在する打ち捨てられた鉱山町の、つぶれかけた家並みのようである。わたしの移り住んだ家は、一八〇〇年に建てられたものだった。ヴァンダル族の大群の襲撃をくりかえし受けたような家だった。横っ腹はぱっくり口をあけていた。玄関口はもぎとられ、裏側は土台がえぐりとられ、屋根ははがれていた。それでもなお、アダム式装飾様式の戸口は無傷を誇り、内部のクルミ材の床と廊下は生き残っている。だが、初めてこの家に足を踏み入れたとたんに襲いかかってきた臭気から察するに、それらも長くは保《も》つまいと思われた。その春の朝、こもっているひどい腐臭を吸いこんでいると、この老いさらばえた家がいまにも亡霊のように姿を消して倒壊し、ごみの山と化すにちがいないと思われた。だが、二週間たつと、窓は修復され、臭気は追い出されたか、あるいは少なくとも炉の火と芳香剤の煙によって中和され、壁は塗りなおされ、梁《はり》にふたたび支柱がほどこされて無数のクモが押しつぶされてしまうと、この古びた家も、みすぼらしいながらも一応はもっともらしい威厳を呈するに至った。

運び入れた本や快適な調度で一杯になった、ランプの明りに照らし出された居間に、夜、腰をおろしていると、このボロ家の復興ぶりにわれながら満足だった。北隣りにある打ち捨てられたガラクタ置場のことも、南隣りのタール・ペーパー張りの掘立小屋のことも忘れ去った。裏の地面を片づけて掘りおこし、ささやかな春の植え付けをしたのだが、地面を覆っていたごみをどけると、いまなおこの小さな空き地の輪郭を形づくっている崩れかけた煉瓦塀の内側はかつて草木が生い茂っていたらしい証拠がふんだんに見つかり、わたしはわくわくした。この見捨てられた街の臭気はどうかというに、ひと月とたたぬうちに、錆《さび》と海との、朽ちかけた木材と饐《す》えた壁との入りまじった匂いが、わたしには全く快いものとなった。ここ喧噪にみちた都会のはずれで、わたしはとつぜん無気味な静けさを見いだしたのであった。もはや役に立たなくなった、死に瀕しているこの街は、波止場で朽ちかけた今にも押し流されて姿を消そうとしている、なかば沈没しかけた艀《はしけ》のようであった。

この界隈に魅せられたとはいうものの、この家ともども借り受けてしまったらしい物音のせいで、初めのうちはなかなか眠れなかった。ネズミが暗闇を走りまわり、その饗宴と探検のすばやいひそやかな足音は、ときに恐ろしいものであった。それに、夜の静けさを縫って聞こえてくる、朽ちた木や、きしむ繊維や、汗をかいた漆喰や、ゆがんだ梁の立てるつぶやきにも悩まされた。ペンキを塗りなおしたり、いろいろと模様替えをしたにもかかわらず、その裏にひそんでいる腐朽が、無数の舌をもつ落ち着きのない人食い鬼よろしく、暗闇のなかで独白をつづけるのだった。

わたしは一晩に数回ベッドから起き出てロウソクに火をつけ、なにかの幽霊か少なくとも曲芸師にでも出くわすかもしれないと思って、家のなかを歩きまわった。だが、目に映るものといえば、がらんとした部屋と、陰におおわれた壁ばかりだった。わたしはほっとしてベッドに戻り、死に瀕している家の絶え間ないきしみ、つぶやき、おしゃべり、うめき声があるばかりだった。わたしはほっとしてベッドに戻り、わたしを取り巻くこのロマンチックな植物腐敗の交響曲に、しばらくではあるが満足する。しかし、ひと月もすると、かつては悩みの種だったこれらの物音も、気にならなくなった。わたしはこの家が与えてくれる孤独のムードに満足するようになった。おかげで仕事がはかどるのだ。そして、夜、打ち捨てられた船で漂流しているような気分にひたりながら、ふいに廊下を走りまわる足音や地下室から聞こえてくる紋めつけられるような叫び声にもかかわらず、眠りに落ちるのであった。だが、この家に、その奇妙な物音や匂いや、かびくさい、陰の多い壁に慣れてしまったある晩、わたしは眠りに浸透してきた危険に感応し、ぎくりとして目をさましたのだ。そしてベッドに起きあがった。ようやく魅力のある親しみのもてる家だと思うようになったのに、最初のうちのいらいらがぶり返したのが残念でならなかった。

室内は真暗だった。おぼろ月が窓外のささやかな庭の輪郭を浮かびあがらせている。わたしはマッチ箱へと手をのばしながら、一心に耳を澄ましている自分に気づいた。奇妙な鋭さにすべての感覚がとぎすまされていた。耳を凝らしているのは、この古びた家の立てる聞き慣れた物音に対してではなく、まだわからないが心霊的に期待している物音に対してであった。

わたしがマッチをつけようとすると、この待ち受けていた不可解な音が部屋にはいってきた。柔らかな足音だった。精神は混乱してすぐには反応を示さなかったが、心臓はちぢみあがって、逃げろと促し、悪寒が血管をかけめぐった。だが、すぐにわかった。なにも恐怖にとりつかれることはない。音をたてているのは猫なのだ。猫が一匹、寝室にはいってきたのだ。わたしはほっとして、その色、恰好、品位にもかかわらず、この動物に対してたちまち情愛を覚えた。わたしは落ち着きをとりもどし、目が闇に慣れるにつれて、そのシルエットが見分けられるようになった。見まもっていると、それはゆっくりと音もなく軽快に床を横切り、数フィート下の庭を見おろす窓敷居にとびのった、というよりは、飛び立ったように見えた。そしてそこにうずくまり、じっと目を凝らした。またしても、目ざめたときの不吉な予感の戦慄がよみがえってきた。猫に信じこまされたほど事態は安穏なものではないのだ。またもや心臓がひやりとし、感覚がはりつめ、期待でいっぱいになった。恐怖によって点火され、人の意志を焼きつくす、望ましからざる期待。わたしは不安のうちにベッドの端へと動き、訪問者のうずくまっている窓の外に目をやった。

そこには別の訪問者がいた。庭の向こうの隅に人影が立っている。顔は見えない。見分けがつくのは、前かがみになってじっと動かぬ輪郭だけだった。横たわったまま見ていると、その人影は動き、足をひきずって立ち去った。侵入者は女だとわかった。歩くのもやっとの、腰の曲がった老婆だった。

ごろごろという音がして、わたしは窓敷居へ目をやった。猫が立ちあがっていた。背を弓なりに曲げ、毛を逆立てている。そいつはうなり声をあげ、窓から庭へとびおり、去ってゆく人影のあとを追って姿を消した。

わたしはロウソクを二本ともして本を手にしたが、読むことはできなかった。庭に老婆がいたことには、さしてびっくりしたわけではない。あの猫の奇異なふるまいが神経にさわったらしいのだ。

その夜の、おもしろ半分ともヒステリックともつかぬ推測については、いかに健全な人間といえども、いかにリアリスティックな人間といえども、大脳葉のどこかに、猫や魔女の伝説とか、忘れられたお伽ばなし一式とかが見つからない人間はいないのではないか、とだけ言っておこう。

朝になると、なんともばかばかしくなって——ほっとした。明るい朝の陽光のもとでは、超自然的現象ほどばかばかしいものはない。魔女と不吉な猫のことを思い出して、思わずにやりとした。わたしはあの出来事を完全に消化し、処理して、著作に打ちこんだ。その古い家から一マイルばかり離れた、レストランで夕食をとってから戻ってみると、前夜の不安のかたみを見つけた。

あの猫が——前夜わたしの部屋に押し入ってきた猫だということはすぐにわかった——どうやらわたしを賄《まかない》つき下宿のあるじに選んだらしい。不恰好な猫だった。体長が少し長すぎるうえにずん胴で、いかに見境いのない猫好きでも、熱意をかきたてられることはあるまいと思われた。そいつは、目の前に置かれた食べ物を、なんとも猫らしからぬずぶとさで、うまそうに平らげた。そして食べおわると眠りこんだのだが、その眠り方たるや驚くべきものであった。猫らしく体を丸めてしとやかに眠りに落ちるどころか、この筋ばったエクセントリックな猫は、ごろりと横になり、死んだ馬みたいに脚をのばし、こうしたこわばった姿勢のままで目をとじて眠るのだった。死んでしまったのかもしれないと思って、しばらく見まもっていたが、脚がぴくぴく動くので、わたしはほっとして仕事に戻った。

ベッドにはいってロウソクを消すと、わたしはもうひとりの侵入者のことを思い出し、また現われるものと期待して、横になったまま窓外に目を凝らした。前夜よりも明るくて、庭がよく見えた。わたしは魔女がふたたび姿を現わすのを楽しみに待ち受けた。

だが、いつしか眠りこんでしまい、目がさめたときには、前夜と同じように不安と期待におののいていた。わたしの友となったあの猫が部屋にきていた。彼は窓のほうへと動いていた。神経のぴりぴりした奴だ、と思った。猫の不安の波が感じられた。窓の外に目をやると、前夜と同じく、庭の向こうの隅にあの人影が見えた。こんどは細かい点まで見分けられる。

推測していたとおり老婆だった。顔は老いのためにほとんど破壊しつくされている。月の光で、老いさらばえて形の崩れた容貌がはっきり見えた。しなびた灰色の顔。おそろしく年をとった人間の顔を見てぎょっとすることがあるが、このときも、わたしはぎょっとした――すでに死相があらわれ、かびが生えているように見える、死期の迫った顔。ほとんど口をおおいかけている長い団子鼻、歯の抜けたこわばった顎、皮膚になかば埋もれた、落ちくぼんだ目、いまにも骨からはがれ落ちそうな、しわくちゃの、だぶだぶにたるんだ皮膚、それらが月光に照らしだされ、さながらものすごい悪魔の面のようだった。わたしは思わず目をそらした。ショールを羽織り、厚ぼったい黒のスカートをつけている。手は両方とも隠れている。

わたしはあらためて目を凝らした。この老婆はいったい何の用があって夜半すぎにわたしの庭へやってくるのであろうか。じっと見まもっていると、恐怖が高まった。じっと立ちつくしているこの老婆――なにか恐ろしいことでもしているのではないかと、ふとそんなふうに思えた。気がつくと、わたしは震えていた。感覚は恐怖に逆立ち、庭でなにかがおこなわれているのだという忌わしい確信でいっぱいだった。

わたしは息を凝らした。なにかじっと考えこんでいるようなあの落ちくぼんだ目をこちらにひきつけはしないかと恐れたからだ。わたしの目に映ったのは、じっと動かぬこの人影、闇のなかのこのミイラだけだった。だが、あまりにも動かなすぎる、と思いあたった。なにかをじっと見まもっている。忍び寄ってくるクモのように、ある考えがわたしの頭に忍びこんできた。あの女がやってくるについては、なにかわけがあるのだ。隠されている事実のヒントを探りあてようとして、わたしの目と耳はおのずと緊張した。だが、なにも発見できなかった。夜は険悪になり、未知のヴェールにつつまれ、わたしは横たわったまま、あまりの恐怖に、かたずをのんで見まもっていた。

わたしの感じたのは、いったい何であろうか。わたしは何を予期していたのであろうか。両手を隠したこの動かぬ人影は何をしているのだろうか。なぜわたしの庭にやってきて立ちつくし、目を凝らしているのであろうか。やがて、前夜のように、窓敷居からごろごろいう音が聞こえてきた。老婆は体を動かし、足をひきずって立ち去りかけていた。

猫は背を弓なりに曲げてうなり声をあげ、庭にとびおりた。ぞっとしたことには、そいつに髪の毛をつかまれると、窓からとびおりたいという抑えがたい衝動に駆られたのだ。わたしは横たわったままベッドにしがみつき、この不意打ちに抗おうと歯ぎしりした。だが、脚はすでに窓のほうへと飛び立つような感じだった。あたかも庭をつっきっているかのように、草花とゴミとが入りまじった湿っぽい匂いがした。だが、わたしはベッドにとどまって、こうした感覚の飛翔に抵抗し、しばらくして、この不可解な恐ろしい深層の命令からのがれたのだった。わたしは汗まみれになって横たわっていた。力尽きてロウソクをともすこともできず、ノイローゼにかかってどうすることもできない自分が呪わしかった。

つづいて起こった出来事を振り返ってみると、なによりも不思議なのは、わたし自身の意志の弱さであり、無気力であり、不可解な屈従である。正気の人間の隠れた一面が、無気味なもの、魔術的なもの、未知のものに感応するということは、ある意味では自然なことである。しかし、われわれが誇りをもってこれこそ自我《エゴ》であると認める正気そのもの、条理と実際性の表面が、かくもたわいなく打ちのめされ、手も足も出なくなってしまうというのは、われわれの意志やてらいが紙のように薄いという哀れな証拠であろう。

わたしは、あくる朝になっても、庭にとびだしてあの老婆を追いかけたくなったあの奇妙な衝動を解明しようとはしなかった。愚かにも、あれは異次元の出来事だったのだ、正気では解明できないことなのだ、と決めこんで、その記憶をにぎりつぶしてしまったのだ。わたしはあの猫に餌をあたえ、その奇妙な眠り方をあらためて観察してその醜さににやりとし、執筆を再開した。

だが、あの第一日目にしてすでに、無気力が筆の流れと野心とを奪いはじめていたのだった。わたしは古家のなかでぶらぶらしていた。愛想のよい初老の掃除婦ミセス・ハンスがやってくると、わたしは癇癪を起こしてしまった。彼女の存在そのものが癇にさわり、敵意をはらんでいると感じたのだ。このでっぷりしたせわしげな老女は、近くに置くにはふさわしくない。わたしは彼女を追い返した。これには彼女もびっくりしたが、わたしとしても意外だった。夕方になると、わたしはいつものレストランまで日課の散歩をした。食欲はぜんぜんなかった。わたしはひたすら出来事を待ち望んでいたのだ――夜になるのを。わたしの心には一抹の疑念もなかった。あの女はきっとまたやってくる。現われるだいたいの時刻もわかっていた。彼女はいつもと同じあの庭の隅に立つであろう。わたしの友となったあの猫がふたたび窓敷居にとびのることもわかっていた。

この日ふっと奇異の念に駆られたことを覚えている。この切望はいったい何なのだろうか。なぜおれはこんなに興奮しているのだろうか。おれが待ち設けているのは何なのだろうか。このような妙な気分をかきたてるのは何なのだろうか。これらの問いに対しては、満足のゆく答えが見つかった。庭にやってくるあの訪問者をもう一度ちらと見たいということは、勇気のある証拠にほかならぬ。あのようなものをもう一度見ると考えただけで、たいていの者は身震いすることであろう。ところが、このおれは、そのようなちょっとした超自然的なものを味わおうという、ゆとりのあるシニカルな人間なのだ。この解釈はわたしを満足させた。わたしの行動には異常なところは少しも認められなかった。

この第三夜は、空は雲におおわれていた。夕食にはほとんど手をつけず、歩いて戻ってきて、この荒涼とした、破壊された通りにはいると、わたしは愉悦感に襲われた。わたしは立ちつくし、闇のなかに横たわる、ひとけのない、この打ち捨てられたわびしい通りを見わたした。ブラインドの引き方が足りずに人間味のある情景をのぞかせている、明りのともっている窓も、人間的な用事で快活な音をひびかせて通り過ぎる車も、音楽や議論の声音も、この打ち捨てられてがらんとした歩道を鑑賞するわたしのムードを、いささかも乱しはしなかった。わたしはひとり立ちつくしていた。潮風が闇を吹き抜ける。なにやら生命に達しないものが、なかば目に見える掘立小屋や、めちゃめちゃになった塀のなかに存在しているように思われた。通りのはずれあたりに人影が二つ三つ動いたが、こそこそした、なにかに気をとられているらしいこれらの人影は、このシーンのもつ意味の一部をなしているように見えた。古い墓を縫って歩く会葬者の影が、死の意義をひときわ強めるのと同じように。

わたしはベッドにはいると、横たわって、にやにやしながら空想をめぐらした。庭は真暗で、ほとんど物の見分けがつかない。寝ずに見張っていたのだが、猫が窓敷居にとびのるまで、わたしは訪問者がやってきたのに気がつかなかった。

彼女は例によって庭の隅に立ち、崩れかけた塀を背に、黒くぼんやりと見えた。なにも見分けがつかなかったが、彼女がじっと動かないことはわかった。気の狂ったどこかの老婆なのだ、この見捨てられた界隈に住む変わり者のしわくちゃばばあなのだ、迫りくる死にうろたえて闇のなかをあてどなくさまよい歩いているのだ、とわたしは考えはじめた。だが、そうした考えもいつしか消えていった。ことばよりも強力なものがわたしに語りかけていた。

それは庭からやってくるのだった——わたしの現実感覚を、自己感覚を、世俗的な実際的知性を混乱させるような、逆撫でするような通信。わたしは横たわったまま、まるで坂を駆けあがってでもいるようにあえいでいた。耐えがたい二重性のとりこになっているようだった。感覚が受け入れないものに、わたしは気づいていた。闇に隠された事実のヒントをさぐろうと、またしても目を凝らし耳をそばだてたが、なにひとつつきとめられなかった。だが、ある匂いが徐々にわたしの鼻腔にひろがっていった——咲いているバラの匂い——妖しくもロマンチックな、しつこい芳香。まるで戸外にいるかのように、夜気を顔に感じた。まるで走ってでもいるかのように、風が肌に吹きつけ、まるで想像を絶した行動にでもたずさわっているかのように、自分の荒い息づかいが聞こえた。これは幻覚なのだ。わたしはまだベッドに横たわっている。わたしの知っているわたしは、その場から運び去られはしないかと恐れているかのように、ぎゅっとシーツをつかんで横たわっている。庭の向こうの隅には、じっと動かぬ老婆の姿がまだ見える。

怒りで頭がほてった。奇妙な怒りだった。それはわたしの内なるなにかを吹き払ってくれるように思われた。前夜と同じように、それはわたしを庭へと駆りたてるのだ。だが、今度は、ほとんど抵抗できないほどやみくもな衝動だった。

猫がふたたび跳びはねるのが見えた。わたしははね起きて窓ぎわへ突進し、闇のなかへ身を投げようとした。口のなかは、わけのわからぬ、にがにがしい呪いのことばで一杯だった。わたしは窓ぎわで足をとめた。庭はすぐ目の前、数フィート下にある。だが、思いがけなくも自分の姿をちらりと見て、思いとどまった。暗い窓ガラスに映ったのだ——狂ったように目のすわった、おぼろな映像。その映像は闇のなかをさまよう亡霊のように非現実的に見えた。だが、まぎれもなくわたしなのだ。震える両の手で窓敷居にしがみつきながら、思わず映像からのがれようとした。わたしはすごすごとベッドへ引き返した。そしてぐったりと枕にもたれ、ぐっすり眠った。

目がさめると、夜明けが訪れて理性らしきものを取り戻していたにもかかわらず、いっこうに気分が冴えないところを見ると、予想以上に深い経験のさなかにあることを知った。危険が待ち受けているように、気が滅入った。だが、前夜にもまして人に会いたくなかった。このひねくれた孤独への熱望、不安へのあこがれは、われながらいささか意外だった。理知とは無関係に行動していることがおぼろげながらわかった。その日の午後、草とりでもしようと思い立ち、庭へ出ようとしたとたん、足がすくんだ。

わたしはもぐもぐひとりごとを言いはじめた。疲れすぎているのだ。戸外の仕事をするのは無理だ、土が湿りすぎている、などと。危険を回避したというみじめな気持をいだいて、わたしは近所を調べてまわろうともしなかったし、自分の心を探ってみようともしなかった。家のなかに腰をおろし、読み書きをしようとしたが思うにまかせず、徒らに時をすごした。老朽して沈みかけ今にも姿を没しようとしている、波止場につなぎとめられた艀のような感じのこの街に、自分がそっくりになったかのように。性格が変わってしまったような気がしたが、どうにもならなかった。わたしは意志とは別個の存在になってしまったのだ。

それにつづく何週間かのわたしの奇怪な挙動や苦悶の数々は、特に記憶に残っていない。窓敷居にとびのった猫のかたわらに立って目を凝らしていたが、老婆が庭に姿を現わさなかった夜もあったことを思い出す。だが、たいていは姿を現わした。ときにははっきりと、はっきりすぎるほどはっきりと彼女の顔が見えたのを覚えている――まるで、見る影もなく老いさらばえた顔がわたしの顔に押しつけられようとしているかのように。彼女がじっと動かず、身じろぎもせず闇のなかに立ちつくしていたさまが、恐ろしいむかつくような危険が身に迫っているという感じが深まったことが、記憶に残っている。だが、主な記憶といえば、庭にいる彼女のところへとんでいきたいという、やみがたい衝動であった。彼女が現われるたびに、このいまわしい奇妙な衝動とたたかった。わたしの正気、わたしの自我《エゴ》はしだいに衰え、夜を重ねるごとに、闇のなかでくりひろげられる不吉な腹だたしい場面にますますのめりこんでいったけれど、不可解な決意をもって窓のこちら側にしがみつき、そのためにへとへとになって、翌日はベッドに起きあがれないこともしばしばあった。一夜の苦闘で性根尽きてしまったかのように。

さして気がすすまなかったが、この古い家を出ようと何度かこころみたことがある。何人かの友人に電話をかけてみた。訪問してもみた。だが、起こりつつあることが、わたしをがんじがらめにしてしまっていた。それを避けたいとは思わなかった。この死に瀕している家のなかに横たわって震えていたかった。自分自身を陥れようとする陰謀者にでもなったような、夜な夜な窓から引きずり出して庭にいる何者かに引き合わせようとする力に密かに加担しているような、そんな気がした。

この期間に会った友人たちは、わたしを見て、やつれて不機嫌になったと評し、転地と食養生をすすめ、たいていは腹を立てて帰っていった。夏になって暑くなると、来訪者もとだえ、少数の親友ですら、わたしのつれなさ、とわたしらしからぬ癇癪に不快を覚えて、寄りつかなくなった。わたしはあの筋ばった奇妙な猫といっしょに日を送った。撫でてやったこともなければ、名前ひとつ付けてやったでもないが、わたしがまもなく引き入れられようとしている謎の一部ででもあるかのように、毎日せっせと餌をあたえつづけた。

それが現実のものとなる何日も前から、自分が庭へとびだして彼女に会うことになるのはわかっていた。もはやわたしを引きとめるものはなにもなかった。われとわが心の、精神の、感覚の秘密に気づいていた——まだわたしの考えをはぐらかしてはいるが、いずれは身をゆだねざるをえぬ二重性に気づいていた。まぎれもないわたしの内部で、正気らしきものに穴をうがち、新たな人物が、新たな一連のムードが、欲望が、形をなしていた。夜な夜な足しげくわたしの庭を訪れるこの死にかかっている老婆に、わたしはなにか関係があるのだ。彼女の不眠になにか関係があるのだ。いかなる関係かはわからない。しかし明るい昼日中《ひるひなか》でさえも、残忍さと憎悪にみちたこの家のなかで、ひとり顔をしかめ、うろつきまわっている自分に気づくのだった。おれが憎んでいるのは何なのだろうか、おれが忌み嫌っているのは何なのだろうか。答えはなかった。だが、その答えはわかっていた。それは庭にあるのだ。髪の毛に両手をつっこみ、わたし自身の内なるわたしを引きずり出そうとしているかのように、あの衝動がわたしにのしかかっていた。

その決定的な夜の、正気のとらえた現実の細部については、少しばかり覚えている。月が皓々と輝いていたことを思い出す。だが、その記憶についてさえ自信がない。昼間のうちは、海上を吹き荒れる嵐、はげしい風、いまにもつぶれそうな古家のきしみ、うめきには気づいていたようだ。わたしは錠をおろして閉じこもり、愛想のよいミセス・ハンスがやってきてしつこく戸をたたいたが、入れてやらなかった。わたしは寝室に腰をおろして待っていた。夕闇迫るころ、服を脱ぎたいという欲望に駆られ、ぎくりとした。服を脱ぎたくはなかったのだ。だが、手が内奥の命令に従って衣服をはぎとりはじめていた。眠りたくはなかったのだが、裸になって震えながらベッドにもぐりこんだ。そうして横たわっていると、猫が部屋にいないことに気づいて妙な苦痛を覚えた。猫がいないことに気づくと、はげしい不安でいっぱいになった。わたしはベッドからとびおり、ドアの錠をはずした。猫は外に待っていたが、戸口にうずくまったまま、部屋にはいろうともしない。わたしはなだめすかすように猫にささやきかけた。ついにその頑固さに腹が立って、つかまえようと手をのばした。猫は脚をこわばらせて起きあがり、わたしにむかってうなりたてた。

わたしはにやりとしてベッドに戻った。この猫をなだめる必要などないのだ。夜になればこの部屋にはいってくる。猫の無益なためらいに、わたしは声をたてて笑った。猫はわたしをじっと見まもりつづけたが、やがてゆっくりと、脚を恐怖にこわばらせてはいってきて、こそこそと隅に這いこんだ。火を吹く二つの円盤のようにその目が闇のなかに光っているのが見え、わたしはほっとして眠りに落ちた。

目がさめたのは真夜中すぎだった。わたしはそっとベッドからすべりおりると、はだしで窓辺へ行った。いつもの老婆が来ていた。庭の向こうの隅にじっとたたずんでいた。その姿を見ると、はげしい怒りがこみあげてきて、わたしは思わず唇を嚙みしめ、口をついて出ようとする悪態を抑えた。狂暴な、目くるめくようなムードがわたしをとらえた。暗い窓辺に立って、庭の塀の近くにたたずむ人影に目を凝らすと、だれだかわかったのだ。わたしは思わず金切り声をあげ、庭に身を投げた。その人影にむかって、じっと動かぬ人影にむかって、庭をつっきって走っているのは、このわたしだった。わたしはしゃがれ声で、あえぎあえぎ、なにやら叫んでいた――人の名を――「ジェニー、ジェニー！」と。走りに走っても、彼女のところに行きつかない。

と、二本の腕がわたしをつかんだ。それは闇のなかからぬっと出てきてわたしを抱きすくめ、荒れ狂う冷たい体で締めつけた。わたしが倒れても、二本の腕はからまりついて離れなかった。自分の金切り声がうつろに聞こえた。死体のように冷たいものがわたしの喉をぎゅっとつかんだ。息の根がとまりそうだった。わたしは抵抗した。背の高いがっしりした男がわたしの耳もとであえぎあえぎ悪態をつき、うなり声をあげ、手でわたしの首を締めつけつづけた。わたしは闇のなかに死と殺人の気配を感じとった。感覚がほとんどなくなりかけたとき、目をあけると、実に奇妙なものが映り、わたしは思わずあえいで大声をあげた。

見ると、わたしのまわりに高い煉瓦塀が建っており、そのてっぺんに植木箱が並んでいた。塀を背景にしてダリアが花ひらいている。とつぜんさっと降りそそいだ月光で、アスターとグラジオラスの咲き乱れている花壇が見えた。わたしの寝室の窓の下に、そびえ立つ灌木の茂みが現われ、バラの匂いがあたりにみなぎった。向こうの隅に大きな木が一本立っている。わたしをくびり殺そうとしている手の一部であるこの不自然な光景が目に映ったとたん、耐えがたい激痛がわたしの頭をねじった。わたしはこの実在せぬ庭に横たわり、実在せぬ殺人鬼の体に押しつぶされ、生命が衰退してゆくのを感じた。狂ったようにわめいている自分の声がうつろに聞こえた。「こいつは本物じゃない！」このことばとともに、あたかも悪魔の目の前で聖なる護符でも振りまわしたかのように、塀も、花も、むっとする庭の匂いも、隅の大木も、月光も、すべて消え失せ、それらとともに、わたしの喉を締めつけていた冷たい手も消え失せた。

わたしは明け方になって意識を回復した。身動きするのもやっとだった。這って家にはいった。首はこわばり、赤はだになっていた。廊下で猫を見つけた。独特な眠りをむさぼっているかのように、脚をこわばらせて横たわっている。わたしは身をかがめてのぞきこんだ。頭がつぶれていた。死んでいた。

わたしは二日間ベッドにひきこもって傷の治療に努めた。力が抜けてしびれ、動けなかったのだ。肉づきがよく、ぴちぴちして、とても齢には見えぬミセス・ハンスが看病してくれた。傷の手当をしながら彼女は言った——ひどい喧嘩をしたものですね、この傷を見ていると、チェリー街の古き良き時代、ケルト人、チュートン人、セム人などが入り乱れてはなばなしく取っ組み合い、この界隈が活気づいていたころを思い出しますわ、と。

わたしは狡猾な、へつらうような興味の色をうかべて、彼女の思い出話に耳を傾けた。この家にひとり取り残されるのが恐ろしかった。一室を寝室に使うようにと彼女に勧めた。だが、夜になると、庭をのぞきこむのが恐ろしくて、ベッドのなかでちぢこまり、この死に瀕している家の発するぱたぱたいう音やうめくような音に、ヒステリックなほど耳を澄ましたが、家から出ようとはしなかった。はげしいショックが去りやらず、あの出来事のもっともな説明を捜し求めて、われとわが心を苛みはじめていた。わたしは自分をとりもどしていた。体は弱ってはいたが、悪夢のような憑きものから回復しつつあった。だが、この家を出るとなると、たとえいかなる病気であるにせよ、病気の半分は持って出ることになる。となると、わたしの心は満たされず、苛まれた状態のまま、潜伏した不安を生かしつづけるであろう。打ち捨てられたわびしいチェリー街の目が、夜の音が、正体不明の人影が、どこへ行ってもつきまとうであろう。それに、あの庭がつきまとってくる。

四日目になると、やや元気が出てきたので、ひそかに頭のなかをめぐっていたことをミセス・ハンスに訊いてみた。

「この近所にジェニーという老婆を知っているかね？」

ミセス・ハンスはうなずいて、

「ええ、変なひとですわ、あのひと――ジェニーばあさん。きっと、まだこの近くをうろついてますわ」

「どんなことを知っているのかね、その老婆のことで?」と、わたしはたずねた。

するとミセス・ハンスは、その話の最初の部分を聞かせてくれた。

それから二、三日すると外出できるようになったので、わたしは公立図書館を訪れ、何時間もついやして古い新聞の綴じ込みをひっくり返して捜した。そして、その週末には、ジェニーばあさんの経歴を継ぎ合わせてまとめあげていた。

わたしの借りたその古い家は、七十年ほど前には、フィリップ・マソーヴァーという男の住居《すまい》だったのだ。ジェニーというのはその男の妻だった。二人がそこに住んでいたのは一年たらずにすぎなかった。今では古びたこの家も、当時はあつらえ向きの品のよい住宅で、チェリー通りも、木陰の多い、魅力ある通りだった。マソーヴァー夫妻は結婚するとすぐ、この家に引っ越してきたのだった。

この結婚は不幸におわった。ジェニーが、夫の所有していた帆船の船長をしていたジョン・テルという別の男を愛してしまったからである。一八六〇年九月十日の『ニューヨーク・タイムズ』に見つけたジョン・テルの似顔によれば、背が高くてがっしりした、目の深くくぼんだ男だった。ジェニーと夫のフィリップの似顔は見つからなかった。

一八六〇年の夏のある日、近所の人びとが騒ぎだしたので、警察はチェリー街のマソーヴァーの家を訪れた。人の住んでいる気配はなかった。ベッドは整えられておらず、皿は洗わずに流しに出しっぱなしになっていた。はたして夫婦はいなかった。調査の結果、フィリップ・マソーヴァーは五日間、回漕店に姿を見せていないことがわかった。近所の熱心な連中がジョン・テルという名前をもちだし、四カ月後、その船がニューヨークの港にはいったとき、テル船長は逮捕された。彼といっしょに、行方不明だったジェニー・マソーヴァーも発見された。

二人ともフィリップ・マソーヴァー殺害の嫌疑で拘引され、裏切られた夫の遺体捜索がはじまった。テル船長とジェニーの供述は嘘いつわりないように思われ、その日のうちに、恐ろしい不義を犯したことを認めた。ある夜、ジェニーは、そうとは知らずに眠っている夫を捨ててジョン・テルと駆け落ちしたというのだ。それにつづいて夫が姿を消したということは、彼女にとっては思いもかけぬことであった。彼の身に何がふりかかったのか、彼女もジョンもなにも知らないという。

警察の捜査は秋の終りまでつづいたが、ついに打ち切りとなった。釈放されたジョンとジェニーはどこへ行ったのか、結婚してどこかに落ち着いたのか、それともジョンの船で航海に出たのか、わたしにはその糸口すらつかめなかった。ところで、わたしの庭へやってきたのはジェニーなのだ。彼女はどこからか、若いころ住んだ家に戻ってきたのだった。ミセス・ハンスの説明するところによれば、親からその話を聞かされた少数の古顔は彼女を見てそれとわかったが、彼女に話しかけることは不可能だという。つんぼになっていて、おまけにほとんど目が見えず、残飯をもらい歩いて生きているという。

だが、ジェニーに話しかける必要はなかった。彼女に関する話をまとめてみると、わたし自身がそれに係わりのあることが明らかになったからだ。警察がつきとめ得なかったこと、近隣の伝説には含まれていないことが、わたしにはわかったのだ。目が見えなくなり足もとがおぼつかなくなったジェニーばあさんは、どこからか、七十年前の夏の夜の犯罪現場に戻ってきたのだ。そして、かつては庭の向こうの隅をふさいでいた木の下に立ったのだ——七十年前のある晩、愛人ジョン船長の腕に抱かれて立っていたように。そのとき彼女の夫は、わたしの使っている部屋で眠っていたのだ。

だが、その夜、彼女の夫は目をさましたのだ。おそらく、部屋を這いまわる猫の足音で。彼は窓外に目をやり、妻が抱擁されているのをまのあたりに見る。激怒に狂った彼は、幸福を略奪した悪党を襲おうと庭にとびだす。だが、この悪党ジョン船長は途中まで迎え出たのだ。闇のなかから両の腕がのびて相手をつかむ。二人は取っ組み合い、そして体力のまさったジョン船長がフィリップ・マソーヴァーの息の根をとめてしまったのだ。ジェニーはそばに立って見ていたのだ。フィリップが死んでしまうと、二人は急いで死体を片づけてから、港に停泊しているジョンの船へと急行し、そして姿を消してしまったのだ。

老いさらばえたジェニーが夜な夜な庭の隅に立って身じろぎもせずに見まもっていたのは、これなのだ——その殺害場面なのだ。変わりはてた彼女が半盲の目を凝らして見まもっていたのは、庭でくりひろげられたこの激情と死の情景なのだ。夜な夜なバラの茂みの上の寝室からひとりの男がとびだしてきてアスターの花壇をつっきり、もうひとりの男と取っ組み合って死にゆくさまを見まもっていたのだ。

死に瀕している亡霊のようにわたしの五感をかきむしったのは、この同じ暗がりでおこなわれた殺人の記憶、老いさらばえたジェニーの住んでいた幻想の世界なのだ。あの狂乱の夜の追憶にふけってあの恐怖の場面がよみがえるのを見まもっていた老婆ジェニーがテレパシー的魔法をわたしにかけたのだ。わたしが寝ていたベッドは、かつてフィリップが寝ていたベッドなのだ。わたしがのぞいていた窓は、かつてフィリップがのぞいていた窓なのだ。かくして、ついに、わたしはフィリップと化してしまったのだ！

わたしはそう感じたのだが、理解することはできなかった——夜な夜な窓辺に立って目を凝らしていたわたしを徐々に襲った性格変化の秘密。わたしはジェニーの幻覚の一部となってしまったのだ。病気に感染するように、徐々に彼女の狂気に感染していったのだ。自我と意志との分裂を体験し、感覚を通して霧のようにわたしの心に忍びこんできた幻想に支配されてしまったのだ。そして、窓からとびだした夜、わたしはフィリップと化していたのだ——幻のフィリップに。七十年まえ庭にとびだしてきて殺されたフィリップに。

だが、ここで、わたしはためらう。わたしの首についていたあざ、わたしの負った傷、たたきつぶされていた猫の頭——これらは現実のものなのだ。わたしの喉をしめつけ、わたしの肉を傷つけ、わたしの肩をねじったこの力は、いったいいかなる幻覚なのであろうか。

これに答えるには、慎重にならざるをえぬ。闇のなかでわたしに襲いかかったのは、幽霊ではなく、夢なのだ。われわれの肉体は、われわれが安易に現実と呼んでいるものに対してのみ反応するのではないのだ、とわたしはその夜気づいた。われわれの想像力は、われわれを破壊する力をもったイメージをも創りあげ、内なる幻覚の世界に、実体はないが肉を傷つけ肉体をへし折り生命をしぼりとる怪物を住まわせることもありうるのだ。われわれの感覚、われわれの器官は、とも不可解なロジックをもって怪物《キメーラ》の襲撃に反応し、幻の襲撃を受けて血を流し、影に触れて死ぬこともありうるのだ。これが烙印の秘密なのだ。幻覚のもたらす身体的異常の秘密なのだ。だが、闇のなかでわたしを縊《くび》り殺そうとした幻は、わたしの夢が孵化したものではありえない。闇のなかに立ちつくして夢みていた老婆の記憶から立ちのぼった霧のようなものなのだ。わたしに襲いかかったのは、庭をさまよっていたジェニーの過去、老いさらばえたジェニーの夢だったのだ。

ということは、われわれの幻覚は本人のみならず他人をも支配するということだ。妄想の生み出すこれらの影は、時間・空間・現実にはかかわりがないが、われわれが生き死にする内なる世界に住みつくのだ。これは心の奥底にひそんでいる危険な死の世界なのだ。人間だれしも頭のなかにもっている、この内なる世界については、われわれはほとんど知らない――天空のかなたの宇宙を知らないのと同じように。いずれは人間の手で切りひらかれ探検されるであろうこの世界に、魔女や吸血鬼や幽霊としてわれわれが垣間見る軍勢がひそんでいるのだ。

あの実在せぬ、花の咲き乱れた庭にとびだした夜、わたしはフィリップ・マソーヴァーと化し、そして過去から、おびき入れられた内なる世界から、わたしを縊り殺そうとする力強い手が立ち現われたのだ。

あの襲撃から立ち直った二週間後が、庭への訪問者の見納めであった。彼女はなかば闇に隠れて庭の隅にじっと立っていた。わたしは身震いしながら窓辺に立った。奇妙な記憶が感覚をかき乱した。だが、わたしは悪魔ばらいの必要なことを悟った。出て行け、とジェニーにむかって大声で命じたのだ。動けないでいる彼女に、わたしは石を投げつけた。石は彼女の足もとに落ちた。彼女はぎくりとして半盲の目を上げ、古家をにらみすえると、足をひきずって立ち去った。

翌朝、ある考えがわたしをとらえた。わたしは庭を掘りはじめた。そして二日間掘りつづけた。二日目の夕方、ひとりの人夫の助けを得て二つの骸骨を発掘した。夜な夜なあの老婆が立っていた地面の何フィートも下に埋まっていた。ひとつは男の骸骨だった。もうひとつは猫のそれだった。

（吉田誠一＝訳）

ほほえむ人びと

レイ・ブラッドベリ

ブラッドベリ　Bradbury, Ray 1920-2012

イリノイ州生まれの小説家。『火星年代記』（一九五〇）や『刺青の男』（一九五一）などSFの傑作を書いた作家としてよく知られる。しかし初期のブラッドベリは大衆小説誌『ウィアード・テールズ』に拠る恐怖小説作家であり、戦後世代による切れの鋭い作品を多数残している。本書に収録した作品はその好個の見本であり、小市民的日常にふと垣間みる不気味な世界を、素朴だが美しい英語で描きあげている。

この方面におけるブラッドベリの仕事は、作品集『十月はたそがれの国』（一九五五）に尽きているが、その母体となった処女作品集『闇のカーニヴァル』（一九四七）は、ラヴクラフトの高弟であったオーガスト・ダーレスの設立した怪奇小説専門出版社〈アーカム・ハウス〉の刊行物のうち、きわめて入手のむずかしい稀本として知られる。ちなみに、本作品はこの処女作品集に収められた出世作の一つである。

その家でもっともきわだっているのは、静けさだった。グレッピン氏が玄関のドアからはいったときも、開いて、うしろですうっとしまるドアの油のきいた沈黙は、まるで開いて閉じる夢――ゴム・クッションの上で、潤滑油に浸って、ゆっくりと、実体もなく始まって終る出来事を思わせた。彼自身がごく最近に敷いた廊下の二重カーペットは、歩いても音ひとつ立てない。夜遅く、風が家をゆすることはあっても、庇がたついたり、はまり具合の悪い窓が震えたりする心配はない。防風窓もすべて自分で点検した。網戸は、ピカピカの新しい丈夫な留め金で、しっかりと留められている。暖房炉はノッキングもせず、暖かい風が暖房系統の喉元でひっそりとため息をつくばかり。立ったままきびしい午後の寒さから体を暖めている彼の、ズボンの折り返しを、その風がそっとゆり動かす。

沈黙の重さを、小さな耳のなかにある驚くべき天秤ではかりながら、彼は満足げにうなずいた。沈黙は、みごとに統一され、完成している。以前には、ネズミが壁と壁の隙間を動きまわった夜もあったのだ。だがネズミ取りとネコイラズのおかげで、壁も今では黙りこくっている。大時計さえ動きを止められ、その真鍮の振子は、前面にガラスのはいった、長いセイヨウスギの棺のなかで凍りつき、鈍く光っていた。

四人は、食堂で待っている。

彼は耳をすました。音をたてるものはない。よし。上出来だ。やっと静かにすることを学んだのだ。教える手間はかかったが、それだけのことはあった——食堂からは、ナイフやフォークの音ひとつ聞えてこない。彼は厚地の灰色の手袋を脱ぎ捨てると、冷えきったオーバーコートの鎧をハンガーに掛け、ためらいとあせりの表情を顔に見せて立ちつくした……何をしたらいいだろう。

グレッピン氏は、家のようすを知りぬいた、無駄のない足どりで食堂にはいった。食事の仕度ができたテーブルの前には、家族四人が身じろぎもせず、無言ですわっていた。聞えるのは、彼の靴が厚いカーペットを踏む、問題にならないほど微かな音だけ。

いつものとおり、彼の眼は本能的に、テーブルの家長の席にすわる婦人に向けられた。わきを通りすぎながら、一本の指を彼女の頬の近くで振った。まばたきもしない。

ローズ叔母は、家長の席にどっしりとすわっている。塵が一つ、天井から軽やかに舞いおりてきたとしたら、その眼は塵の行く先を追うだろうか？

なめらかな眼窩にはまったくその眼は、無表情に、的確に、ぐるぐると回るだろうか？　もし塵が、たまたまその濡れた目の玉に乗ったとしたら、眼は動くだろうか？　筋がゆるんで、まつ毛がおりるだろうか？

いや。

ローズ叔母の手が、食卓用のナイフ類さながらにテーブルにのっている。珍しい、上製の、錆びついた骨董品。けばだったリンネルのサラダの下に隠れた胸。その乳房が、愛を、赤ん坊の口をうけつけなくなってから、もう何年にもなる。今では、それは蠟引布に包まれ、永遠にしまいこまれたミイラにすぎない。テーブルの下、ボタン留めの長靴におさめられた棒の足は、ずっと上って、セックスのないずん胴のドレスのなかに消えている。だが、じつはその足もスカートの裾までで、そこから上は蠟と屑だけのデパートのマネキンであることは想像がつく。遠いむかしには、夫が彼女を、まるでウィンドウのマネキンのように抱いたときがあったにちがいない。それに対して、彼女も同じ蠟の冷たい動作と、マネキン人形の熱意でこたえ、無口と無反応に厭気がさした夫は、ふとんの中で背を向け、しだいに激しさを増す欲望に震えながら、幾夜も過したことだろう。だが、やがて彼は、夕方の散歩に出かけるふりをして黙って、町のはずれ、谷のむこうにある小さな家に足をむけるようになった。そこへ行けば、ピンクのカーテンをおろした窓に明るい灯が輝き、彼の押すベルに若い婦人がこたえてくれたからだ。

そう、そのローズ叔母がすわって、グレッピン氏をまっすぐ見つめている。そして——彼は笑いを呑みこむと、嘲けるようにピシャリと手を打ち合わせた——彼女の鼻の下に、埃の口ひげの最初の徴候が現われているではないか。

「こんばんは、ローズおばさん」会釈をして、彼はいった。「こんばんは、ディミティおじさん」と、ていねいに。「そうそう、なにもいわない」片手をあげる。「だれも、なにもいわない」もう一度、会釈。「ああ、こんばんは、ライラと、それからレスター」

いとこのライラは左側にいる。彼女の髪は、旋盤にかけられた真鍮の管の金色のけずり屑。そのむかい側にいるレスターは、髪で四方八方を指し示している。二人ともまだ若い。レスターが

十四、ライラが十六。二人の父親（だが「父親」とは、何といやらしい言葉だろう！）、ディミティ叔父は、ライラのとなりにかけている。家長の席にすわると隙間風があたって体に悪いと、ローズ叔母が彼を低い席に代えてしまったのは、遠い遠いむかしのことだ。ああ、ローズおばさんったら！

グレッピン氏は、ぴっちりしたズボンにつつまれた小さな尻の下に椅子をひくと、リンネルに無造作に肘をおいた。

「話したいことがあるんですよ。重要なことです。もう何週間も伸ばしてきたんだ。もう待てない。恋をしてるんです。でも、それはこないだ話したな。ほら、みんなを微笑《わら》わせてあげたあの日ですよ」

椅子にかけた四人はまばたきもしない。手も動かさない。

グレッピンは、内省的になった。彼が一家にほほえみを教えたあの日。二週間前のことだった。帰宅して食堂にはいると、一同を見て彼はいったのだ。「ぼくは結婚します！」

四人は、だしぬけに割れた窓ガラスを見るような顔でふりむいた。

「あなたが、なんですって？」ローズ叔母が叫んだ。

「アリス・ジェーン・ベラードとですよ！」体をこわばらせながら、そういった。

「おめでとう」ディミティ叔父がいった。そして、「というところかね」と、妻の顔をうかがって付け加えた。「でも、まだ少し早くないかね？」もう一度、妻の顔をうかがって、「そう。そう、ちょっと早すぎるな。まだ賛成はできないね。まだ、ね」

「この家だってガタがきているし」と、ローズ叔母。「まだ一年は修理の予定はありませんよ」

「去年だって、そういったじゃないですか。その前の年だって」グレッピン氏はいった。「どちらにしても」と、ぶっきらぼうに、「ここはぼくの家だ」

ローズ叔母のあごがこわばった。「こんなにまでしてあげたというのに、そのわたしたちを放りだすなんて、なんと、まあ――」

「放りだしゃしませんよ。バカなことといわないでください！」腹をたてて、グレッピンはいった。

「な、ローズ――」力のない声で、ディミティ叔父はいった。

ローズ叔母は両手をおろした。「世話をしてあげたわたしを――」

その瞬間、グレッピンは四人を何とかしなければならないと決心したのだ。まずおとなしくさせ、それからほほえむことを教えて、そのあとで荷物のようにどけてしまうのだ。アリス・ジェーンを、こんな意地悪だらけの家に連れてくることはできない。どの部屋に行くにしても、ローズ叔母は、あとについて来る――姿を見せないときでさえ。子供たちは、母親の一瞥だけで意地悪をはじめる。三番目の子供といってもおかしくない父親は、忠告をうまく並べて、独身でいることをすすめる。グレッピンは、一同を見つめた。彼の愛が、生活がどうかしてしまったのは、彼らのせいなのだ。彼らを何とかすれば――そうすれば、夜毎に見る、愛を求めて柔らかな肢体に汗をうかべた女たちの、あの熱っぽい、燐光を放つ夢も、手のとどくものになるかもしれない。そのときこそ、この家は彼の――そしてアリス・ジェーンのものとなるのだ。そう、アリス・ジェーンの。

叔父も、叔母も、それにいとこも、どこかにやってしまわなければ。急いで。今までのように、ただ出ていってくれというだけなら、ローズ叔母が、色あせたにおい袋とエジスン蓄音機をまとめるうちに二十年も過ぎてしまうだろう。その前に、アリス・ジェーンのほうが行ってしまう。グレッピンは肉切り用のナイフをとりあげると、四人の顔を見まわした。

疲れで、頭ががくんとさがった。グレッピンは、思わず眼を開いた。ええ？　そうだ、考えながら、うたたねしてしまったのだ。

そのすべては二週間前におこった。二週間前のこの夜、結婚と引越しとアリス・ジェーンのことが話題にのぼったのだ。ちょうど二週間前。彼が四人の顔に笑みをうかばせたのも、二週間前だった。

回想からさめると、グレッピン氏は、黙りこくったまま身じろぎもしない四人に笑顔を向けた。彼らも、機嫌をとるような独特の微笑をかえした。

「ほんとに、あんたは嫌いだ。憎たらしい婆あだよ」彼はローズ叔母にあからさまにいった。「二週間前だったら、こんなことはいえやしない。今夜は、うん、まあ――」そして振りかえると、酔ったような声で、「ディミティおじさん、こんどはこっちが忠告する番ですよ――」

よもやま話をしながら、彼はスプーンをとりあげ、空《から》の皿にのった桃を食べる仕草をした。下町のレストランで、ポーク、ポテト、パイそれにコーヒーの食事をすませていた。だが、ここでデザートを食べる仕草をするのは楽しかった。彼は噛む真似をした。

「さあて——いよいよ、あなたたちが引越す晩ですね。いろいろ考えて、二週間待ちましたよ。こんなに長く置いといてあげたのも、ある意味では、あなたたちをながめていたかったからかもしれません。引越されたら、もうぼくは——」そこまで話したとき、彼の眼が恐怖に輝いた。「もしかしたら、夜中にやってきて、家のまわりでうるさい音をたてるかもしれませんね。それはご免こうむります。この家で変な音を聞きたくないんです。アリスがきたとしても……」

足元の二重カーペットは厚く音もせず、いかにもたのもしい。

「アリスはあさって引越して来たいといっています。結婚はするんですよ」

ローズ叔母が、疑わしげに、悪意に満ちたウィンクをした。

「ああ！」とびあがって、彼は叫んだ。それから、眼を皿のようにして見つめ、唇をふるわせながら椅子に崩折れた。笑って、彼は緊張を解きほぐした。「なあんだ。蠅なのか」蠅は、ローズ叔母の象牙色の頬をたしかな足どりでゆっくりと進み、飛び立った。どうして、わざわざあんなときに、蠅は彼女に疑いのウィンクをさせたのか？「ぼくの結婚を信じないんですかね、ローズおばさん？ぼくが結婚できないと思っているんですか？愛の義務をつとめる能力がないとでも？女性や、女性のやり方についていけないほど未熟だというんですか？白日夢を見ているだけの子供だというんですか？おい！」首を振りながら、彼は努めて自分をおさえた。「なんだ、どうした？」と、自分にいう。「ただの蠅じゃないか。蠅が、人間の愛に茶々をいれるもんか。それとも、おばさんが蠅を使ってウィンクしたのかな？ばかな！」彼は四人にむかって指をつきだした。「これから炉をもっと熱くしますよ。一時間もすれば、あなたがたはみんな、この家から出て行ってしまうわけだ。わかるでしょう？　そう。えらい、えらい」

外では、雨が降りはじめた。家をずぶ濡れにする、冷たい土砂降りの雨。グレッピンの顔に、いらだちの表情がうかんだ。雨の音だけは止めることができない。聞かずにはいられない。新しい蝶つがいも、潤滑油も、留め金も役に立たない。屋根から布切れをすっぽりかぶせて、音をやわらげようか？　ばかな。だめだ。雨の音をさえぎるものは何もない。

静けさが、むしょうにほしかった。今までの人生で、これほどほしいと思ったときはない。音の一つ一つが、恐怖だった。それを片っぱしから消さなければ。

雨音は、平たい面を叩く、いらだった男のこぶしの音のようだった。彼は、ふたたび回想にわれを忘れた。

思い出の残りが、心にうかびあがった。彼が一家にほほえみを教えた、二週間前のあの日の、それから後におこったこと……

彼はナイフをとりあげ、テーブルの上の鶏を切ろうとした。いつものとおり、一家は全員揃い、厳粛な、清教徒的な表情をうかべている。子供たちの笑いを、ローズ叔母の足が、けがらわしい虫のように踏みつぶしてしまうのだ。

ローズ叔母が、鶏を切るグレッピンの肘の位置のことで小言をいった。そしてもう一言、ナイフの切れが悪いと付け加えた。そうだ、ナイフの切れ味だ。そこで彼は回想をいったん止め、眼をきょろきょろさせると、ひと笑いした。それから、グレッピン氏は行儀よく砥ぎ棒でナイフをとぎ、ふたたび鶏にむかったのだった。何分かして、その大部分を切ったところで、ゆっくりと眼を上げ、瑪瑙《めのう》の眼がついたプリンを思わせる、四人のきびしい、とがめるような顔を見つめた。しばらくそうしていたが、不意に自分の切っていたのが、皮をむかれたヤマウズラではなく、裸の女であることに気づいたように、ナイフをあげ、しわがれた声で叫びだした。「どうして、あんたたちは微笑ったことがないんだ？　よし、微笑わせてやる！」

彼はナイフを持って、何回か魔術師の杖のように振った。すると、大した時間もたたないうちに——一人残らずほほえんだのだ！

彼はその思い出を二つに破り、くしゃくしゃに丸めて捨てた。元気よく立ちあがると、廊下に出、廊下から台所へ、そこから薄暗い階段をおりて地下室にはいり、暖房炉の口をあけると、火をすこしずつ器用に、みごとな炎にしあげていった。

地下室からあがると、彼はあたりを見まわした。掃除人を呼んで、空《から》の家をきれいに片づける必要がある。装飾屋を呼んで、くたくたのカーテンをおろし、つやつや光る新しい生地を吊るそう。床には、新しい厚地の東洋風絨毯を敷けば、お望みの静けさは微妙に確保される。すくなくとも来月までは、静かな中で暮したいものだ。それが一年つづかないとしても。

両耳を手にあてがった。もしアリス・ジェーンが、家の中を動きまわって、騒がしい音をたてたとしたら？　音が、どうかして、どこかで！

彼は笑い出した。まったく、お笑いだ。その問題は、すでに解決している。アリスが音をたてる心配はないのだ。ばかばかしいほど単純な問題だ。アリス・ジェーンの楽しみを十分味わうことができ、その夢をぶちこわす騒ぎや不快さはいっさいない。

静けさの質をあげるには、もう一つ付け加えたいものがある。しまるドアが風に引っぱられ、大きな音をたてることがしばしばある。だからドアの上に、図書館にあるような最新式の圧縮空気ブレーキを取りつけるのだ。そうすれば、梃子《てこ》がしまっても、空気のもれる微かな音しかしない。

食堂を横切った。人影は、はじめの位置からすこしも動いていない。彼らの手はふだんの姿勢でとまっている。彼への無関心は、礼儀を忘れたからではない。

家族の引越しを始めるにあたって、彼は着替えのため階段をのぼった。美しいカフスから鎖をはずしたところで、彼は首をかしげた。

音楽。

はじめは気にしなかった。顔がゆっくりと天井を向くにつれ、頬から血の気がひいていった。

家の屋根から、音楽がひびいてくる。一音、また一音。彼は戦慄をおぼえた。

竪琴の糸を一本一本はじくような音色。完全な静けさのなかで、その小さな音はしだいに大きくなり、ついには途方もなく誇張されて無音の空間に狂ったようにひろがった。

手のなかで爆発がおこり、ドアが開き、同時に足は三階へ駆けあがっていた。締め、ゆるみ、滑り、つかみ、引っぱる手のなかで、手すりが磨きあげられた長い蛇のようにのたうった！　はじめの階段はうしろに去り、もっと長く高く暗い階段に変った。よろめく足でゆっくりとのぼりはじめたが、いまでは全速力になっていた。たとえ、行手にとつぜん壁が立ちはだかったとしても、そこに血だらけの爪あとが刻みつけられるまで進もうとするにちがいない。

彼には自分が、巨大な鈴のなかを走るネズミのように思えた。鈴の空洞の高みで、竪琴の糸が一本ブーンとうなっている。それが彼を引き寄せ、音のへその緒で彼を捕え、恐怖に養分と生命を与え、彼をいつくしむ。恐怖が、母親ともがく赤子のあいだをとびかう。両手で接続を断ち切ろうとするが、できない。へその緒からうねりが伝わったかのように、彼は倒れ、のたうつ。

また一つ、はっきりと、糸をはじく音。そして、また。

「やめろ！」彼は叫んだ。「この家に音があるはずがないんだ。二週間前から。音はないといっただろう。だから――ありえないんだ！　やめてくれ！」

屋根裏にかけあがった。

安堵は、激情の引金をひく。

屋根の通気孔からしたたり落ちる雨の雫が、丈の高いスエーデン風のカット・グラスの花瓶にぶつかってとびちっているのだ。

彼は力いっぱい足を蹴りあげ、花瓶を破壊した。

部屋で着古したシャツとズボンに着替えながら、彼はくすくすと笑った。音楽はない。通気孔はふさぎ、花瓶は一千のかけらに砕き、静けさはふたたび確保された。

沈黙や静けさには、無数の種類がある。それぞれが独特の個性を持っているのだ。夏の夜の静けさ。それは静けさではない。幾重にも幾重にもかさなった虫の合唱と、人気《ひとけ》のない田舎道に寂しく吊された電灯が、貪欲な夜の暗闇に弱々しい光の輪を投げながら、ゆっくりと揺れる音――夏の夜の静けさが、本当の静けさであるには、聞き手の怠惰と不注意と無関心が必要だ。そんなものが、静けさであるはずはない！　そして冬の静けさ。しかし、それは閉じこめられた静けさだ。春の最初のうなずきに、たちまち爆発する。すべてが押えつけられ、飛び立つ日も近いという感じを宿している。そこでは静けさ自体が音となる。凍結は完璧で、あらゆるものがチャイムとなり、真夜中のダイヤモンドのような大気のなかに吐く息の一つ一つが、口にする言葉の一つ一つが爆発となる。そう、そんなものを静けさとは呼べない。別の種類では、たとえば――恋人同士のあいだの沈黙。言葉を必要としないとき。頬に色がさし、彼は眼をふせた。それは、すばらしい沈黙にちがいない、たとえ完全ではないにしても。なぜなら、女というものは、少しばかりの圧迫を、あるいは圧迫のなさを、すぐぶつぶつ口に出して沈黙を破るからだ。彼は微笑した。だが、アリス・ジェーンに関するかぎり、その心配はない。あらゆることに気を配った。すべてが完全なのだ。

ささやき。

バカみたいに奇声をあげたのを、近所の人びとに聞かれなかっただろうか、と彼は思った。微かなささやき。

さて、静けさのことだが……最高の静けさは、個人、つまり、ここでは彼自身が作りだすものにちがいない。結晶のつながりがこわれないように、電気虫が鳴かないように――人間の心はあらゆる音、あらゆる事態に対処できる。そのような完全な静けさが達成されたときには、手のなかで細胞が組みあわされる音さえ聞えるかもしれない。

ささやき。

首を振った。ささやきなど聞えない。家のなかにいるのは、彼ひとりだからだ。汗がじとじとと流れだす。あごがゆるみ、眼は眼窩の束縛を逃れる。

ささやき。低い話し声。

「結婚するといったでしょう」弱々しく、無気力に、彼はいった。

「嘘をいって」というささやき。

あごを胸元におろし、首をつったような恰好で、頭をかたむけた。

「名前はアリス・ジェーンって――」柔らかな、湿った唇のあいだから、それをいう。言葉が形にならない。姿のない客にまばたきで暗号を送りだすかのよう、片方の目蓋が上下した。「とめようったって、どうにもなりませんよ。愛しているんだから――」

ささやき。

彼は、めくらめっぽうに一歩踏み出した。

隅にある通気孔の格子までやってくると、片足のズボンの裾がゆれた。暖かい風が、裾を丸くひろげた。ささやき。

暖房炉だ。

階下へ行く途中、おもてのドアをノックする音が聞えた。

彼は身を引いた。「どなたですか?」

「グレッピンさん?」

グレッピンは息をのんで、「はい?」

「入れてくれませんか?」

「どなたです?」

「警察ですよ」外の男はいった。

「ご用は? 食事をするところなんですよ!」

「お話したいのです。となりのかたから電話がありましてね。あなたのおじさんやおばさんに、もう二週間も会ってないと聞いたものですから。ちょっと前に、音が——」

「なんでもありません」彼は笑いをしぼりだした。

「それなら」外の声はつづいた。「気楽にお話できるでしょう。あけていただければいいのです」

「すみませんがねえ」グレッピンはいいはった。「疲れて、おなかがへってるんです。あした来てください。あしたなら、お話します」

「こちらにも考えがありますよ、グレッピンさん」

彼らはドアをたたきはじめた。

グレッピンはぎごちなく機械的に踵をかえすと、廊下の冷えきった時計の前を通りすぎ、無言で食堂へはいった。だれともなく見ながら、自分の席に腰をおろすと、はじめはゆっくりと、やがて早口で話しだした。

「ドアの外にうるさいのがいるんです。ローズおばさん、あなたが話してください。行ってしまうようにいってください。食事どきでしょう？　みんな食べていて、そのまま楽しそうにしていれば、はいって来ても、すぐ行ってしまいます。ローズおばさん、話してくれるんでしょうね？　さあて、いよいよおこることがおこったから、みんなに話します」熱い涙が二、三粒、何の理由もないのに流れ出た。それが、白いリンネルに落ち、ひろがって消えるのを見つめた。「アリス・ジェーン・ベラードという女の子なんか知らないんですよ。アリス・ジェーン・ベラードなんていう名前は、聞いたこともないんだ！　みんな――みんな――どういったらいいかわからない。愛してる、結婚したいっていったでしょう？　そういえば、みんなも微笑《わら》ってくれると思って。そうですよ、みんなのにこにこした顔が見たかったんだ。理由はそれだけですよ。恋人なんかできるはずがない。そんなことは、何年も前からわかっていたんだ。ポテトをこちらにください、ローズおばさん」

正面のドアがめりめりと破れて倒れた。重い、こもった足音が廊下で聞えた。食堂に警官たちが乱入してきた。

ためらい。

警部があわてて帽子をとった。

「あ、これはどうも」彼は詫びた。「食事中のところをお騒がせするつもりは――」

警官たちが急にとまったため、部屋がゆれた。その勢いで、ローズ叔母とディミティ叔父の体がカーペットの上にのめりこんだ。そこに横たわった二人の喉の耳元から耳元にかけて、半月形の傷口がパックリと開き——それが、テーブルにかけたままの二人の子供も含めて、あごの下に微笑のおそろしい幻影をつくっている。遅すぎた到着を迎え、単純な表情ですべてを語る、切り裂かれたほほえみ……

（伊藤典夫＝訳）

月を描く人

デヴィッド・H・ケラー

ケラー　Keller, David Henry 1880-1966

アメリカにおけるSF小説の先駆者の一人。本業は精神分析医であり、主として軍関係の病院に務めながらイリノイやルイジアナ、テネシー、ペンシルヴァニアなどをめぐった。そのため、数多いかれの小説中には、専門の精神病に材を得たものが散見され、それらは必然的にケラーの最良の小説群を形成する。

かれの短編の集大成とされる『下生えからの物語集』に収められた本編も、実際にかれが手がけた患者の病歴を参考にしたもので、それだけに片々たる短編でありながらみごとなサスペンスを盛りあげている。

物語としては吸血鬼小説のヴァリエーションであるが、設定、展開とも、精神病院の清潔で明るい病室を中心としているところがいかにも新しい。

わたしの経営する「私立精神病者養護医院」の敷地内は、ここ二十四時間というもの、医局員の耳目をそばだたせるような事件とはトンと縁がなかった。わたしは、腰をじっくりと落ち着けて、過去に手がけた患者たちの興味津々たる記録簿を繰ることに没頭していた。ジョンソン某――自分を馬だと思いこみ、晴天の日には決まって、馬どめの杭にみずからを繋《つな》ぎとめていた患者。カールヴィック夫人――六年間完治の見込みなしと診断され続けてきた重症だったが、良人の献身的な看護で回復した事例。アンダースン夫人――こちらは、過去に償いの手段もない大罪を犯したと思いこんで、一日三十回も手を洗わなければ気のやすまらなかった患者。

しかし、このような実例はことごとく過去のものであり、もはや忘却のかなたに消えたと言って差支えないものだ。従って、こんなものをほじくり返したところで、あきあきするような今日の午後が、にわかに活気づくわけでもなかった。しかし、世の中とはよくしたもので、今日あたりはひとつ、身の引き締まるような出来事が起こりそうだぞ、と考えていたわたしの予感は、ひょんなことで実現したのである。

話は、速記をやってもらっている秘書嬢が、訪問者の名刺を携えて、わたしの事務室へやって来たところから始まる。訪問者の名はジョン・ルドヴィックといい、名刺の表に住所が簡潔に「ウィーン」としるされていて、その左下隅には「神経精神病学者」とつけ加えられてあった。

とりわけ最後の一語がわたしの気を引き、わざわざ事務所の戸口へ足を運んで、訪問者を迎えに出る行動をとらせた。それだけの労を費しても余りある価値が、その肩書きにはあったからである。じっさい、ウィーンのルドヴィック氏が、遠路はるばるアメリカ人に面会を申し込んでくることなど、そうたびたびあるものではないのだ。ところが、いざ面会してみると、この人物は、知識の豊かさにも似あわぬ、背の低い小づくりな男だった。不思議なことに、その研究畑にふさわしからぬひとつづりの画集と、絵かきが用いる大きな画架とを両脇にかかえていた。わたしは、そのいささか場違いな荷物を床に降ろす手伝いをして客の帽子を丁重に預かったあと、いつも自分が愛用している安楽椅子をかれにすすめた。

「これはどうも、お手数をかけてしまって申しわけありません」

客は、やや滞り勝ちだが、耳あたりのよい英語で話し始めた。

「さて、本日わたくしがお伺いしましたのは外でもございません。ひとつ、わたくしの長話にお付き合いいただきたいのですが、貴重なお時間を拝借ねがえましょうか?」

「結構ですとも、あなたのお気が済むだけ、わたしの方はどうにでも都合をつけましょう」と、わたしは答えた。

「ありがとうございます。それでは、さっそくハロルド・ジェイムズという画家の病症につきまして話しをさせていただきますが、院長先生はもちろん、かれのことをご存知でおられますね」

「ええ、あの患者なら知ってるどころの騒ぎじゃありません。かれはこの病院に何年も入院していましたし、実をいうと、かれが死んだのもここなのですよ」

「わたくしもそう伺っております。ですから、わざわざこちらへ参りましたわけで。そうすると、かれの職業が絵かきだったこともご存知で？」

「知っています」と、わたしは答えた。「かれの作品を何枚か見たこともありますしね。そう、例えばメトロポリタンの画廊に飾られてる絵などですが、あれはもうあなたならご覧になっていると思いますけど」

「はい、見ております。げんに、その複製が一枚、ちゃんとこの画集におさめられておりまして、つまり、ここに持ちこんで参った画集には、かれの全作品の複製が収録されているわけなのです。もっとも、全作品といいましても、たった二十枚にしかなりませんが。まあ、天才は若死にする、とでも申すのでしょうか」

「かれが若くして死んだことも、よく承知しておりますよ」わたしは、同意を示しながら口を切った。「しかし、かれの作品数が少ないのは、そのためばかりじゃありますまい。どうやら満足のいった絵があれだけということで、残りの作品は容赦《ようしゃ》なく破りすてられたというのが真相じゃないですか。また、この母親というのが、えらく辛辣《しんらつ》な批評家でしてね」

「おや、院長先生は母親のことまでご承知でしたか」

「ええ、よく知ってますとも。息子を見舞うのだというので、それはもう足しげくこの病院へ通ってきたものですよ。母親は、どうやら息子にたいへん失望している風でした。まあ、彼女にしてみれば、息子をなんとか有名な大画家に育ててあげたかったんでしょうが——その期待もむなしく、当の息子に気が違われ、揚句《あげく》の果てに死なれてしまったのですから、その点同情の余地はありますけれどね」

「しかしですね、すくなくとも二十枚の絵だけは残っておりますよ」ルドヴィックは語調を強めながら言った。

「けっきょくのところ、あの若者は偉大な画家だったと言えませんでしょうか。精神異常であること自体が、画家にとっては必要欠くべからざる資質だったのではありますまいか。ま、その問題は後にまわすことにいたしまして、これから画集の中味をご覧に入れたいのですが、いかがなものでしょうか」

「よろこんで拝見しますとも」

客は画架を立てると、その上に絵を一枚ずつ、馬鹿ていねいに置いていった。わたしは椅子を寄せて、それぞれの絵をたんねんに眺めてみた。二十枚の絵がひと通り紹介されたあとで、かれは改めて二枚の絵を選び出し、それを画架の上に並べたてた。

「いかがです、一通りご覧いただいたところで、何か特別お気が付かれたことはありませんか?」と、かれは尋ねた。その調子は、ちょうど学生に尋問している大学教授のそれを彷彿《ほうふつ》させた。もちろん、わたしはその回答を用意していた。

「そう、どの絵にも必ず描かれているものが三つありますな。月と男と、それから女」

「その通りです」

「しかも、月の満ち欠けの状態がどの絵も違っていますね」

「これは、これは、院長先生のご慧眼《けいがん》おそれいりました。こんなにまでピッタリと問題の核心に触れていただきますと、これからの話が随分とはかどります。では、この二枚の絵にご注意ください。まず最初はこちらの絵、空に三日月、地には花の咲きにおうリンゴ樹が描かれております方をどうぞ。この絵の季節は春、柵によりかかった恋人同士がご覧ねがえると思います。少女のほうは袖なしの服をつけて、一方の腕を男の体にからませながら、かれの首筋に口づけしているところです。さて、この絵をウィーンで詳しく研究してみました結果、女の腕が異常に緊張していること——つまり、抱きしめた男の体を、自分から一歩たりとも離さぬ勢いでいることが判明したのです」

「たぶん、男の方でも彼女から離れたくないのでしょう」

「いや、わたくしはそう考えません。しかし、そのせんさくはあとまわしにしまして、次の絵をご覧ねがいましょう。今度のは冬、しめった雪の重みに耐えかねて、半ば傾きかけているマツやツガの木立ちがおわかりになりますでしょうか。月は下弦。ひじょうに美しい女性が、雪の上に横たわる男の死体にひざまずいておりますね。女のくちびるは紅《くれない》に染まっておりますが、いっぽうの男の方はと申しますと、両腕を直角にひろげたなりで、ちょうど十字架にでもかかっているような風情です。そこで、今度はかれの首筋をご覧ください。歯の跡がくっきりと残っているくせに、血の気というものが全くありません。しかも、女は満たされたような笑みを浮かべているという、この情景がいったい何を意味しますものか、院長先生にはおわかりいただけましょうか」

わたしは、わざと知らない素振りをみせて、「いいや」と答えた。

「これは意外です。患者は現実にこちらの病院で治療を受けたというのですから、院長先生におわかりいただけぬ道理はないはずですが」

そこで、わたしは次のような質問を発して、わざと主題をはぐらかすことにした。

「あなたはさっき、絵の数が全部で二十枚だったとおっしゃられたように記憶しますが」

「はい、充分注意はいたしたつもりですが、発見されたのはそれだけでした」

「では、もう一枚、別の絵があると申し上げたら?」

「え、それはまた、いったい何処で? 院長先生は、それを何処でご覧になられたのですか? わたくしにも是非、その複製をいただけないものでしょうか? それはひょっとすると、今まで解けなかった謎を解明する、重大な鍵になるかも知れませんぞ」

「それがですね、実はこの場所にあったのですよ。二十一枚めの絵は、この病院で描かれたものなのです。わたしはこの眼で見ました。だが、残念なことに、複製をとることはもうできません。今にして思えば、あの絵はたしかに、全ての謎を解き明かす鍵を握っていたようです!」

「そうですか、いや、それを伺えただけでもわざわざアメリカまで足を運んだ甲斐があったというものです。いやはや、もう、そのお話の詳細を知りたくて、ウズウズしてまいりました。院長先生にはおそらくお気付きのことと存じますが、実はこのわたくし、何をかくそう、ハロルド・ジェイムズの伝記を精神分析学的見地から執筆いたすものでして、そんなわけですから、その絵をなんとしても入手せねばなりません。たった一部の複製をとることも、お許しねがえませんでしょうか!」

「残念ながら、私の力ではいかんともなりません。とにかく、その理由をお話しいたしましょう。さあ、お気を楽になさって、これからご披露申し上げる、ひとりの男であり画家でもあったジェイムズという人物の身の上話を、とくとお聞きください。知っている限りのことは、洗いざらいお話しいたしますから——。

この男も、幼いころはごく当りまえな子供だったのです。父親はなんでもかれが物心のつかないうちに亡くなったそうですが、母親というのがたいへんな人でして、どんな理由からか知りませんが、息子のハロルドをどうしても大画家に育てたいという悲願を抱いていたわけなのです。そんな具合ですから、彼女はあらゆる手段を尽くして、息子に技能を修得させようと、必死になっておりましたよ。何年間というもの、息子にとっては霊感のにない手となり、同時に極めて辛辣な批評家の役までをこなした理由もそこにあるわけです。出来あがった絵が、母親をよろこばせるようなものであれば、彼女もいそいそと画商に赴《おもむ》き、その絵を売却したそうですが、ちょっとでも出来が悪かったら最後それこそ情容赦なくキャンバスは引き裂かれたということでしてね。確かに、絵を描くのはかれだったんですが——破り棄てるのは、もっぱら母親の役目だったと言えましょうか。この画家は、もちろん世界のあちこちを旅してまわったのですが、ご念のいったことに、どこへ行くといって、母親の手を離れたことは一度もないという状態でした。美術界は美術界で、かれの才能を認めて、喝采を浴びせる席を設けたまではいいのですが、そこにもまた母親にデンと控えられる始末でしてね。

そうこうするうちに、かれもさすがに人の子と見えて、恋に落ちてしまったのです。ところが、それが母親にばれてむりやり仲を引き裂かれたことがよほど痛手になったのでしょう。その一件があってから間もなく、かれは明白な精神病に苦しむようになり、とうとう当医院へ運ばれてきたというわけなのですよ。それ以来ずっと、わたしはこの患者の治療を引き受けてきました。

当然のことながら、母親は我が子の回復を願う一心で、それはもう休みなく当病院へ通ってきました。息子の入院している病室では、いつも揺り椅子をベッドのそばに置いて、そこに腰かけるのが習慣のようになっていましたよ。ところがです、母親はあれやこれやと、ひっきりなしに言葉を掛けるのですが、どうしたわけか当の患者はひとことも口をきこうとしないのです。息子ときたひにゃ、ただベッドの上で大の字に寝たっきり、ぴくりとも動きゃしません。両腕などは十字架にかかったように真横へ伸ばして、まばたきもせず、眼をカッと見開いている具合でしてね。精神病理学上の用語をつかわしていただければ、これは明らかな緊張病の徴候なのですよ。

さて、母親が通ってこない時のかれは、例の揺り椅子に背中をまるくして坐っていたり、またはベッドで横になっていたりで、とにかく動こうとしなくなります。ところが、この辺にたいへん面白い事実が隠されてましてね。そう、月が弦月の状態から満ち続けているまでの間は、どういうことなく揺り椅子に坐っているのですが、ひとたび満月を過ぎて、月が欠ける状態にはいりますとね、まるで人が変わったように椅子を恐れ出すのですよ。いかがです、この事実は、あなたのお仕事のお役に立つと思いますが。

さて、そんなある日のこと、母親がおもしろいものを病室に持ちこんできました。何とそれは、立派な額縁に入れた、ホイッスラーの『母の像』の大型複製でした。わたしは頼まれて、その絵を壁にかけてやりましたよ。それでやれやれと思っていると、母親は次に油絵セットを買い込んできましてね。キャンバスだの、筆や絵の具だのを、テーブルの上にズラリと並べました。こうすれば、息子が回復し次第、すぐにでも創作を開始させることができる、とでも考えたのでしょう。もっとも、本人は、絵の道具にも、母親にも、何もかにも注意を向けようとはしませんでしたがね。

ところが、ある日のこと、わたしの所へ電報が舞い込みましてね、読むと「母親死す」と書かれてあるのですよ。宛て名が例の患者になっていたものですから、わたしは取るものも取りあえずかれの病室へ出向いて、その知らせを伝えてやりました。すると驚いたことに、かれはホッと眼を閉じるなり、さも安堵《あんど》したような顔で寝込んでしまったのです。それから、たっぷり三十時間も眠りつづけたでしょうかな、やがて眼をさまして、『服をください』と言い出しましてね。いかがです、このあたりの行動は実におもしろいじゃありませんか?」

「たいへんにおもしろいお話ですな。どうぞ、先をお続けになってください」

「そこで、わたしは病院中の職員にこう命令しておきました。あの患者が自殺をこころみない限り、かれのやることに口を出したり、妨害したりしてはいけない、とね。もちろん、わたしとしても細心の注意を払って、患者の観察にあたりました。かれが最初におこなった行動は、ベッドを動かして、いつでも壁に手が届くところまで寝場所を移動させることでしたよ。それから、例のホイッスラーの絵を額から外してしまったのですが、ガラスだとか、空っぽの木枠だとかを片づけるのに、たいそう手間がかかりました。その次に何を言いだすかと思っていますと『ナイフを貸してください』と頼んできましたが、これぱっかりは叶えることができません。そこで、かれは仕方なく親指の爪を使って、ホイッスラーの絵から、椅子に坐っている母の像だけを切り抜き出しました。その仕事が終わると、今度は糊を借りて、切り抜きを白壁の左下隅に貼りつけたのですよ。ここまで終了したところで、いよいよ二十一枚目の絵が——壁の上に描かれることになりました」

「で、その絵はいまもそこに？　院長先生は先ほど、絵を見ることはできないとおっしゃいましたが、それはまた、どのような理由でしょう？　つまり、複製をとることは困難だという意味なのですか？」

「その点については、もっとあとでご説明申しましょう。その前に、まず物語の結末をつけておきませんと、話がつながらなくなりますのでね。で、かれはその日の昼間から仕事にとりかかり、次の日もずっと絵を描き続けました。仕事はまず、母の像のあたりから始まったのですが、面白いことに、かれはその部分をひとつの基点として、底辺を上にむけた三角形の空白を塗り残したのですよ。そうです、ちょうど壁の右上隅で終わるような具合でした。それから、今度は余白となった三角形の両脇に、たくさんの樹木を描き出しました——枝には雪が軽く降りつもっていましたが、木の種類はと言うと、おおかたがハリモミやマツやツガといったところでしょうか。それでも、よく見てみますと、あちこちにカシの木がちゃんと描き込まれておりましたけれどね。枯れ葉が枝にしがみついているところまで、随分と克明に筆が入れられてあったと記憶してます。つぎに三角形の頂点部分ですが、ここには下弦になった月が描かれました。それから空ですが、これがまた濃い青一色でしてね、星も少なからず輝いていたと思います。とまあ、ここまでの描写だけでも、かれの手がけている絵が、なにか無気味で寒ざむとした雰囲気をかもし出しているのはあきらかでした。わたしなどはもう、一目見ただけで悪寒にとりつかれたくらいでしてね。ハロルド・ジェイムズという若者がたいへんな画家だったことは、この絵だけをとってみても間違いないことですな。わたしの意見を述べさせていただければ、病院の壁に描かれたあの絵こそが、かれの最高傑作と呼べるものだと思うのです。その出来のすばらしさといったら、もう完璧に近いものでしたからね。

さて今度は、塗り残されていた三角形の空白部分に筆を入れる番となるわけですが、かれはまず、その頂点にあたる個所に、二フィートほどの余白を新しく残しました。そのあとで、一群の女性像をたんねんに描き始めたのです。まず、第一列目は一八七〇年代のイヴニング・ドレスを着込んだ女性で、人数は二人。そのうしろに、たが骨でひろげた仰々しいスカートの女性を四人ならべて、以下、一世代まえの衣裳を着けた女性が八人、そのうしろに十六人……といった具合で、後方へさがればさがるほど、女性たちの像は小さくなってゆくしかけでした。けっきょく、このちょっとした等差数列は、最後のところで一点に凝集するわけですが、遙かうしろの方をのぞきますと、そのあたりの女性たちは、熊の毛皮をあらっぽく身にまとっただけの、野蛮な姿に描かれてありましてね、どんづまりに近いところなどはもう、オオカミを飼犬がわりにしたがえたメスの尾なし猿といった有様でした。月のすぐ下にいる女性に至っては、そうですな、幻覚的な色彩をほどこされた有史前の牝獣とちっとも変わりません。まったく、すさまじい姿でしたよ。

かれは地上にも雪を描き込みました。女たちはそれぞれ、その上にたたずみ、靴なり、昔よく用いられたパントッフルなりで、いやそれどころか、素足や、しまいには後脚とでもいえそうなもので、雪を踏みしめているわけなのです。しかも、そうした素足からは、氷で傷つけたものでしょう、血がしたたり落ちていて、あちこちに血溜りをつくっていましたよ。これらの女性たちは、どれも魅力的なうえに、高貴のにおいまで漂わせているのですが、どういうわけか美しい容貌のどれを見ても、憎悪の情といったものがさらけ出されておりましてね。それと同時に、彼女たちの意識的な冷淡さが、ただでさえ寒ざむとした光景を、一層我慢ならん冷酷さに変えているのに気がつきました。この中にあって、たったひとつだけ、どうにか暖かみと優しさを秘めているものといえば、例のホイッスラーの『母の像』だけという始末でした。

とまあ、ここまで描きあがるのに、数日もかかりましたでしょうかね。ハロルドは口をききませんでしたが、食欲は旺盛で、睡眠も正常にとれている様子でした。ところでと、かれが母親の揺り椅子を廊下へ放り出してしまったことはお話ししましたっけね？　そのおかげで、わたしはそれを廊下に置いたまま、かれの仕事ぶりを観察する時に、たいへん重宝させてもらいましたよ。こんな具合に仕事がすすみ、残るはとうとうホイッスラーの『母の像』がつながる部分の壁に、白じろと塗り忘れられた、二フィートほどの空白を埋めるだけとなったわけです。かれは第一列目に描き込んだ女性二人の足もとに、顔を伏せ、雪の上に両腕をひろげたまま横たわる、男の体を塗り上げはじめました。男は、肌に無数の裂傷を負っていましたが、不思議なのは、傷口のまわりに血らしきものが一滴も流れ落ちていないことでした。かれがその絵を完成したのは、数日後の午後おそくだったと思います。かれは夕食も摂らずに、着がえもせずに寝入ってしまいましてね。わたしが夕刻に脈搏と呼吸を調べに行ったときも、睡眠の最中でした。さいわい、脈も呼吸も異常がなかったものですから、わたしはそのまま寝かせておくことにしました。

その夜、わたしは事務室のカレンダーで、当夜が下弦の月にあたっていることを知りました。外は雪が散らつくし、それこそ一分ごとに寒さのつのってゆくような晩でした。これはジェイムズを一晩中見守ってやらねばならんな、とわたしは思いましてね。あの絵が完成した時、どうも何かが起こるような予感がして、ジッとしていられなかったのですよ。こんな晩は、緊張病の患者が自殺するのにもってこいだ――わたしは、思わずそんなことをくちばしっていました。そんなわけで、わたしはさっそく病室へ出掛けて行き、泊りの看護婦を帰宅させることにしたのです。廊下に出ている、例の揺り椅子を利用して、このわたしが寝ずの番をするから、と理由を言いましたら、看護婦はそそくさと帰っていきました。そのあと、患者の状態を覗いてみますと、かれもグッスリ寝込んでいる風でしたので、わたしは毛布を頭からひっ被り、懐中電灯の光を頼りに病室中を見回してから、椅子にドッカリと腰を下ろしました。そのまま、どうもわたしまでが寝入ってしまったようで、気が付いてみると、腕時計はとっくに午前二時をまわっていました。病室は、色褪せたような鈍い月明かりに照らされていましたが、その明かりというのが、どうやら天の月から発せられるものではなく、壁に描かれた月の絵に源を置いているようでしてね。悪い気分を味わいましたよ」

「これはまた、興味津々たるお話になってまいりました」

ルドヴィックは興奮に眼を輝かせながら、身をのり出すようにしてつぶやいた。

「室を照らしている光というのは、もはや月光などという生易しいものではなくなっていました。なにしろ、その光が射し出ているのは、壁に描かれた月に間違いなかったのですからね。そして、ハロルドが不意に寝台から起き上がったのも、まさにこの時でした。かれはソロリと足を伸ばすと、床の上に立ちあがりました。わたしはこの眼でかれの顔をはっきりと見たのですが、そこには、夢遊病者に特有なあのポカンとした虚脱表情が表われていました。やがて、かれはパジャマの上衣を脱ぎすてると、それをきちんとたたんで、ベッドの脚あたりに置いたのです。妙なことをするな、と思っていますと、それからすぐ後に、もっと不可解な出来事がもち上がりました。壁に貼りつけられた母の像が、突然立ち上がったのです。しかも、それに呼応するかのごとく、絵の具で塗りたくられただけの女性群までが、ぞくぞくと壁を抜け出し始めたのです。わたしは数秒のあいだ、ただ啞然として立ちすくむばかりでした。その運命の数秒間に、わたしは何度か、自分がいまにも悪夢からさめて、これまで見つめていた光景がパッと消えてしまうのではないかという、奇妙キテレツな感覚に襲われました。しかし、柔らかで温かい女性の手が、わたしの二の腕をつかみ上げ、身動きできぬまでに体をおさえつけてしまいますと、そんな幻覚も泡のように消失してしまいました。こうなってはもう、叫びを発することもできません。しかも、どこから飛び出したのか二匹のオオカミまでが、そのおそろしい牙でわたしのかかとに嚙みついてきたのですよ」

「ちょっとお待ち下さい。院長先生は、どうやってそれがオオカミだと判断なさったのですか?」

「においですよ。湿った毛皮から腐肉のにおいがツンときましたのでね。やつらが歯をむき出して唸るのを、実際に耳にしたようにも記憶していますし。それから、わたしの口をおさえつけた女のことなんですがね、彼女の髪の毛がわたしの顔面に乱れかかった時、なんとも言えぬかおりが漂ったことも忘れられません。しかし、眼だけはまだハッキリしていましたので、ハロルドが突然もだえ出すところは目撃できました。筋肉という筋肉を緊張させ、その顔には、絶望と恐怖の入り混じった、ものすごい表情を浮かべましてね、イヤえらい光景でしたよ。かれがいくら身もだえしても、何やらの無気味な力が、かれを体ごと宙に持ち上げて、顔を床に向けたまま、絵の下あたりに組み伏せてしまったのですからな。その場につっぷしたかれは、両腕を直角に伸ばして、もう声ひとつ出せぬ有様でした。そのあいだにも、壁からは女たちの列が続々と抜け出してくるし、オオカミの遠吠えはいよいよ高まるし、わたしたちの命はそれこそ風前の灯となりました。と、不意に部屋が闇に包まれたのです。いままでわたしの体をおさえつけていた手が、どうしたわけか、その力をゆるめて遠ざかっていきますので、わたしは九死に一生を得た思いで必死に手を伸ばし、懐中電灯の明かりをともしました」

　そこまで話したとき、ルドヴィックが突然くちばしをはさんできた。

「で、ジェイムズは死んだのですか?」

「ええ、死にました。わたしは大あわてで部屋へ戻り、かれの体を廊下まで曳きずり出したのですが、やはり駄目でした。そのあと、わたしは扉にしっかりと錠を降ろし、警報ベルを鳴らしましたよ。かれの傷を調べてみましたら、傷口自体はどれも小さなものでしたが、その深さが想像以上でしてね。致命的でした。首筋の右側などは、引き裂かれたような状態で損傷を蒙っていましたが――ただ、今もって不思議でならないのは、どの傷口にも血がまったく流れ出ていなかったことです！」

ルドヴィックはニヤリとした。はたして、この人がどの程度まで話を信じてくれたものか、わたしには大いに疑問だった。すると、かれはささやくような声で、端的に答えを返してくれた。

「こりゃどうも、わたくしたちの話は、中世の妖術にまで堕ちてしまったようですな」

「信じる信じないはあなたのご勝手ですがね、血が一滴もなかったこと、これだけは神明にかけて真実ですよ。わたしたちはその死体を安置所に運び入れたとき、検屍官の到着を待ちついでに、折れたナイフでかれの右腕を突き刺してみたのですからね。それといまひとつ、あなたにお見せしたいものがありますよ。オオカミがわたしのくるぶしに噛みついたとき、どうやらえらく喰いしばったと見えましてね、次の朝その歯がたを薬で焼かねばならぬ破目になったのです。どうぞ、その跡をご覧に入れましょうかな？」

「いや、結構です！」ルドヴィックが鋭い声で叫んだ。

「もしもわたくしが、この物語のわずか一部でも信じねばならぬことになりましたならば、その時はもう、すっかり全部を鵜呑みにする以外、ひっこみがつかなくなってしまいますのでね。どうぞ、こればっかりは遠慮させていただきます」

かれは椅子から立ち上がると、わたしの机に身を投げかけた。

「院長先生、どうかわたくしを、半信半疑のままで帰宅させてくださるようお願い申します。それと、最後にもうひとつ、例の絵の件なのでございますがね。どうでしょう、この画集に加える複製を、是非作らせてはいただけませんでしょうか？　画家の方は、このわたくしが手配いたしますが」

客の懇願を前にして、わたしは、それはできない相談ですなという具合に、手を大きくひろげてみせた。

「それが駄目なのです。おそらく、この話も信じてはもらえないでしょうが、次の日わたしは、戸口の錠を外して室内へはいってみたのです。ところが、開けてビックリ、壁にあった絵はすっかり消えうせているじゃありませんか。あるのはただ、左下隅に貼りつけられたホイッスラーの『母の像』だけでしてね、あとは白い石灰の壁が続くばかりでした」

「残っていたのはそれだけだったのですか？」

「ええ、あとの絵はそれこそ雲散霧消の体《てい》ですよ。しかも、その時はさすがにわたしの神経もおかしかったと見えて、これは単なる幻覚にすぎないことでしょうが、わたしにはどうも、その『母の像』がほほえんでいるように思えて仕方なかったのです。また、彼女の口もとには、何やら赤い汚れが付着しているようでしたよ」

「血ですか？」

「いやいや、そこまでハッキリとはわかりません。たぶん、絵の具か何かだったんでしょう。ですが、わたしはその切り抜きをすっかりと灰にしてしまいましたよ」

（荒俣宏＝訳）

編者あとがき

西の果ての怪異談史

荒俣　宏

新天地アメリカは、ヨーロッパ人から見れば西の果てにあたる。この西の果てをめざし、怪異談の主役たちも海へ乗りだした。しかし、幽霊と悪魔は大西洋を越えたが、妖精は大西洋の荒波を越えられなかった——というのが、近世アメリカ怪奇小説史の、ごく大づかみな梗概であろうか。

では、なぜ妖精は西へ行けなかったか。海にはサメ、陸にはヘビと、妖精の天敵ともいえる生きものがいたことも事実だろうが、やはり最も大きかった要因は宗教と自然環境の差であったにちがいない。そのためにアメリカでは、怪奇文学の重要な分野である妖精物語が、イギリスのようには確立しなかった。

この問題を考える鍵となる宗教情況の話は、キリスト教内の対立という抹香臭いものになるから、ここでは措くことにする。しかしひとつだけ言えば、一八世紀半ばからヨーロッパでは黙示録への関心が高まり、アンチキリストや黙示録の獣や、それに対抗する聖母マリアへの言及がいちじるしかった。つまり、ヨーロッパ文明崩壊の徴候である。これに対し新天地アメリカでは崩壊よりは建設が関心事であったから、自己の魂の堕落をきびしくいましめる看視者としての〈恐るべき神〉と、その誘惑者悪魔への畏敬が人々をとらえることになった。ヨーロッパが女性的な幻想に走る一方で、アメリカは男性的な幻想に向かったともいえるだろう。

他方、初期の開拓者を覆う自然環境は、その歴史や景観の問題も含め、一般に「豊かで恵みぶかい」というよりは「粗野で苛酷な」ものであった。このような環境のなかでは、妖精や野人をはじめとする森の住人たちは、存在意味があまりにも両義的にすぎて移植できず、かえって蛇(=悪魔)や鯨(=闇)のように意味の明瞭な神話的動物にその位置をゆずってしまった。しかし、異界の住民としての妖精が存在しないことは、いかにも寂しい。そこで、H・P・ラヴクラフトに見られるような異次元怪物の出現が活発となった。これもアメリカ的特徴である。ヨーロッパで猛威をふるった魔女狩りが、海を越えてセーラムあたりにまで広まったのも、魔女=悪魔の手先という短絡的なイメージが有効だったからである。

アメリカ怪奇文学の背景をなす、以上のような怪奇に対する性向を、さらに別の角度から明示する実例が、心霊学すなわちスピリチュアリズムであろうか。死人の霊が生きた人間を介して交信するシステム、あるいは死後の存在・輪廻転生について、科学アカデミーの強固なヨーロッパでは心霊学といえどもつとめて科学的アプローチが強調されたのに対し、アメリカでは奇跡や信仰治療など擬似科学やオカルトの側面が重視される傾向にあった。ポオやホーソーンの時代のアメリカは、骨相学やメスメリズムや心霊学が、まったく厳密科学と同等に市民社会に流布したのである。

これに加え、アメリカの怪異の情況に固有な現象として、カリブ海周辺に発生したアフリカ黒人たちの呪術信仰の存在がある。かれらの素朴な霊魂信仰や呪いの技術は、フランスのオカルティスト、アラン・カルデック等の影響でカトリックと結びつき、有名なゾンビ伝承やヴードゥーの呪いなど独得な魔術を生みだした。

さて、このような多岐にわたる土壌から芽吹いたアメリカ合衆国の怪奇幻想文学を、片々たる一冊の精選集によって総括するということは、もとより大それた行為にちがいない。しかし、その大それた行為を課せられた編者としては、とりあえずアメリカ文化の底を流れる怪異の基本構造をあきらかにする必要を痛感している。

そこで本書はまず、アメリカ東海岸の古いエスタブリッシュメント――ボストンやニューヨークやセーラムのような古都の物語を取りあげることにした。すなわち、ホーソーン、メアリ・ウィルキンズ・フリーマン、ヘンリー・ジェームズ、そしてラヴクラフト等の作品である。これらの物語では、ヨーロッパ流の血なまぐさい因縁話や怪異の伝承がテーマになっている。しかし同時に、そこにアメリカならではの突きぬけた魅力も加味されていることを見逃してはなるまい。とりわけラヴクラフトやフリーマンの作品に認められる、怪異のオカルト科学的解釈の方向は、因果応報一辺倒の旧大陸のそれから一段脱皮しており、のちにSF王国アメリカを生む濃厚な土壌となった。

次に採りあげた物語群は、白人文化を取り囲むインディアンや黒人たちの素朴だがパワフルな魔術伝承である。すなわちアルフレッド・ヘンリー・ルイス、メアリ・カウンセルマン、ホワイトヘッド等の作品がこれに含まれる。この分野はある意味で、アメリカの「妖精物語」と呼ぶべき要素を持つものである。とりわけルイスのふしぎなインディアン説話に、アメリカに成立したかもしれない妖精物語的要素を嗅ぎあてることができる。その証拠に、妖精をもたぬアメリカからは、たとえば新しいキャラクターによる妖精譚『オズの魔法使い』が誕生しているのである。

そして最後に、アメリカを象徴する都市文明と、そこに住む人々の精神的崩壊とが、怪奇小説に新たな霊感を吹きこんだ。ベン・ヘクトの鬼気せまるニューヨークの裏町、ケラーの精神病院内などは、それを端的に表現した作品といえるだろう。またブラッドベリの名品のごとき異常作もある。

これらと並んで、アメリカにはさらにトマス・ピンチョン、ジョン・バース、ドナルド・バーセルミ、リチャード・ブローティガン、カート・ヴォネガットJr.らの超小説《サーフイクション》、ならびにSFとミステリー系列の小説群が綺羅星のごとく並んでいる。これらも幻想文学の豊饒な苗床であるが、今回はスペースの関係でとりあげなかった。さらに近年はスティーヴン・キングを筆頭とした〈モダン・ホラー〉と呼ばれる分野も急成長している。これらを射程にいれなければ、バランスのよいアメリカ怪異文学史は語れないわけだが、キング等新しい作家の物語を収録するには版権その他の手続きが複雑にすぎ、今回は割愛せざるを得なかった。

本書は、アメリカ幻想文学に親しまれようとする方々への手引きとなることができれば、との考えから編纂された、ひとつの入門書である。本書を通じ、アメリカ的怪異の情況が理窟ではなく膚で感じとっていただけるなら、編者としてそれ以上の幸せはない。

初出一覧

「牧師の黒いヴェール」　『ホーソン短篇集　優しき少年』佐藤清訳　岩波文庫　一九三四年
「古衣裳のロマンス」　『ゴースト・ストーリー』（ヘンリー・ジェームズ　鈴木武雄訳　角川文庫　一九七二年
「忌まれた家」　『ラヴクラフト小説全集　1』　荒俣宏訳　創土社　一九七五年
「大鴉の死んだ話」　『世界短篇小説大系　亜米利加篇』　近代社　一九二六年
「木の妻」　新訳
「黒い恐怖」　『ジャンビー』（ドラキュラ叢書　第九巻）　荒俣宏訳　国書刊行会　一九七七年
「寝室の怪」　新訳
「邪眼」　新訳

「ハルピン・フレーザーの死」　『完訳・ビアス怪異譚』　飯島淳秀訳　創土社　一九七四年

「悪魔に首を賭けるな」　『ポオ全集　第2巻』　東京創元社　一九七四年

「死の半途に」　「ミステリーマガジン」　一九六九年八月号　早川書房

「ほほえむ人びと」　『黒いカーニバル』　レイ・ブラッドベリ　伊藤典夫訳　早川文庫NV 51　一九七六年

「月を描く人」　『真紅の法悦』（怪奇幻想の文学1）　荒俣宏編　新人物往来社　一九七九年

・訳者紹介・

荒俣宏（あらまた　ひろし）
1947年東京に生まれる。慶應義塾大学法学部卒。翻訳家，博物誌家，小説家。著書――『帝都物語』，『図像観光』など多数。

佐藤清（さとう　きよし）
1885-1960。仙台市に生まれる。東京帝国大学英文科卒。青山学院大学英文科教授などを歴任。訳書――『緋文字』（ホーソーン），『キーツ書簡集』など多数。

鈴木武雄（すずき　たけお）
1907-1997。山形県に生まれる。台北帝国大学英文科卒。創価大学英文学教授など。主な訳書――『七破風の屋敷』（ホーソーン），『ゴースト・ストーリー』（ジェームズ）など。

飯島淳秀（いいじま　よしひで）
1913-1996。京城に生まれる。立教大学英文科卒。駒澤大学教授などを歴任。訳書――『チャタレイ夫人の恋人』（ロレンス），『大地』（バック）など多数。

野崎孝（のざき　たかし）
1917-1995。東京帝国大学英文科卒。帝京大学教授などを歴任。訳書――『ライ麦畑でつかまえて』（サリンジャー），『酔いどれ草の仲買人』（バース）など多数。

吉田誠一（よしだ　せいいち）

1931–1987。横浜市に生まれる。東京外国語大学英米語科卒。横浜市立大学教授などを歴任。訳書——『タフ・ガイは踊らない』（メイラー),『メランコリイの妙薬』（ブラッドベリ）など多数。

伊藤典夫（いとう　のりお）

1942年静岡生まれ。早稲田大学文学部中退。訳書——『十月の旅人』（ブラッドベリ),『地球の長い午後』（オールディス）など多数。

野間けい子（のま　けいこ）

1953年東京生まれ。早稲田大学政経学部中退。訳書——『ザップル・レコード興亡記』（マイルズ),『サッカー戦術の歴史』（ウィルソン）など多数。

奥田祐士（おくだ　ゆうじ）

1958年広島生まれ。東京外国語大学卒。訳書——『ニール・ヤング自伝』,『ロビー・ロバートソン自伝』など。

谷口武（たにぐち　たけし）

経歴未詳。

鈴木武雄，吉田誠一，谷口武各氏の著作権者，著作権継承者の方、もしくは御連絡先を御存知の方は編集部までお知らせください。

原著者，原題，制作発表年一覧

「牧師の黒いヴェール」
Hawthorne, Nathaniel : The Minister's Black Veil　1837年

「古衣裳のロマンス」
James, Henry : The Romance of Certain Old Clothes　1868年

「忌まれた家」
Lovecraft, Howard Phillips : The Shunned House　1924年

「大鴉の死んだ話」
Lewis, Alfred Henry : The Story of the Death of the Raven
1902年

「木の妻」
Counselman, Mary Elizabeth : The Tree's Wife　1950年

「黒い恐怖」
Whitehead, Henry St. Clair : Black Terror　1931年

「寝室の怪」
Freeman, Mary Eleanor Wilkins : The Hall Bedroom　1903年

「邪眼」
Wharton, Edith: The Eyes　1910年

「ハルピン・フレーザーの死」
Bierce, Ambrose: The Death of Halpin Frayser　1893年

「悪魔に首を賭けるな」
Poe, Edgar Allan: Never Bet the Devil Your Head　1841年

「死の半途に」
Hecht, Ben: In the Midst of Death　1930年（？）

「ほほえむ人びと」
Bradbury, Ray: The Smiling People　1946年

「月を描く人」
Keller, David Henry: The Moon Artist　1941年

新装版《しんそうばん》
アメリカ怪談集《かいだんしゅう》

一九八九年 五 月 二 日 初版発行
二〇一九年一〇月一〇日 新装版初版印刷
二〇一九年一〇月二〇日 新装版初版発行

編 者 荒俣宏《あらまたひろし》
発行者 小野寺優
発行所 株式会社河出書房新社
〒一五一‐〇〇五一
東京都渋谷区千駄ヶ谷二‐三二‐二
電話〇三‐三四〇四‐八六一一（編集）
〇三‐三四〇四‐一二〇一（営業）
http://www.kawade.co.jp/

ロゴ・表紙デザイン 粟津潔
本文フォーマット 佐々木暁
印刷・製本 中央精版印刷株式会社

Printed in Japan ISBN978-4-309-46702-3

ラテンアメリカ怪談集

ホルヘ・ルイス・ボルヘス他　鼓直〔編〕　46452-7

巨匠ボルヘスをはじめ、コルタサル、パスなど、錚々たる作家たちが贈る恐ろしい15の短篇小説集。ラテンアメリカ特有の「幻想小説」を底流に、怪奇、魔術、宗教など強烈な個性が色濃く滲む作品集。

エドワード・ゴーリーが愛する12の怪談　憑かれた鏡

ディケンズ／ストーカー他　E・ゴーリー〔編〕　柴田元幸他〔訳〕　46374-2

典型的な幽霊屋敷ものから、悪趣味ギリギリの犯罪もの、秘術を上手く料理したミステリまで、奇才が選りすぐった怪奇小説アンソロジー。全収録作品に描き下ろし挿絵が付いた決定版！　解説＝濱中利信

見た人の怪談集

岡本綺堂 他　41450-8

もっとも怖い話を収集。綺堂「停車場の少女」、八雲「日本海に沿うて」、橘外男「蒲団」、池田彌三郎「異説田中河内介」など全十五話。

妖怪になりたい

水木しげる　40694-7

ひとりだけ落第したのはなぜだったのか？　生まれ変わりは本当なのか？　そしてつげ義春や池上遼一とはいつ出会ったのか？　深くて魅力的な水木しげるのエッセイを集成したファン待望の一冊。

戦前のこわい話

志村有弘〔編〕　40962-7

明治時代から戦前までの、よりすぐりのこわい話を七話。都会の怪談、田舎の猟奇事件など、すべて実話。死霊、呪い、祟りにまつわる話や、都市伝説のはしりのような逸話、探偵趣味あふれる怪異譚など。

怪異な話

志村有弘〔編〕　41342-6

「宿直草」「奇談雑史」「桃山人夜話」など、江戸期の珍しい文献から、怪談、奇談、不思議譚を収集、現代語に訳してお届けする。掛け値なしの、こわいはなし集。

著訳者名の後の数字はISBNコードです。頭に「978-4-309」を付け、お近くの書店にてご注文下さい。